Oetinger

James Krüss, 1926 auf der Insel Helgoland geboren, ist einer der bekanntesten deutschen Kinder- und Jugendbuchschriftsteller. Seine Bücher sind weltweit erfolgreich und wurden in mehr als 30 Sprachen übersetzt. Für sein Gesamtwerk erhielt er den Hans-Christian-Andersen-Preis, die höchste internationale Auszeichnung für Kinder- und Jugendliteratur. James Krüss starb 1997 auf Gran Canaria, seiner Wahlheimat.

TIMM THALER
oder
Das verkaufte Lachen

Die Geschichte
von dem kleinen Jungen
und dem großen Geld,
vom Lachen und vom Weinen,
vom Wettgeschäft und
einem sehr karierten Herrn.
Erzählt von Timm,
dem Marionettenspieler.
Aufnotiert für alle,
die noch lachen können,
von

James Krüss

Verlag Friedrich Oetinger
Hamburg

James Krüss bei Oetinger:

Die Maus Kathrein

Die Weihnachtsmaus

Die kleinen Pferde heißen Fohlen

Mein Urgroßvater und ich *
(Deutscher Jugendliteraturpreis)

Timm Thaler oder Das verkaufte Lachen*

* Diese Titel gibt es auch als
MC/CD bei IGEL-RECORDS.

Erstmals erschienen 1962 im Verlag Friedrich Oetinger GmbH, Hamburg
Einband von Philip Waechter
Satz: UMP GmbH, Hamburg
Druck und Bindung: GGP Media GmbH, Pößneck
Printed in Germany 2004/II
ISBN 3-7891-4013-9

www.oetinger.de

Für Günter Strohbach,
dem ich diese Geschichte verdanke

Die Tage und die Bogen des Buches

11 **Vorspiel**

19 **Der erste Tag,** *an dem erzählt wird, wie der kleine Timm Thaler aufwächst, wie ihn ein großes Unglück trifft, wie sich sein Leben dadurch völlig ändert und wie er mit einem karierten Herrn einen merkwürdigen Vertrag abschließt.*

20 Erster Bogen: Ein armer kleiner Junge
26 Zweiter Bogen: Der karierte Herr
32 Dritter Bogen: Gewinn und Verlust
37 Vierter Bogen: Das verkaufte Lachen
45 Fünfter Bogen: Verhör am Abend

51 **Der zweite Tag,** *an dem erzählt wird, wie der arme Timm Thaler durch Pferderennen zu viel Geld kommt, wie er ohne Geld von zu Haus fortläuft, um zur See zu fahren, wie er einem hilfreichen Herrn aus Hamburg begegnet und wie er in einem Marionettentheater lernt, dass das Lachen den Menschen vom Tier unterscheidet.*

52 Sechster Bogen: Der kleine Millionär
57 Siebenter Bogen: Der arme Reiche
63 Achter Bogen: Der letzte Sonntag
69 Neunter Bogen: Herr Rickert
75 Zehnter Bogen: Das Marionettentheater

83 **Der dritte Tag,** *an dem erzählt wird, wie Timm Thaler zur See fährt, wie er auf dem Schiff einen Bekannten trifft, wie er diesen bei einem Gespräch mit dem Baron belauscht und sich dabei einen blutigen Kopf holt, wie er danach mit dem Steuermann eine unmögliche Wette abschließt und wie sich sein Leben wieder einmal völlig ändert, als er die Wette gewinnt.*

84 Elfter Bogen: Der unheimliche Baron
90 Zwölfter Bogen: Kreschimir
96 Dreizehnter Bogen: Stürme und Ängste
101 Vierzehnter Bogen: Die unmögliche Wette
107 Fünfzehnter Bogen: Verwirrung in Genua

113 **Der vierte Tag,** *an dem erzählt wird, wie Timm Thaler den reichen Erben spielen muss, wie er einen Kronleuchter zertrümmert, wie er zwei Leibwächtern entwischt und sich heimlich mit einem guten Freunde trifft, wie er ein englisches Sprichwort lernt, das auf ihn und seine Lage passt, und wie er den Baron nach Athen begleitet.*

114 Sechzehnter Bogen: Das Ende eines Kronleuchters
121 Siebzehnter Bogen: Der reiche Erbe
127 Achtzehnter Bogen: Im Palazzo Candido
132 Neunzehnter Bogen: Jonny
141 Zwanzigster Bogen: Klarheit in Athen

149 **Der fünfte Tag,** *an dem erzählt wird, wie Timm Thaler den Baron zu seinem Schloss in Mesopotamien begleitet, wie er hier in merkwürdige Geschäfte verstrickt wird, wie er dabei aus Versehen etwas für den Baron sehr Nützliches erfindet, wie er einen wichtigen Tag in seinem Leben vergisst und das erst am Abend merkt und wie er für eine kurze Weile wieder lachen kann, dann aber lernt, dass Lachen keine Handelsware ist wie Margarine.*

150 Einundzwanzigster Bogen: Das Schloss in Mesopotamien
156 Zweiundzwanzigster Bogen: Senhor van der Tholen
161 Dreiundzwanzigster Bogen: Die Sitzung
166 Vierundzwanzigster Bogen: Ein vergessener Geburtstag
173 Fünfundzwanzigster Bogen: Im Roten Pavillon
181 Sechsundzwanzigster Bogen: Margarine

191 **Der sechste Tag,** *an dem erzählt wird, wie Timm Thaler die Welt bereist und sich dabei ans Reichsein fast gewöhnt, wie er im Hamburger Hafen jemanden erkennt, ohne es sich anmerken zu lassen, wie er zwei Leuten begegnet, an die er überhaupt nicht mehr gedacht hat, wie er Schiffe und ein Marionettentheater kauft und wie sich all seine Hoffnung auf einen winzig kleinen Zettel konzentriert.*

192 Siebenundzwanzigster Bogen: Ein Jahr im Fluge
200 Achtundzwanzigster Bogen: Ein Wiedersehen ohne Willkommen
208 Neunundzwanzigster Bogen: Vergessene Gesichter
215 Dreißigster Bogen: Papiere

223 **Der siebente Tag,** *an dem erzählt wird, wie Timm Thaler den geheimnisvollen Zettel entziffert, wie dem Baron etwas zustößt, wie Timm sich als Seemann verkleidet, wie er eine steile Stiege hinuntergezerrt wird, wie ihm am Fuße der Stiege etwas Verwirrendes passiert und wie zum Schluss im Bäckerladen der Frau Bebber ein junger Herr erscheint, der Kringel in den Mundwinkeln hat.*
224 Einunddreißigster Bogen: Ein geheimnisvoller Zettel
232 Zweiunddreißigster Bogen: Hintertreppen
244 Dreiunddreißigster Bogen: Das wiedergefundene Lachen

253 Nachspiel

Vorspiel

Es war in einem Zug von Magdeburg nach Leipzig, in einem langsamen, schmutzigen, überfüllten Zug, wie sie zu jener Zeit, nach dem Ende des Zweiten Weltkrieges, dreckigen schwarzen Rauch ausstoßend, überall durch Deutschland klapperten. Ich wohnte damals in der Nähe Hamburgs und fuhr zu einer Druckerei nach Leipzig.

Der Zug war so überfüllt, dass selbst draußen auf den Plattformen zwischen den Waggons die Leute sich drängten. Ich aber war ohne mein Zutun in ein Abteil hineingeraten, in dem außer mir nur ein einzelner Herr saß, der, was in jenen Tagen ungewöhnlich war, eine Sonnenbrille trug. Ich hatte beim Eintritt gedacht, es sei ein Diplomatenabteil, und mich zurückziehen wollen; aber der Herr hatte mich ausdrücklich hereingewinkt und so saß ich nun ihm gegenüber am Fenster.

Er war ein etwas rundlicher Mann unbestimmten Alters, der einen dunklen Anzug anhatte. In seiner Brusttasche trug er ein blütenweißes Ziertaschentuch, dem, wie ich beim Näherkommen bemerkte, ein schwacher Nelkengeruch entströmte. Im Gepäcknetz über ihm ruhte ein schwarzer Koffer.

»Diese übervollen Züge sind etwas Schreckliches«, sagte er, als ich mich gesetzt hatte. »Sind Sie privat unterwegs?« Er sprach einen Akzent, den ich damals noch nicht kannte. Erst später kam ich darauf, dass es der Akzent der Italiener war.

Ich antwortete ihm, dass ich eigentlich mehr dienstlich unterwegs wäre. »Ich muss in Leipzig ein Buch korrigieren«, sagte ich.

»Ah«, sagte er, »Sie schreiben Bücher. Interessant. Ich hörte gerade, dass es Leute gibt, die davon leben, dass sie bestimmte Bücher nicht schreiben, die sie ursprünglich hatten schreiben wollen.«

»Und was für Leute sind das?«, fragte ich.

»Die Weisen, Wissenden, die Welt und Menschen durchschauen«, sagte er. »Sie lassen sich ihr Schweigen von den Mächtigen bezahlen, die keinen Wert darauf legen, dass Weisheit allgemein verbreitet wird.«

»Aber ist der, der käuflich ist, denn weise?«, fragte ich.

»Das kann man von verschiedenen Seiten sehen«, sagte der Herr. »Haben Sie schon zu Mittag gegessen?«

»Nein«, sagte ich, »aber ich habe Brote dabei.«

Der Herr winkte ab. »Die lassen Sie ruhig in Ihrer Aktentasche«, sagte er. »Ich darf Sie doch zum Essen einladen, nicht wahr?«

Das alles war zu jener Zeit in Deutschland ungewöhnlich, dieses fast leere Abteil, die Sonnenbrille, der feine Anzug und nun in einem dreckigen, überfüllten Zug diese förmliche Einladung zu einem Mittagessen, die ich natürlich annahm, schon deshalb, weil ich neugierig war, wie uns durch das Menschengedränge ein Mittagessen gebracht werden sollte.

Es wurde uns aber tatsächlich ein Mittagessen gebracht, wenn auch auf etwas ungewöhnliche Weise. Plötzlich nämlich überholte uns ein rotgelber, anscheinend dieselbetriebener Schienenwagen, ein elegantes Fahrzeug zu jener Zeit. Dieser Schienenwagen fuhr nun in gleicher Geschwindigkeit neben uns her. Ein breites Fenster, durch das ich in einen Speisewagen hineinsehen konnte, blieb auf der Höhe unseres Fensters, das der Herr, der mich zum Mittagessen eingeladen hatte, nun öffnete. Da öffnete man in dem Schienenwagen ebenfalls das Fenster und reichte uns ein großes Tablett herüber, das wegen des Fahrtwindes mit einem ovalen hohen Deckel aus schwerem Hotelsilber zugedeckt war. Zusammen mit dem Herrn nahm ich es in Empfang. Dann setzten wir es vorsichtig auf den beiden Fenstertischen vor uns ab.

Danach wurden in beiden Wagen die Fenster wieder geschlossen. Und nun hatte ich, als der Herr den Deckel auf eine ausgebreitete Zeitung neben sich gelegt hatte, tatsächlich das versprochene Mittagessen vor mir, ein Mittagessen, wie ich es jahrelang nicht gesehen, geschweige denn gegessen hatte.

Als Vorspeise gab es gebutterten Toast, mit Räucherlachsscheiben belegt, danach für jeden einen halben Hummer mit Majonäse, hierauf Orangenente mit Petersilienkartoffeln und schließlich Halbgefrorenes mit Nüssen und geraspelter Schokolade. Dazu tranken wir einen trockenen weißen Wein aus Dalmatien, und für den Abschluss des Mahls stand Mokka in einem Silberkännchen bereit, den der Herr mir und sich in winzige Porzellantassen einschenkte.

Beim Essen sprachen wir fast nichts. Ich aß mit Andacht und mit Schweigen und war froh, dass vor die Scheiben zum Gang hin, wo sich die Leute drängten, Gardinen gezogen waren, sodass uns niemand beim Essen zugucken konnte. Wer in Deutschland konnte in jenen Tagen denn so üppig speisen?

Nach dem Essen überfiel mich eine bleierne Müdigkeit. Mein Gastgeber, der das bemerkte, sagte: »Ruhen Sie ein wenig. Nach dem Essen sollst du ruhn oder tausend Schritte tun. Und da sich tausend Schritte hier schwerlich tun lassen, empfehle ich die Ruhe.«

Ich konnte mich gerade noch für das so ungewöhnliche und reiche Mahl bedanken, als mir die Lider schwer wurden und ich in Schlaf fiel.

Mir träumte nun, ich säße vor einer weißen Villa am Meer auf einer Terrasse. Vor mir auf dem blauen Wasser schaukelte eine Yacht, von der ich wusste, dass sie mir gehörte, und eine entfernte Stimme sagte: »Ein Haus am Meer und eine Yacht davor, dazu ein Bankkonto, das niemals leer wird, das alles gibt es, wenn man schweigen kann.«

Ich konnte mir im Traume keinen Reim auf die Bemerkung machen und ich tat's auch nicht, weil ich plötzlich durch ein Geräusch aufgeschreckt wurde und wieder erwachte. Es war das Brausen eines Zuges, das mich geweckt hatte. Der rotgelbe Schienenwagen nämlich überholte uns wieder.

Als ich schlaftrunken die Augen öffnete und hinüberschaute zu dem Wagen, sah ich den Speisewagen wieder, in dessen Fenster gerade unser leer gegessenes Tablett verschwand, und in dem Speisewagen saß – ich sah's verblüfft – der Herr aus meinem Abteil. Doch dann schob der rotgelbe Wagen sich weiter vor und ich erkannte, dass sich der Herr im Fenster nur gespiegelt hatte. Ich sah's gerade noch, bevor der Wagen uns davonfuhr. Nun wandte ich den Kopf, und ...

... und ich erschrak. Der Herr mir gegenüber war verschwunden. Auch der schwarze Koffer war nicht mehr da. Ich murmelte: »Eben hat er sich doch noch im Fenster des rotgelben Wagens gespiegelt. Und spiegeln kann sich doch nur jemand, der vorhanden ist. Höchst seltsam.«

Dann schlief ich wieder ein und erwachte erst wieder, als plötzlich Leute in das Abteil hereindrängten.

Da kam's mir vor, als wäre mein Erlebnis mit dem fremden Herrn ein Traum gewesen. Erst in Leipzig, als mir eine seltsame Geschichte erzählt wurde, ahnte ich, wer mein Gastgeber im Zug gewesen war.

Diese seltsame Geschichte aber will ich nun erzählen. Ich habe sie von einem Mann, den ich ganz unerwartet in der Druckerei in Leipzig traf. Ich kannte diesen Mann von früher. Als er ein junger Herr gewesen war und ich ein sechzehnjähriger Schüler, waren wir uns auf Helgoland begegnet, auf meiner kleinen Heimatinsel in der Nordsee. Es war im Hause unserer Nachbarin gewesen, im Haus der Tante Julie. Wir hatten dort das Abc, wie wir es damals nannten, »abgeklopft« und uns zwei Wochen lang sehr sinnreich unterhalten.

In der Druckerei in Leipzig hatten wir beide uns, trotz der Jahre, die seit der Abc-Abklopferei verflossen waren, gleich wieder erkannt.

»Du, Timm?«, hatte ich erstaunt gefragt.

Und der Mann, nicht minder erstaunt, hatte gefragt: »Du, Boy?« (Er nannte mich noch so, wie man mich auf der Insel Helgoland genannt hatte.) Dann hatten wir uns gegenseitig mit Fragen überschüttet und einer war dem anderen ins Wort gefallen, um zu berichten, wie es ihm ergangen war. Ich hatte meinem Freunde Timm erzählt, dass wir von unserer kleinen Insel auf das große Festland hätten ziehen müssen; denn Bomben, wie er sicher wüsste, hätten die Inselhäuser allesamt zertrümmert. Timm hatte mir erzählt, er sei mit seinen Marionetten, mit denen er Theater spielte, bis Japan und Australien gereist. Er habe, erzählte er mir, auch ein Buch über Marionettenpuppen geschrieben. Um dieses Buch beim Druck zu überwachen, sei er hier.

»Und du«, fragte er mich, »was treibst denn du hier?«

»Ich muss ein Bilderbuch zum Notenlernen überwachen«, gab

ich ihm zur Antwort. »Die Bilder, Noten, Verse und Geschichten in dem Buch müssen genau zusammenstimmen. Deshalb bin ich hier.«

»Dann sollten wir uns öfter sehen«, sagte Timm, und als er mir das sagte, rutschte ein Buch aus seiner Aktentasche. Ich sah es, bückte mich und hob es auf. Dabei stellte ich fest, dass es sich um den »Peter Schlemihl« handelte, eine Geschichte des Adelbert von Chamisso, die vom verkauften Schatten handelt. So sagte ich, als ich das Buch zurückgab: »Ich bin nach einer ähnlichen Geschichte auf der Suche. Du selbst hast sie mit deinen Puppen schon gespielt, wenn ich nicht irre. Ich suche aber den wirklichen Jungen, dem sie wirklich passiert ist. In Övelgönne hat man mir erzählt, er lebe noch.«

»Wie kamst du denn nach Hamburg-Övelgönne?«, fragte Timm erstaunt. »Ich kenne Övelgönne nämlich gut.«

»Ich kenne es nur flüchtig«, sagte ich. »Wir wohnten nach dem Kriege eine Zeit lang Övelgönne gegenüber, in Finkenwerder auf der anderen Seite der Elbe, bei einer Schwester meiner Großmutter. Von dort aus fuhren wir manchmal hinüber über die Elbe.«

»Aha«, sagte Timm. »Und in Övelgönne hat man dir sicherlich erzählt, die Geschichte vom verkauften Lachen sei einem wirklichen Jungen wirklich passiert. Diese Geschichte meinst du doch, stimmt's?«

»Stimmt«, sagte ich. »Kennst du sie?«

»Ich kenne sie«, antwortete Timm. »Es ist aber eine lange Geschichte. Wie lange wirst du noch in Leipzig bleiben?«

»Zumindest eine Woche«, sagte ich. »Reicht das, um mir die Geschichte zu erzählen?«

»Ja«, sagte Timm, »das reicht.«

»Dann erzähl mir deine Geschichte.«

Timm lachte und erwiderte: »Ich weiß nicht, Boy, ob es meine Geschichte ist, wenn ich sie auch sehr oft gespielt habe; aber es könnte meine Geschichte sein, wie es die Geschichte so manches Jungen sein könnte. Ich werde dem Jungen daher meinen Namen geben, wenn es dir recht ist.«

»Nenn ihn, wie du willst«, sagte ich. »Sag ›ich‹ oder ›er‹, ganz wie es dir beliebt. Hauptsache, du erzählst mir seine Geschichte.«

»Gut«, sagte seufzend mein Freund Timm. »Einmal werde ich die Geschichte ja doch in aller Ausführlichkeit erzählen müssen. Warum also nicht hier und heute? Lass uns nach der Arbeit in das unbenutzte Korrektorenzimmer im Hinterhaus gehen. Du kennst es, hoffe ich.«

»Ja«, sagte ich, »ich kenne es. Treffen wir uns dort, wenn Feierabend in der Druckerei ist.«

Und in dem alten Korrektorenzimmer erzählte Timm mir sieben Tage lang die Geschichte vom verkauften Lachen. Nach jeder Sitzung ging ich rasch in mein Hotel und schrieb, was ich gehört hatte, auf leere Rückseiten von aussortierten Druckbogen, weshalb ich die Geschichte auch in Bogen gliedern werde, die aber schlicht Kapitel sind.

Und hier folgt nun, gegliedert und geglättet, die Geschichte.

Der erste Tag,

an dem erzählt wird, wie der kleine Timm Thaler aufwächst, wie ihn ein großes Unglück trifft, wie sich sein Leben dadurch völlig ändert und wie er mit einem karierten Herrn einen merkwürdigen Vertrag abschließt.

Als Timm und ich uns am ersten Tag unserer Arbeit nach Feierabend trafen, in einem staubigen Korrektorenzimmer im Hinterhaus der Druckerei, das nicht mehr benutzt wurde, machten wir es uns hier in zwei alten, aber leidlich wohl erhaltenen Sesseln bequem, und Timm begann mir die Geschichte vom verkauften Lachen zu erzählen:

Erster Bogen

Ein armer kleiner Junge

In den großen Städten mit den breiten Straßen gibt es hintenhinaus heute noch Gassen, die so eng sind, dass man sich durch die Fenster von einer Seite zur anderen die Hand reichen kann. Wenn fremde Besucher, die viel Geld und viel Gefühl haben, zufällig in so eine Gasse geraten, dann rufen sie: Wie malerisch! Und die Damen seufzen: Wie idyllisch und romantisch!

Aber das Idyllische und Romantische sind großer Humbug; denn hintenhinaus wohnen Leute, die wenig Geld haben. Und wer in einer großen reichen Stadt wenig Geld hat, wird grämlich, neidisch und nicht selten zänkisch. Das liegt nicht nur an den Leuten, sondern auch an den Gassen.

Der kleine Timm kam mit drei Jahren in so eine enge Gasse. Seine lustige, rundliche Mutter war gestorben und der Vater musste, da es zu jener Zeit wenig Arbeit gab, auf den Bau gehen. So zogen Vater und Sohn von der hellen Erkerwohnung am Rande des Stadtparks in die Gasse mit dem Kopfsteinpflaster, in der es beständig nach Pfeffer, Kümmel und Anis roch; denn in dieser Gasse befand sich die einzige Gewürzmühle der Stadt. Bald darauf bekam Timm eine dürre, mausgesichtige Stiefmutter und dazu einen Pflegebruder, der frech, verwöhnt und käsebleich war.

Timm war trotz seiner drei Jahre schon ein kräftiger kleiner Bursche, der besonders hübsch lachte und der einen Ozeandampfer aus Küchenstühlen oder ein Auto aus Sofakissen ganz selbstständig regieren konnte. Seine verstorbene Mutter hatte Tränen gelacht, wenn Timm mit Kissen und Stühlen seine großen Reisen zu Wasser und zu Lande unternahm und immerzu »tuff, tuff, tuff, Ameerika« rief. Aber seine Stiefmutter prügelte ihn dafür. Und das konnte er nicht begreifen.

Auch den Stiefbruder Erwin begriff er schwer; denn der bewies seine brüderliche Liebe dadurch, dass er den kleinen Timm mit Brennholz bewarf oder dass er ihn mit Ruß oder Tinte oder Pflaumenmus beschmierte. Das Allerunbegreiflichste aber war, dass hinterher nicht Erwin, sondern Timm dafür bestraft wurde. Über all diesen Unbegreiflichkeiten in der Gassenwohnung verlernte Timm beinahe das Lachen. Nur wenn der Vater zu Hause war, ertönte noch sein kleines drolliges Gelächter mit dem Schlucker am Schluss.

Leider war der Vater jetzt meistens unterwegs, weil er auf einem weit entfernten Bau Arbeit gefunden hatte. (Vor allem deshalb, damit Timm nicht allein war, hatte er ja ein zweites Mal geheiratet.) Nur sonntags war er noch mit seinem Söhnchen zusammen. Dann nahm er den kleinen Timm bei der Hand und sagte zu der Stiefmutter: »Wir gehen spazieren.«

In Wirklichkeit ging er aber zur Pferderennbahn, wo er mit dem bisschen Geld, das er sich heimlich erspart hatte, auf Pferde wettete. Er hoffte, dabei eines Tages so viel Geld zu gewinnen, dass er mit seiner Familie die enge Gasse verlassen und wieder in eine hellere Wohnung ziehen könne. Natürlich war seine Hoffnung auf Wettglück vergeblich – wie bei den meisten Menschen. Er verlor beinahe regelmäßig, und wenn er doch einmal gewann, dann reichte der Gewinn knapp für ein paar Leckereien und ein Sonntagsbier und eine Straßenbahnfahrt.

Der kleine Timm hatte am Wettkampf der Pferde und Reiter wenig Vergnügen. Das alles war so weit von ihm entfernt und brauste viel zu schnell an ihm vorbei. Obendrein standen immer viel zu viele Menschen vor ihnen, sodass der Junge selbst von der Schulter des Vaters aus Mühe hatte, die Rennbahn zu überblicken.

Aber wenn Timm sich um die Pferde und die Reiter auch nicht kümmerte, so begriff er doch sehr bald, was es mit den Wetten auf sich hatte: Fuhren sie mit der Straßenbahn in die Stadt zurück und er bekam eine Rolle Drops, dann hatte der Vater gewonnen. Setzte der Vater ihn hingegen auf die Schulter und sie gingen ohne Drops und zu Fuß nach Haus, dann hatten sie verloren.

Aber ob sie verloren oder gewannen, war dem Jungen ganz egal. Er fand es auf den Schultern des Vaters genauso lustig wie in der Straßenbahn, eigentlich sogar noch lustiger.

Und die Hauptsache war, dass sie allein waren und dass Sonntag war und dass Erwin und die Stiefmutter weit, weit fort waren, als ob es sie überhaupt nicht gäbe.

Aber an sechs Wochentagen gab es die beiden leider doch. Dann ging es Timm genauso wie den Kindern in den Märchen, die schlimme Stiefmütter haben. Nur war es für Timm noch ein bisschen schlimmer; denn ein Märchen ist ein Märchen, das auf Seite eins beginnt und spätestens auf Seite zwölf zu Ende ist. Aber so eine tägliche Plackerei, und obendrein jahrelang, die will durchgestanden sein. Wenn es die Sonntage nicht gegeben hätte, dann wäre Timm aus lauter Trotz wahrscheinlich ein richtiger frecher Rotzjunge geworden. Doch weil es zum Glück die Sonntage gab, blieb er ein Junge, der sich freuen konnte und der sein Lachen nicht verlor, ein Lachen, das tief aus dem Bauch heraufzukommen schien und mit einem Schlucker endete.

Leider war dieses Lachen selten geworden. Timm wurde verschlossen und stolz, ganz unglaublich stolz.

So setzte er sich gegen die Stiefmutter zur Wehr, die sich bei ihm über die geringste Kleinigkeit giftete, wenn sie es manchmal auch nicht so böse meinte.

Als Timm zur Schule kam, freute er sich. Hier war er von früh bis Mittag weit von seiner Gasse entfernt, viel weiter als die paar hundert Meter, die die Entfernung in Wirklichkeit betrug. Hier fing er im ersten Schuljahr auch wieder vergnügt zu lachen an; und das versöhnte die Lehrer mit manchen kleinen Sünden des Jungen. Timm bemühte sich jetzt sogar, seiner Stiefmutter zu gefallen. Wenn sie ihn ausnahmsweise einmal lobte, weil er zehn Pfund Kartoffeln allein nach Haus geschleppt hatte, dann war er selig, hilfsbereit und butterweich.

Doch kaum kam der nächste ungerechte Verweis, da wurde er wieder verschlossen und spielte den Stolzen. Dann war er nicht mit Zangen anzufassen.

Dieses launenvolle Wechselspiel zwischen ihm und der Stiefmutter hatte für die Schule üble Folgen. Timm, der viel flinkere Gedanken hatte als manches andere Kind, bekam dennoch schlechtere

Noten als diese Kinder. Und das lag an seiner Zerstreutheit beim Unterricht. Und es lag an seinen Schularbeiten.

Es war nämlich schwierig für ihn, Schularbeiten zu machen. Kaum saß er mit seiner Tafel am Küchentisch, kam die Stiefmutter und schickte ihn in das Kinderschlafzimmer. Hier aber war das Reich seines Stiefbruders Erwin, der dem Kleinen keine Minute Ruhe ließ. Entweder wollte er mit Timm spielen und wurde böse, wenn der Kleine nicht mitmachte, oder er benötigte den Tisch für seinen Stabilbaukasten, sodass für Timm kein Platz zum Schreiben blieb. Einmal hatte Timm den Stiefbruder aus gerechtem Zorn in die Hand gebissen. Aber das war nicht gut für ihn abgelaufen. Die Stiefmutter hatte über der blutenden Hand Zeter und Mordio geschrien und Timm einen Heimtücker genannt. Selbst der Vater hatte beim Abendbrot kein Wort mit ihm gesprochen. Seitdem hatte Timm den Kampf gegen den verhätschelten Stiefbruder aufgegeben und heimlich im Elternschlafzimmer seine Schularbeiten gemacht. Aber Erwin kam dahinter und verriet ihn; denn eines der Gebote in der Gassenwohnung hieß: Im Schlafzimmer der Eltern haben Kinder nichts zu suchen!

Nun musste Timm zusehen, wie er in der wenig erfreulichen Gesellschaft Erwins seine Schularbeiten erledigte. Machte der Stiefbruder ihm wieder einmal den einzigen kleinen Tisch des Zimmers streitig, setzte Timm sich auf das Bett und schrieb auf dem Nachtschrank. Aber sehr aufmerksam konnte er weder am Tisch noch auf dem Nachtschränkchen arbeiten. Nur mittwochs, wenn Erwin am Nachmittag Unterricht hatte, konnte der Junge seine Hausaufgaben so sorgfältig machen, wie er sie zu machen wünschte, um dem Lehrer zu gefallen; denn der kleine Kerl, der so hübsch lachen konnte, wollte mit seiner Umwelt in freundlichem Einklang leben.

Bedauerlicherweise gefielen seine Schularbeiten dem Lehrer von Jahr zu Jahr weniger. »Ein heller Kopf, aber faul und unkonzentriert«, sagte der Lehrer. Er konnte nicht ahnen, dass der Junge sich seinen Platz für die Schularbeiten tagtäglich neu erkämpfen musste. Und Timm erzählte es ihm nicht, weil er überzeugt war, es sei dem Lehrer bekannt. So kam Timm auch in der Schule wieder einmal zu dem traurigen Schluss, dass das Leben unbegreiflich sei und dass alle Erwachsenen – mit Ausnahme seines Vaters – ungerecht wären.

Aber auch dieser einzige Gerechte verließ ihn. Vier Jahre nach dem Schulbeginn, vier Jahre nachdem der Junge sich mühsam von Klasse zu Klasse weitergeschleppt hatte, wurde der Vater auf dem Bau von einem herabstürzenden Brett erschlagen.

Das war das Allerunbegreiflichste in Timms Leben. Er begriff nicht, dass es einem fallenden Brett erlaubt war, so Schreckliches anzurichten. Zuerst weigerte er sich einfach, daran zu glauben. Erst am Tage der Beerdigung, als die erregte, verheulte Stiefmutter ihn ohrfeigte, weil er vergessen hatte, ihre Schuhe zu putzen, erst an diesem Tage begriff er, wie allein er jetzt war.

Denn der Tag der Beerdigung war ein Sonntag.

Erst an diesem Tage begann Timm zu weinen. Er weinte über sich und über den Vater und über die Welt, und unter dem Weinen hörte er die Stiefmutter zum ersten Mal sagen: »Entschuldige, Timm, ich meinte es nicht so.«

Die Stunde auf dem Friedhof war wie ein schlechter Traum, den man schnell vergessen möchte und von dem nur eine wirre, unbehagliche Erinnerung zurückbleibt. Timm hasste all die Menschen, die herumstanden und redeten und sangen und das Vaterunser beteten. Auch ärgerte und erregte ihn das schluchzende Geplapper seiner Stiefmutter, wenn jemand ihr sein »tief empfundenes Beileid« aussprach. Er wollte die Trauer um seinen Vater für sich allein haben. Und als die Versammlung sich auflöste, benutzte er die Gelegenheit, um ganz einfach davonzulaufen.

Er irrte ziellos durch die Straßen, und als er am Rande des Stadtparks an jener Erkerwohnung vorbeikam, in der er als ganz kleiner Junge gelacht und »tuff, tuff, tuff, Ameerika« gerufen hatte, kam ihn ein solches Jammergefühl an, dass ihm beinahe übel davon wurde. Aus dem Fenster seines ehemaligen Kinderzimmers sah ein fremdes Mädchen heraus, das eine teure, kostbar angezogene Puppe im Arm hielt. Als sie Timms Blicke bemerkte, streckte sie ihre Zunge heraus und Timm ging rasch weiter.

»Wenn ich sehr viel Geld hätte«, dachte er unter dem Herumirren, »dann würde ich eine große Wohnung mit einem eigenen Zimmer für mich mieten, und Erwin bekäme jeden Tag Taschengeld von mir, und die Mutter könnte einkaufen, was sie wollte.« Aber das war ein Traum und Timm wusste es.

Ohne sich dessen bewusst zu sein, war er jetzt unterwegs zur Pferderennbahn, die er an den glücklichen Sonntagen mit seinem Vater zusammen besucht hatte, als der Vater noch lebte.

Zweiter Bogen

Der karierte Herr

Das erste Rennen näherte sich gerade seinem Höhepunkt, als Timm zur Pferderennbahn kam. Die Zuschauer brüllten und pfiffen, und immer öfter und immer lauter ertönte der Name »Ostwind«.

Timm stand da und atmete schwer und das hatte zwei Gründe. Erstens war er gelaufen und zweitens schien ihm plötzlich, irgendwo zwischen diesen schreienden, lärmenden Leuten müsse sein Vater stehen. Er hatte mit einem Male das Gefühl, wieder zu Hause zu sein. Dies war der Ort, an dem er mit dem Vater allein gewesen war. Ohne Stiefmutter. Und ohne Erwin. Alle Sonntage mit dem Vater waren in dieser Menschenmenge, in diesem Lärmen und Schreien versammelt. Es gab keinen Friedhof mehr und keine Tränen. Timm fühlte sich merkwürdig ruhig, beinahe heiter. Als die Menge der Zuschauer plötzlich aufjubelte und wie aus einem Munde der Name »Ostwind« aufklang, lachte Timm sogar sein drolliges Lachen mit dem Schlucker am Schluss. Er erinnerte sich nämlich an eine Bemerkung seines Vaters, der gesagt hatte: »Ostwind ist noch jung, Timm, zu jung vielleicht; aber eines Tages wird man von ihm sprechen.«

Und jetzt sprach man von »Ostwind«; aber der Vater hatte es nicht mehr erlebt. Timm wusste selbst nicht, warum er darüber hatte lachen müssen. Aber er dachte auch nicht darüber nach. Er war noch nicht in dem Alter, in dem man sich über sich selbst viel Gedanken macht.

Ein Herr in Timms Nähe, der das drollige Lachen gehört hatte, drehte mit einem Ruck den Kopf und betrachtete den Jungen aufmerksam. Er strich sich nachdenklich das lange Kinn und ging dann kurz entschlossen auf den Jungen zu, aber so, dass er haarscharf an Timm vorübereilte und ihm dabei auf den Fuß trat.

»Verzeihung, Kleiner«, sagte er dabei. »Es war nicht meine Absicht.«

»Das macht nichts«, lachte Timm. »Ich habe sowieso staubige

Schuhe.« Dabei warf er einen Blick auf seine Füße und sah plötzlich vor sich auf dem Rasen ein blankes Fünfmarkstück liegen. Der Herr war weitergeeilt und niemand stand in Timms Nähe. Da setzte der Junge rasch einen Fuß auf die Münze, sah sich misstrauisch um, tat, als wolle er seine Schnürsenkel binden, hob schnell und verstohlen das Geldstück auf und ließ es in die Tasche gleiten.

Betont langsam schlenderte Timm weiter, als ein langer dürrer Herr in einem karierten Anzug auf ihn zutrat und fragte: »Na, Timm, willst du wetten?«

Der Junge sah verstört zu dem Unbekannten auf. Er bemerkte nicht, dass es derselbe Herr war, der ihn kurz zuvor auf den Fuß getreten hatte.

Der Fremde hatte einen Mund wie ein Strich und eine schmale Hakennase, unter der ein ganz dünner schwarzer Schnurrbart saß. Über stechenden, wasserblauen Augen hatte er eine Ballonmütze tief in die Stirn gezogen. Und die Mütze war so kariert wie der Anzug des Unbekannten.

Timm fühlte, als der Herr ihn so unvermittelt ansprach, einen Kloß in der Kehle. »Ich ... ich habe kein Geld zum Wetten«, brachte er schließlich stockend hervor.

»Doch, du hast fünf Mark«, sagte der Fremde. Dann fügte er in leichtem Ton hinzu: »Ich sah zufällig, wie du das Geld fandest. Falls du damit wetten willst, nimm diesen Schein. Ich habe ihn schon ausgefüllt. Ein todsicherer Tipp.«

Timm, der abwechselnd blass und rot geworden war, bekam jetzt im Gesicht langsam seine natürliche Farbe zurück, eine Art Haselnussbraun (ein Erbteil seiner Mutter). Er sagte: »Kinder dürfen nicht wetten, glaube ich.« Und wieder sprach er mit Stocken.

Aber der Fremde ließ nicht locker. »Dieser Rennplatz«, sagte er, »ist einer der wenigen, auf denen Kindern das Wetten nicht ausdrücklich verboten ist. Ich gebe zu, dass es auch nicht ausdrücklich erlaubt ist; aber immerhin gestattet man es. Also, Timm, wie denkst du über meinen Vorschlag?«

»Ich kenne Sie ja gar nicht«, sagte Timm leise. (Erst jetzt fiel ihm auf, dass der Herr ihn mit seinem Vornamen angeredet hatte.)

»Aber ich weiß sehr viel von dir«, erklärte der Fremde. »Ich kannte deinen Vater.«

Das gab den Ausschlag. Zwar konnte der Junge sich schwer vorstellen, dass sein Vater mit einem so merkwürdig feinen Herrn Umgang gehabt hatte; aber da der Fremde Timms Namen wusste, musste er wohl in irgendeiner Form mit dem Vater bekannt gewesen sein.

Nach kurzem Zögern nahm Timm den ausgefüllten Wettschein an, holte das Fünfmarkstück aus seiner Tasche und ging zum Schalter. Das zweite Rennen wurde gerade durch Lautsprecher angekündigt. Deshalb rief der Fremde: »Mach schnell, ehe der Schalter geschlossen wird. Du wirst sehen, ich bringe dir Glück!«

Der Junge gab dem Fräulein am Schalter Geld und Schein und bekam einen Wettabschnitt zurück. Als er sich wieder dem unbekannten Herrn zuwenden wollte, war der verschwunden.

Das zweite Rennen begann und das Pferd, auf das Timm gesetzt hatte, gewann mit fünf Längen Vorsprung. Der Junge erhielt am Schalter so viele Geldscheine, wie er sie noch nie auf einem Haufen gesehen hatte. Wieder wurde er abwechselnd blass und rot. Aber diesmal vor Freude und Stolz. Strahlend zeigte er jedermann seinen Gewinn.

Aber es ist merkwürdig, wie nah Freude und Traurigkeit beieinander wohnen. Plötzlich musste Timm wieder an seinen Vater denken, den sie heute begraben hatten und der niemals so viel Geld gewonnen hatte. Die Augen des Jungen wurden feucht und gegen seinen Willen begann er vor allen Leuten zu weinen.

»He, Kleiner, wenn man so viel Glück hat wie du, dann weint man doch nicht«, sagte plötzlich eine Stimme neben ihm. Es war eine kehlige knarrende Männerstimme.

Durch einen Schleier von Tränen sah Timm einen Mann mit einem zerknitterten Gesicht und einem ebenso zerknitterten Anzug. Links neben dem Mann sah ein lang aufgeschossener rothaariger Bursche auf Timm herunter. Rechts stand ein kleiner fein gekleideter Herr mit einer Glatze, der den Jungen teilnahmsvoll musterte.

Die Männer schienen zusammenzugehören; denn alle drei fragten fast gleichzeitig, ob er nicht mit ihnen zusammen eine Limonade trinken wolle, um sein Wettglück zu feiern.

Timm, dem die Freundlichkeiten und die glücklichen Umstände gerade an diesem Sonntag ganz unerwartet kamen, nickte, schluckte noch einmal und sagte dann: »Ich möchte dahinten im Garten sitzen!« Dort hatte er nämlich oft mit seinem Vater zusammen Limonade getrunken.

Die drei Männer sagten: »Gut, Junge, gehen wir in den Garten«, und setzten sich mit Timm in den Schatten einer dicken alten Kastanie.

Der Fremde, dem der Junge sein Wettglück verdankte, zeigte sich nicht mehr. Und Timm vergaß ihn bald; denn die drei Männer am Tisch, die für sich selbst Bier und für den Jungen Waldmeister-Limonade bestellt hatten, munterten den glücklichen Gewinner mit den erstaunlichsten Späßen auf. Der lange Rothaarige balancierte ein Glas Bier auf der Nase, ohne dass ein Tropfen verschüttet wurde; der Mann mit dem zerknitterten Gesicht und dem zerknitterten Anzug zog aus einem Kartenspiel immer genau die Karte heraus, die Timm aufs Geratewohl nannte; und der kleine Herr mit der Glatze machte Zauberkunststücke mit Timms Geldscheinen. Er wickelte sie in ein Taschentuch, knüllte das Tuch fest zusammen, faltete es wieder auseinander und da – war das Geld verschwunden.

Der Glatzkopf kicherte und sagte: »Greif mal in deine linke Rocktasche, Junge!« Timm tat es und fand dort zu seinem Erstaunen das ganze Geld wieder.

Dies war wirklich ein merkwürdiger Sonntag. Noch um zwei Uhr war Timm grenzenlos unglücklich durch die Stadt geirrt und jetzt, um fünf Uhr nachmittags, lachte er so oft und so herzlich wie selten in der letzten Zeit. Mehrere Male verschluckte er sich sogar vor Lachen. Seine drei neuen Freunde gefielen ihm. Er war sehr stolz, drei erwachsene Bekannte gefunden zu haben, die überdies lauter seltene Berufe ausübten. Der zerknitterte Mann war ein Gelddrucker, der Rothaarige war Fachmann für Handtaschen und der Glatzkopf nannte sich Buchmacher oder Büchermacher; Timm hatte das nicht so genau verstanden.

Als er beim Kellner großspurig die Zeche bezahlen wollte, winkten die drei lächelnd, aber entschieden ab. Der kleine Herr mit der Glatze beglich die Rechnung. Er bezahlte auch Timms Limonade, sodass der Junge, als er sich von seinen neuen Freunden verabschiedete, noch den ganzen Gewinn in der Tasche hatte.

Kurz bevor Timm in die Straßenbahn einsteigen wollte, tauchte plötzlich der karierte Herr wieder vor ihm auf. Er sagte ohne jede Einleitung: »Timm, Timm, was bist du für ein dummer Junge! Jetzt hast du keinen Pfennig mehr.«

»Irrtum, mein Herr«, lachte Timm. »Hier ist mein Gewinn.« Er zog das Notenbündel aus der Tasche, zeigte es dem Fremden, zögerte kurz und sagte dann: »Es gehört Ihnen.«

»Das Geld in deiner Hand ist keinen Pfifferling wert«, sagte der Fremde verächtlich.

»Aber ich habe es am Schalter bekommen«, rief Timm. »Ganz bestimmt.«

»Am Schalter, mein Junge, hast du gutes Geld bekommen. Aber die drei Männer im Garten haben es dir todsicher gegen falsches Geld umgetauscht. Ich kenne sie. Leider sah ich dich zu spät in ihrer Gesellschaft, Timm. Ehe ich dazukommen konnte, hatten sie sich aus dem Staube gemacht. Es sind Gauner.«

»Ausgeschlossen, mein Herr! Der eine ist Fachmann für Handtaschen …«

»Jawohl, Timm, ein Taschendieb!«

»Ein Taschendieb?«, fragte der Junge verwirrt. »Und was macht der Drucker, der Geld druckt?«

»Er druckt falsches Geld.«

»Und der Dritte, der Büchermacher?«

»Ist ein so genannter Buchmacher, aber einer, der unerlaubte Wetten veranstaltet.«

Timm wollte es nicht glauben, bis der karierte Herr seiner Brieftasche einen Geldschein entnahm und ihn mit einem von Timms Scheinen verglich. Tatsächlich fehlten bei den Banknoten des Jungen, wenn man sie gegen das Licht hielt, die Wasserzeichen.

»Siehst du nun, dass ich Recht habe, Timm?«

Der Junge nickte benommen. Dann warf er plötzlich alle Geldscheine zu Boden und trampelte wütend darauf herum. Ein alter Herr, der gerade vorbeiging, machte große Augen, blickte abwechselnd den Jungen, das Geld und den karierten Herrn an und rannte dann plötzlich davon, als sei der Teufel hinter ihm her.

Der Fremde sagte eine Weile gar nichts. Dann zog er fünf Mark aus der Tasche, gab sie dem verdutzten Timm und forderte ihn auf, am nächsten Sonntag damit wieder zu kommen. Dann entfernte er sich rasch.

Warum wettet er eigentlich nicht selber?, dachte Timm. Aber dann vergaß er die Frage wieder, steckte das Geld ein und ging zu Fuß heim in die Gassenwohnung. Die falschen Scheine ließ er auf der Straße liegen.

Merkwürdigerweise prügelte ihn die Stiefmutter nicht, obwohl er sehr spät heimkam und obwohl es der Begräbnistag des Vaters war, an dem er sich davongestohlen hatte. Nur erhielt er kein Abendessen mehr und wurde fast wortlos ins Bett geschickt. Erwin durfte noch aufbleiben und bei den Begräbnisgästen sitzen, die Timm stumm und seltsam anstarrten.

Auf diesen absonderlichen Sonntag folgte eine lange, traurige Woche, in der Timm wieder wie sonst Prügel bekam und in der ihn der Lehrer noch öfter als üblich ermahnen musste. Der Junge überlegte ständig, ob er am folgenden Sonntag wieder zur Rennbahn gehen solle oder nicht. Die fünf Mark hatte er Erwins wegen in einer Mauerritze des Nachbarhauses versteckt. Immer wenn er daran vorbeiging, musste er lachen, ob er wollte oder nicht. Der Gedanke, vielleicht noch einmal beim Wetten zu gewinnen, machte ihm Spaß.

Dritter Bogen

Gewinn und Verlust

Als der lang ersehnte Sonntag da war, wusste Timm schon in der Frühe, dass er am Nachmittag wieder zur Pferderennbahn gehen würde. Kaum schlug die Wanduhr im Wohnzimmer dreimal, als er sich aus der Wohnung stahl, die fünf Mark aus der Mauerritze fingerte und wie ein Besessener zur Pferderennbahn lief.

Am Eingang rannte er gegen einen Herrn an, der niemand anders als der karierte Fremde war.

»Hoppla«, sagte der Herr. »Du kannst es wohl nicht erwarten?«

»Ich bitte um Entschuldigung!«, pustete Timm.

»Macht nichts, Junge. Ich habe dich erwartet. Hier ist der Wettschein. Hast du die fünf Mark?«

Timm nickte und holte das Geldstück aus der Tasche.

»Schön, mein Junge. Dann geh zum Schalter und wette. Wenn du gewinnen solltest, erwarte mich nachher hier am Eingang. Ich möchte etwas mit dir besprechen.«

»In Ordnung, mein Herr.«

Timm wettete also wieder, und als das Rennen zu Ende war, hatte er genau wie am Sonntag zuvor eine Menge Geld gewonnen.

Aber diesmal verließ er den Schalter schnell wieder, ohne irgendjemandem seinen Gewinn zu zeigen. Er stopfte die Geldscheine in die Innentasche seiner Jacke, versuchte ein möglichst gleichgültiges Gesicht zu machen und verließ die Rennbahn durch ein Loch im Zaun. Mit dem karierten Herrn wollte er nicht wieder zusammentreffen. Der Mensch war ihm ein bisschen unheimlich geworden. Überdies hatte der Fremde ihm das Geld und den Wettschein ja geschenkt. Er war ihm also nichts schuldig.

Hinter der Rennbahn lag eine Wiese, auf der verstreut einige Eichen standen. Timm legte sich hinter dem Stamm der dicksten Eiche ins Gras und dachte darüber nach, was er mit seinem Reichtum beginnen könnte. Er wollte sich damit alle Leute zu Freunden machen, die Stiefmutter, den Stiefbruder, den Lehrer und die Schulfreunde. Und dem Vater wollte er einen Stein aus Marmor auf das Grab setzen lassen. Darauf sollte in Goldbuchstaben geschrieben stehen: »Von deinem Sohn Timm, der dich nie vergisst.«

Sollte dann immer noch Geld übrig sein, wollte Timm sich einen Tretroller kaufen, wie ihn der Sohn vom Bäcker hatte, mit einer Hupe und Luftreifen.

Der Junge fing mit offenen Augen zu träumen an, bis er darüber müde wurde und einschlief.

An den karierten Herrn hatte er nicht mehr gedacht. Wenn er ihn jetzt gesehen hätte, wäre er sicher verwundert gewesen; denn der merkwürdige Fremde unterhielt sich gerade mit den drei Männern, die den Jungen am Sonntag zuvor eingeladen und beschwindelt hatten.

Zu seinem Glück – oder besser: zu seinem Unglück – sah Timm ihn nicht. Er schlief.

Eine scharfe Stimme weckte ihn wieder auf. Es war die Stimme eben jenes karierten Herrn. Er stand zu Timms Füßen auf der Wiese, sah den Jungen an und fragte nicht gerade freundlich: »Ausgeschlafen?«

Timm nickte, noch benommen vom Schlaf, richtete sich auf und tastete vorsichtshalber die Tasche seines Jacketts von außen ab. Sie fühlte sich merkwürdig leer an. Schnell fuhr der Junge mit der Hand in die Tasche hinein und war plötzlich hellwach: Die Jackentasche war wirklich leer. Das Geld war verschwunden.

Der karierte Herr grinste.

»Ha-ha-haben Sie das Geld?«, stotterte Timm.

»Nein, du Schlafmütze! Das Geld hat einer der drei Gauner, mit denen du vorigen Sonntag gezecht hast. Er ist dir nachgeschlichen. Es scheint mein Schicksal zu sein, dass ich immer zu spät komme. Als er mich kommen sah, rannte er weg. Dadurch habe ich dich entdeckt.«

»Wohin ist er gelaufen? Wir müssen die Polizei holen.«

»Ich mag keine Blauröcke«, sagte der Fremde. »Sie sind mir nicht fein genug. Und der Gauner ist sowieso schon über alle Berge.

Aber jetzt steh endlich auf, Junge! Und dann, marsch, nach Haus. Und komm nächsten Sonntag wieder.«

»Ich glaube, ich werde nicht wieder hierher kommen«, meinte Timm. »So oft hat man kein Glück. Ich weiß das von meinem Vater.«

»Man sagt, Glück und Pech kommen immer dreimal hintereinander, Timm. Und du wolltest dir doch sicherlich einige Sachen kaufen, stimmt's?«

Timm nickte.

»Nun, das alles kannst du haben, wenn du nächste Woche wieder kommst und ein Geschäft mit mir machst.«

Der Unbekannte sah auf seine Uhr und schien es plötzlich sehr eilig zu haben. »Auf Wiedersehen am nächsten Sonntag«, sagte er. Dann ging er schnell davon.

Mit krausen Gedanken im Kopf wanderte Timm nach Haus, wo ihn eine Tracht Prügel und die Schadenfreude seines Stiefbruders erwarteten.

Und wieder schlich eine lange Woche durch die Gasse. Aber in dieser Woche war Timm erstaunlich munter. Obwohl der karierte Herr ihm nicht geheuer schien, war er fest entschlossen, ein Geschäft mit ihm zu machen. Denn ein Geschäft, dachte der Junge, ist etwas Ordentliches und Gesetzliches. Da bekommt man keine Reichtümer für ein gefundenes Fünfmarkstück, sondern jeder gibt und nimmt etwas und jedem steht sein Teil zu. Es ist vielleicht merkwürdig, dass ein Junge im fünften Schuljahr so etwas denkt; aber in den engen armen Gassen, wo man sparen muss, um leben zu können, lernen schon die Kinder, Geld und Geschäfte wichtig zu nehmen.

Der Gedanke an den folgenden Sonntag half Timm über alle Verdrießlichkeiten der Woche hinweg. Manchmal überlegte er sich, ob der Vater den karierten Herrn vielleicht gebeten habe, auf Timm Acht zu geben, falls ihm etwas zustoßen sollte. Aber dann schien ihm, dass der Vater sich dafür wohl einen netteren, freundlicheren Herrn ausgesucht hätte.

Trotz allem: Timm war zu dem Geschäft mit dem Fremden bereit und der Gedanke daran machte ihm Spaß. Er lachte plötzlich wieder sein altes Kinderlachen. Und allen Leuten gefiel das Lachen. Er hatte mit einem Male mehr Freunde als je zuvor.

Es war kurios: Dieser Junge, der sich durch angestrengte Hilfsbereitschaft keine Freunde hatte schaffen können, dieser selbe Junge gewann durch nichts als sein Lachen beinahe jedermann zum Freund; zumindest mochte man ihn gern. Man verzieh ihm jetzt sogar Unarten, die man vorher getadelt hatte. So musste Timm mitten in einer Rechenstunde plötzlich daran denken, wie er vor lauter Eifer gegen den karierten Herrn angerannt war. Bei dieser Erinnerung lachte er unvermittelt sein kullerndes Lachen mit dem Schlucker am Schluss. Gleich darauf, als ihm das Ungehörige seines plötzlichen Lachens bewusst wurde, nahm er vor Schreck eine Hand vor den Mund. Aber der Lehrer war weit davon entfernt, mit ihm zu schimpfen. Das Gelächter kam so unerwartet und wirkte so drollig, dass die ganze Klasse lachen musste, einschließlich des Lehrers. Der hob nur den Finger und sagte: »Lachkanönchen sind die einzigen Kanonen, die ich schätze, Timm. Aber lass deine Salven nicht gerade in der Stunde los.«

Nun wurde Timm das »Lachkanönchen« genannt und es gab Mitschüler, die in den Pausen nur noch mit ihm spielen wollten. Selbst die Stiefmutter und Erwin wurden jetzt manchmal von Timms Lachen angesteckt.

Es war unbegreiflich, was der karierte Herr mit Timm angestellt hatte, aber diese neue Unbegreiflichkeit wurde dem Jungen nicht bewusst.

Trotz mancher bitteren Erfahrung in der Gassenwohnung war er noch ein Kind, das arglos und ohne Misstrauen war. Er merkte nicht, dass sein Lachen den Leuten gefiel und dass er dieses Lachen seit dem Tode des Vaters verborgen hatte wie ein Geizhals seinen Reichtum. Er meinte in seinen kindlichen Gedanken, die Erfahrungen und Erlebnisse auf der Rennbahn hätten ihn klüger gemacht und deshalb käme er jetzt mit aller Welt so gut aus. Hätte er damals schon gewusst, wie kostbar sein Lachen war, ihm wäre vieles in seinem Leben erspart geblieben. Aber er war eben noch ein Kind.

Einmal, als Timm aus der Schule kam, begegnete er dem karierten Herrn auf der Straße. Der Junge beobachtete gerade eine Hummel, die auf dem Ohr einer schlafenden Katze zu landen versuchte. Es sah sehr ulkig aus und Timm lachte wieder einmal. Aber kaum erkannte er den Fremden vom Rennplatz, als alle Lustigkeit wie weggeblasen war. Timm machte einen Diener und sagte guten Tag.

Der Fremde tat, als sähe er den Jungen nicht. Er knurrte nur im Vorbeigehen: »In der Stadt kennen wir uns nicht.« Dann ging er weiter, ohne ein einziges Mal den Kopf zu wenden.

»Dieses merkwürdige Benehmen gehört wohl zum Geschäftemachen«, dachte Timm. Dann lachte er schon wieder, weil die Katze erschrocken aus dem Schlaf auffuhr und mit dem Ohr schnippte, auf das die Hummel sich niedergelassen hatte. Ärgerlich brummend flog das dicke Insekt davon, während Timm pfeifend in seine Gasse wanderte.

Vierter Bogen

Das verkaufte Lachen

Am lang erwarteten Sonntag wollte Timm sich früher als sonst zur Rennbahn schleichen. Aber zu seinem Unglück fiel der Blick seiner Stiefmutter gegen halb drei Uhr zufällig auf den Kalender an der Wand und plötzlich erinnerte sie sich daran, dass ihr Hochzeitstag war, der Tag, an dem sie Timms Vater geheiratet hatte. Sie schluchzte kurz auf (denn das tat sie sehr gern) und dann mussten tausend Dinge auf einmal erledigt werden: Blumen mussten auf das Grab gebracht, Kuchen musste geholt, Kaffee musste gemahlen und eine Nachbarin musste eingeladen werden; das Kleid musste gewechselt und das neue Kleid gebügelt werden; Timm musste sämtliche Schuhe putzen und Erwin Blumen kaufen.

Timm hätte gern den Auftrag für die Blumen und das Grab übernommen. Denn wenn er sich dabei beeilte, konnte er immer noch rechtzeitig zu den Rennen kommen. Aber wenn die Stiefmutter aufgeregt war (und sie regte sich gern auf), konnte man sich schwer ihren Anordnungen widersetzen, weil sie am Ende nur noch aufgeregter wurde und schließlich heulend in einen Sessel sank, sodass man erst recht gehorchen musste. Timm verzichtete daher auf jeden Widerspruch und ging gehorsam zum Bäcker. (»Hintenrum! Dreimal klopfen! Sag, 's is wichtig!«)

Er kümmerte sich auch nicht um das brummige Gesicht der Bäckersfrau. (»Scher dich nicht um ihr Grunzen! Lass dich nicht ohne Kuchen wegschicken! Bleib bei dem alten Brummpott stehen, bisse dir was gibt!«)

Und er richtete die Bestellung seiner Stiefmutter genau aus. (»Sechs Bienenstich! Keine zweite Ware! Nur vom Besten! Sag ihr das.«)

Leider bekam er von der Bäckersfrau eine Antwort, auf die seine Stiefmutter ihn nicht vorbereitet hatte. Frau Bebber – so hieß die Bäckersfrau – sagte nämlich: »Erst muss die alte Rechnung bezahlt werden, ehe ich wieder anschreibe. Kannste zu Hause bestellen.

Wer sich's nicht leisten kann, soll keinen Kuchen kaufen. Sag das ruhig. Für sechsundzwanzig Mark Kuchen! Möcht wissen, wer die alle frisst! So viel Kuchen kaufen nicht mal die Präsidents vom Wasserwerk. Und die mögen Kuchen, das kann ich dir flüstern, mein Junge.«

Timm stand einen Augenblick stumm vor Staunen. Er bekam wohl hin und wieder eine Zuckerbrezel oder ein halbes Stück Bienenstich von der Mutter, aber für sechsundzwanzig Mark Kuchen: Das waren ja ganze Kuchenberge! Sollte die Stiefmutter heimlich Kuchen essen, wenn die Nachbarin zum Kaffee kam? Er wusste, dass die Frauen oft zusammenhockten, wenn Erwin und er in der Schule waren. Oder sollte Erwin der gute Kuchenkunde sein?

»Hat mein Bruder den Kuchen anschreiben lassen?«, fragte Timm.

»Der ist mit beim Konto«, schnaufte Frau Bebber. »Aber hauptsächlich sind es die Frühstückskuchen von deiner Mutter. Oder Stiefmutter ist sie ja wohl. Weißte wohl gar nichts von, was?«

»Doch, doch«, versicherte Timm rasch. »Das weiß ich natürlich.« Aber in Wirklichkeit wusste er gar nichts. Es empörte ihn nicht; es machte ihn auch nicht zornig; es machte ihn nur traurig, weil dieses Kuchenschlecken so heimlich und hinter dem Rücken geschah und weil dabei Schulden gemacht wurden.

»So«, sagte Frau Bebber abschließend, »und jetzt gehste ohne Kuchen nach Haus und bestellst, was ich dir gesagt habe. Klar?«

Timm blieb eisern stehen. (»Scher dich nicht um ihr Grunzen! Lass dich nicht ohne Kuchen wegschicken! Bleib bei dem alten Brummpott stehen, bisse dir was gibt!«)

Er sagte: »Heute ist doch der Tag, an dem mein Vater meine Mutter, ich meine, meine Stiefmutter, geheiratet hat. Und außerdem ...« Plötzlich dachte Timm an das Geschäft mit dem karierten Herrn und an die Rennbahn und an die Wetten. Er fuhr schnell fort: »Außerdem, Frau Bebber, bringe ich Ihnen das Geld heute Abend; und das Geld für die Bienenstiche, die Sie mir jetzt geben, kriegen Sie auch. Ganz bestimmt!«

»Du willst mir das Geld bringen?«

Frau Bebber zögerte, aber irgendetwas im Ton des Jungen schien ihr zu sagen, dass sie mit dem Gelde rechnen könne, wenigstens teilweise.

Sicherheitshalber fragte sie: »Woher willst du das Geld nehmen?«

Timm machte ein finsteres Gesicht wie die Räuber aus dem Theater und sagte mit möglichst tiefer Stimme: »Ich klau es mir, Frau Bebber. Bei Präsidents vom Wasserwerk.«

Der Junge spielte den Räuber so überzeugend, dass Frau Bebber lachte, weich wurde, und kurz und gut: Er bekam seine sechs Bienenstiche und einen siebten dazu, der nicht berechnet wurde.

Die Stiefmutter stand in der Tür, als Timm mit dem Kuchen kam. Sie wirkte noch immer (oder schon wieder?) aufgeregt und plapperte ohne Punkt und Komma: »Ich hättelieber selbergehensollen, hatsiewas gesagtwegen Anschreibenoderso? Sind die Bienenstiche inordnung, warum sagstedenn nichts?«

Timm hätte sich lieber die Zunge abgebissen als seine Unterhaltung mit Frau Bebber wiedergegeben. Außerdem musste er zur Rennbahn, und Aufregungen und Auseinandersetzungen mit der Stiefmutter brauchten ihre Zeit. So sagte er nur: »Sie hat mir einen Bienenstich umsonst gegeben. Darf ich spielen gehn, Mutt?« (Das Wort »Mutter« brachte er der Stiefmutter gegenüber nie über die Lippen.)

Ungewöhnlich schnell gab sie ihm die Erlaubnis fortzugehen. Sie gab ihm sogar einen Bienenstich mit auf den Weg. (»Wenn Frauen zusammen reden, langweilste dich ja doch nur. Geh ruhig spielen, aber komm zeitig nach Haus. Sechse genügt.«)

Timm rannte, so schnell er konnte, zur Pferderennbahn und futterte unterwegs sogar den Bienenstich, wobei höchstens drei Kleckse Füllung herunterplumpsten; einer allerdings auf die dunkelblaue Sonntagshose.

Der karierte Herr stand am Eingang der Rennbahn. Doch obwohl das erste Rennen schon lief, war er nicht im Geringsten ungeduldig oder aufgeregt. Er war heute die Freundlichkeit in Person. Timm musste sich mit ihm in den Gasthausgarten setzen, Limonade trinken und wieder Bienenstich essen. Der ganze Sonntag drehte sich um Bienenstich.

Übrigens machte der Fremde mit dem ernstesten Gesicht von der Welt solche Späße, dass Timm sich vor Lachen kugelte.

Er ist doch ein netter Kerl, dachte der Junge. Ich kann jetzt verstehen, dass mein Vater ihn mochte.

Überdies schaute der Fremde ihn mit warmen braunen Augen an, die freundlich blickten. Wenn Timm ein schärferer Beobachter gewesen wäre, hätte er wissen müssen, dass der Herr an den Sonntagen zuvor kalte wasserblaue Augen wie ein Fisch gehabt hatte. Aber Timm war kein scharfer Beobachter. Das Leben sollte ihn erst lehren, einer zu werden.

Endlich begann der karierte Herr vom Geschäft zu reden. »Mein lieber Timm«, fing er an, »ich biete dir Geld, so viel du willst. Ich kann es dir nicht in klingender Münze auf den Tisch zählen. Aber ich kann dir die Fähigkeit verleihen, jede Wette zu gewinnen, jede, verstehst du?«

Timm nickte beklommen, hörte aber genau zu.

»Natürlich verleihe ich dir diese Fähigkeit nicht umsonst, das wirst du verstehen. Solch eine Fähigkeit hat ihren Wert.«

Wieder ein Kopfnicken. Und dann Timms erregte Frage: »Was verlangen Sie?«

Einen Augenblick zögerte der Fremde und sah Timm nachdenklich an. »Was ich ver – lan – ge, möch – test du wis – sen?« Er zerdehnte die Wörter wie Kaugummi. Aber dann überstürzten sich die Worte so, dass man sie kaum verstehen konnte: »... chvriangedeinichendfür!«

Der Fremde merkte wohl, dass er zu schnell und zu unverständlich gesprochen hatte. So wiederholte er den Satz: »Ich verlange dein Lachen dafür.«

»Mehr nicht?«, fragte Timm lachend.

Aber als die braunen Augen ihn merkwürdig, fast traurig ansahen, verstummte das Lachen ohne den gewöhnlichen Schlussschlucker.

»Also?«, fragte der karierte Herr. »Einverstanden?«

Timms Blick fiel zufällig auf den Bienenstich auf seinem Teller. Er musste an Frau Bebber und an die Schulden und an all die Dinge denken, die er mit dem vielen Geld kaufen konnte. Und er sagte: »Wenn das ein richtiges Geschäft ist, bin ich einverstanden.«

»Schön, Junge, dann wäre noch ein Vertrag zu unterschreiben.«

Der karierte Herr zog ein Papier aus der Brusttasche, faltete es auseinander, legte es vor Timm auf den Tisch und sagte: »Lies ihn genau durch!«

Und Timm las:

1. *Dieser Vertrag wird zwischen Herrn L. Lefuet einerseits und Herrn Timm Thaler andererseits am ..... in ...... geschlossen und in zwei gleich lautenden Exemplaren von beiden Parteien unterschrieben.*

»Was heißt Parteien?«, fragte Timm.

»So werden die beiden Partner in Verträgen genannt!«

»Aha!«

Timm las weiter.

2. *Herr Timm Thaler vermacht hiermit Herrn L. Lefuet sein Lachen zu beliebigem Gebrauche.*

Als Timm zum zweiten Male die Worte »Herr Timm Thaler« gelesen hatte, kam er sich beinahe erwachsen vor. Schon dieser drei Worte wegen war er bereit, den Vertrag zu unterschreiben. Er ahnte nicht, wie dieser kleine Punkt zwei sein ganzes Leben ändern sollte.

Er las weiter.

3. *Als Entgelt für das Lachen verpflichtet sich Herr L. Lefuet, dafür zu sorgen, dass Herr Timm Thaler jede Wette gewinnt.*

    Dies gilt ohne Einschränkung.

Timms Herz schlug höher. Weiter:

4. *Beide Parteien sind verpflichtet, über diese Abmachung vollstes Stillschweigen zu bewahren.*

Timm nickte vor sich hin.

5. *Für den Fall, dass eine der beiden Parteien Dritten gegenüber diese Abmachung erwähnt und die im Punkt 4 festgelegte Verpflichtung zum Stillschweigen bricht, bleibt die andere Partei im Genusse der Fähigkeit a) zu lachen oder b) Wetten zu gewinnen, während die schuldige Partei die Fähigkeit, a) zu lachen oder b) Wetten zu gewinnen, in vollem Umfange verliert.*

»Das habe ich nicht verstanden«, sagte Timm stirnrunzelnd.

Herr L. Lefuet – jetzt wissen wir endlich seinen Namen – erklärte es ihm: »Schau, Timm, wenn du die Schweigepflicht brichst und irgendjemandem von dieser Abmachung erzählst, verlierst du die Fähigkeit, Wetten zu gewinnen, aber dein Lachen bekommst du auch nicht zurück. Wenn es umgekehrt ist und ich rede darüber, dann bekommst du dein Lachen zurück und behältst trotzdem die Fähigkeit, Wetten zu gewinnen.«

»Ich verstehe«, sagte Timm. »Schweigen heißt: Reich sein ohne Lachen. Reden heißt: Arm sein, aber auch ohne Lachen.«

»Genau das, Timm. Aber lies weiter.«

Und Timm las:

6. *Sollte der Fall eintreten, dass Herr Timm Thaler eine Wette verliert, so verpflichtet sich Herr L. Lefuet Herrn Timm Thaler sein Lachen zurückzugeben. Allerdings verliert Herr Timm Thaler damit auch die Fähigkeit, weiterhin Wetten zu gewinnen.*

»Das ist so ...«, wollte Herr Lefuet erklären. Aber Timm hatte es schon begriffen und fiel ihm ins Wort: »Ich weiß: Wenn ich später eine Wette verliere, dann bekomme ich mein Lachen zurück, gewinne aber keine Wette mehr.« Er las flüchtig den letzten Punkt durch:

> 7. *Diese Vereinbarung gilt von dem Augenblick an, in dem beide Parteien unter die zwei Exemplare ihre Unterschrift gesetzt haben.*
> *Ort ...... Datum ......*

Links hatte Herr Lefuet bereits unterschrieben. Timm fand, dass dies ein ordentlicher Vertrag war. Er nahm einen Bleistiftstummel aus der Tasche und wollte unterschreiben. Aber Herr Lefuet hinderte ihn daran. »Wir müssen mit Tinte unterschreiben«, sagte er und reichte Timm einen Füllfederhalter, der aus purem Gold zu sein schien und sich merkwürdig warm anfühlte, so, als sei er mit lauwarmem Wasser gefüllt. Aber der Junge bemerkte weder das Gold noch die Wärme des Füllfederhalters. Er dachte nur an seinen künftigen Reichtum und setzte unter die beiden Dokumente kühn seinen Namen. Er unterschrieb mit roter Tinte.

Kaum war dies geschehen, als Herr Lefuet auf die allerhübscheste Weise zu lachen anfing und danke schön sagte. Timm sagte bitte sehr und versuchte ebenfalls zu lachen, aber er brachte nicht einmal ein Lächeln zustande. Seine Lippen pressten sich gegen seinen Willen aufeinander und sein Mund wurde ein schmaler Strich.

Herr Lefuet nahm nun eines der beiden Vertragsexemplare, faltete es zusammen und steckte es in die Brusttasche. Das andere gab er Timm mit den Worten: »Verbirg es gut! Wenn jemand durch deine Fahrlässigkeit den Vertrag unter die Augen bekommt, hast du die Schweigepflicht gebrochen. Es könnte dir dann übel ergehen.«

Timm nickte, faltete seinen Vertrag ebenfalls zusammen und steckte ihn in das Futter seiner Schirmmütze, das an einer Seite aufgeplatzt war. Dann legte der karierte Herr ihm zwei Fünfmarkstücke auf den Tisch und sagte: »Dies wird der Grundstock deines Reichtums sein.«

Wieder lachte er Timms Lachen. Und plötzlich schien er große Eile zu haben. Er rief nach der Kellnerin, zahlte, stand auf, sagte flüchtig: »Viel Glück, Junge«, und entfernte sich.

Timm musste sich jetzt mit dem Wetten beeilen, denn das letzte Rennen stand kurz bevor. Er eilte zum Schalter, ließ sich einen Wettschein geben und wettete ohne großes Kopfzerbrechen auf das Pferd Mauritia II. Wenn der Vertrag in seiner Mütze stimmte, musste dieses Pferd gewinnen.

Und Mauritia II gewann.

Timm, der diesmal für zehn Mark gewettet hatte, erhielt mehrere hundert Mark, die er verstohlen in seine linke Jackentasche steckte. Dann verließ er schnell die Rennbahn.

Fünfter Bogen

Verhör am Abend

Erst draußen vor dem Tor der Rennbahn betastete Timm vorsichtig wieder das gewonnene Geld. Als das Papier knisterte, schlug ihm das Herz bis hinauf in den Hals. Er, Timm Thaler, war ein reicher Mann. Er konnte dem Vater einen Grabstein setzen lassen. Er konnte die Schulden bei Frau Bebber bezahlen. Er konnte der Stiefmutter und Erwin etwas kaufen, und wenn er wollte, konnte er sich einen Tretroller anschaffen. Mit Hupe und Luftreifen!

Um sein Glück zu genießen, ging Timm zu Fuß heim. Er hätte unterwegs der Stiefmutter gern etwas gekauft. Aber es war Sonntag und die Läden waren geschlossen. Den Gewinn in der Tasche umklammerte der Junge fest mit seiner linken Hand.

Unterwegs begegnete er drei Mitschülern. Während er sich mit ihnen unterhielt, fragte der eine: »Was hast du denn da in der Tasche, Timm? Einen Frosch?«

»Nein, eine Lokomotive«, sagte Timm und wollte lachen. Aber wieder pressten seine Lippen sich zu einem schmalen Strich zusammen.

Seine Schulfreunde merkten es nicht. Sie lachten über Timms Antwort und einer rief: »Zeig doch mal deine Lokomotive!«

»Vielleicht«, meinte ein anderer, »können wir damit nach Honolulu fahren.«

Aber Timm hielt die Hand nur umso fester in der Tasche und sagte: »Ich muss nach Hause. Auf Wiedersehn.«

Seine Schulkameraden ließen sich mit dieser Antwort nicht abspeisen. Sie warteten, bis Timm ein Stück weitergegangen war, schlichen ihm auf Zehenspitzen nach und rissen ihm plötzlich von hinten die Hand aus der Tasche.

Zu ihrer Verblüffung flogen Banknoten durch die Luft: Scheine, auf denen zwanzig, fünfzig, ja, sogar hundert Mark zu lesen war.

Das war ungewöhnlich, denn Timm wohnte im so genannten Armenviertel. Und die Jungen wussten das.

»Woher hast du das viele Geld?«, fragte einer.

»Ich hab es bei Präsidents vom Wasserwerk gestohlen«, sagte Timm und wollte trotz seines Zorns lachen. Aber es wurde ein so freches Grinsen daraus, dass die drei Jungen erschraken. Sie glaubten ernstlich, Timm spräche die Wahrheit; und plötzlich rannten sie Hals über Kopf davon. In der Ferne noch hörte man sie rufen: »Timm Thaler hat Geld gestohlen! Timm Thaler ist ein Dieb!«

Timm hörte es. Er sammelte traurig die Geldscheine wieder auf und steckte sie in die Tasche. Dann ging er an den kleinen Fluss, der die Stadt durchfließt, setzte sich auf eine Bank und sah einer Entenfamilie zu, die sich am Ufer herumtrieb.

Die kleinen Enten watschelten noch etwas unbeholfen durch das Gras und am Tag zuvor hätte Timm sicherlich über sie gelacht. Heute fand er sie nicht einmal komisch. Und das machte ihn traurig. Er starrte sie an, wie man eine leere Mauer anstarrt, ohne jede Teilnahme. Und er merkte, dass er an diesem Sonntag ein anderer Junge geworden war.

Erst als es langsam zu dunkeln begann, wanderte Timm in die Gasse zurück, in der er zu Hause war.

Vom Anfang der Gasse aus sah Timm vor der Tür seiner Wohnung die Stiefmutter mit einigen Nachbarn stehen. Sie schwätzten aufgeregt miteinander; doch kaum wurden sie Timms ansichtig, als sie wie ein Schwarm Hühner auseinander stoben und sich in ihre Wohnungen verkrochen. Aber überall blieben die Türen halb angelehnt und hinter allen Fenstern, an denen er vorbeikam, bewegten sich die Gardinen.

Die Stiefmutter war vor der halb geöffneten Tür stehen geblieben und machte eine Miene, als stehe der Weltuntergang bevor. Aus kreidebleichem Gesicht starrte ihre gerötete spitze Nase Timm entgegen. Und kaum war der Junge nahe genug, da ohrfeigte sie ihn ohne ein Wort von beiden Seiten und zerrte ihn ins Haus.

»Wo ist das Geld?«, kreischte sie im Hausflur.

»Das Geld?«, fragte der völlig ahnungslose Timm.

Wieder gab es zwei Ohrfeigen, dass ihm der Kopf dröhnte und Wasser in seine Augen trat.

»Gib das Geld her, du Nichtsnutz, du Verbrecher! Komm in die Küche!«

Timm wurde beinahe mitgeschleift. Er wusste noch immer nicht, was geschehen war. Doch zog er das Geld aus der Tasche und legte es auf den Küchentisch.

»Himmel, das sind ja Hunderte!«, schrie die Stiefmutter und starrte Timm an, als sei er ein Kalb mit zwei Köpfen.

Zum Glück öffnete sich genau in diesem Augenblick die Küchentür und die schnaufende Frau Bebber schob sich herein. Hinter ihr erschien auch Erwin, der mit großen Augen das Geld auf dem Tisch verschlang.

»Bei Präsidents ist nicht eingebrochen«, pustete Frau Bebber. »Dort fehlt kein Pfennig.«

Plötzlich begriff Timm den hässlichen Empfang: Er hatte Frau Bebber zum Scherz erzählt, er werde bei Präsidents vom Wasserwerk einbrechen. Und den Mitschülern hatte er dasselbe erzählt. Und sie hatten das viele Geld in seiner Tasche gesehen. Und ihn verpetzt. So war das also.

Er wollte jetzt alles erklären, aber die Stiefmutter tobte wieder einmal ohne Punkt und Komma und ließ ihn nicht zu Worte kommen: »Also nichtbeiden Präsidents! Danneben woanders. Wohastedasgeldge – stohlen? Sagdiewahrheit! Ehdie Polizeikommt! Alleindergasse wissenbescheid! Sagdiewahrheit!«

Timm sagte die Wahrheit: »Ich habe das Geld nirgends gestohlen.«

Diesmal hagelte es Ohrfeigen und Kopfnüsse, bis Frau Bebber der Stiefmutter in den Arm fiel und den Jungen leise fragte: »Hast du mir nicht erzählt, dass du heute Abend die Kuchenrechnung bezahlen willst, Timm?«

»Die Kuchenrechnung? Washatdas mitder Kuchenrechnung zutun?«, schrie mit überschnappender Stimme die Stiefmutter.

»Bitte, Frau Thaler, lassen Sie mich ruhig mit dem Jungen reden«, entgegnete die Bäckersfrau.

Heulend sank die Stiefmutter auf einen Küchenstuhl und griff nach einer Hand Erwins, die der Junge ihr mit Unbehagen ließ.

Frau Bebber fuhr in ihrem Verhör fort: »Timm, sag die Wahrheit. Woher wusstest du, dass du heute Abend so viel Geld haben würdest?«

Diesmal stockte Timm eine kurze Weile. Die Gedanken wirbelten ihm wie aufgescheuchte Spatzen durch den Kopf: Nur nichts von Herrn Lefuet sagen! Kein Wort über den Vertrag! Sonst ist er ungültig!

Endlich sagte Timm stockend: »Ich ... habe ... vor längerer Zeit ... mal fünf ... zehn ... Mark gefunden. Und damit wollte ich zu den Pferderennen gehen und wetten.« Er sprach jetzt wieder sicherer und flüssig. »Ich dachte, vielleicht gewinne ich etwas, und als ich auf das Pferd Mauritia II gesetzt hab, da habe ich das da gewonnen.« Er zeigte auf die Platte des Küchentisches. Dann zog er den Abschnitt des Wettscheines aus der Tasche und legte ihn zu dem Geld.

Frau Bebber wollte sich den Schein ansehen, aber schon hatte die Stiefmutter den kleinen Streifen Papier an sich gerissen, und nun studierte sie ihn wohl volle fünf Minuten lang.

Niemand in der kleinen Küche sprach ein Wort. Timm stand stumm und aufrecht; Erwin musterte ihn scheu von der Seite. Frau Bebber hatte die Arme über der Brust verschränkt; sie lächelte.

Endlich warf die Stiefmutter den Wettabschnitt wieder auf den Tisch und stand auf. »Wettgeld ist nicht ehrlich verdient«, sagte sie. Und verließ die Küche.

Nun sah sich auch Frau Bebber das kleine Papier an, nickte dann und sagte: »Du hast Glück gehabt, Timm.«

Von draußen schrie die Stimme der Stiefmutter nach Erwin. Ihr Sohn schlurfte folgsam hinaus, ohne ein Wort an Timm zu richten.

Der Junge, der sein Lachen verkauft hatte, kam sich wie ein Aussätziger vor. Er musste mit den Tränen kämpfen, als er Frau Bebber fragte: »Ist Wetten wirklich unehrlich?«

Die Bäckersfrau gab keine direkte Antwort. Sie sagte: »Die Neubauers von der Schlachterei haben auch gewonnen. In der Lotterie. Und sich davon das Haus gekauft. Ich mag die Neubauers gern.«

Dann zählte sie von dem Geld dreißig Mark ab, holte vier Mark aus ihrer Schürzentasche, legte sie auf den Tisch und sagte: »Der Kuchen ist bezahlt, Timm. Kopf hoch!« Und dann ging sie. Timm hörte, wie die Haustür ins Schloss fiel.

Er stand allein in der Küche. Trotz, Verzweiflung und große Traurigkeit erfüllten ihn.

Nach kurzem Überlegen stopfte er sich das Geld vom Küchentisch in die Tasche und wollte das Haus verlassen. Er wollte fortgehen. Weit weg.

Als er auf dem Flur war, hielt ihn die Stimme der Stiefmutter zurück: »Du legst dich sofort ins Bett!« Zögernd fügte sie hinzu: »Leg das Geld in das Küchenbüfett.«

Timm merkte, dass die Stimmung umschlug. Er gehorchte, brachte das Geld wieder in die Küche und legte sich hungrig, erregt und erschöpft ins Bett. Das Nebenbett war leer. Erwin schlief bei der Stiefmutter.

Eher, als man hätte denken sollen, fiel Timm in einen schweren Schlaf.

Hiermit endete die Erzählung des ersten Tages, und ich begab mich, um sie aufzuschreiben, in mein Hotel.

Der zweite Tag,

an dem erzählt wird, wie der arme Timm Thaler durch Pferderennen zu viel Geld kommt, wie er ohne Geld von zu Haus fortläuft, um zur See zu fahren, wie er einem hilfreichen Herrn aus Hamburg begegnet und wie er in einem Marionettentheater lernt, dass das Lachen den Menschen vom Tier unterscheidet.

Am nächsten Tag trafen Timm und ich uns nach Feierabend wieder im Korrektorenzimmer und ich war so gespannt auf den Fortgang der Geschichte, dass ich Timm bat, sie mir gleich weiterzuerzählen.
Timm tat mir den Gefallen. Er erzählte:

Sechster Bogen

Der kleine Millionär

Nach Timms Wettglück, von dem ich dir gestern erzählt habe, machte Frau Bebber, die Bäckersfrau, in den folgenden Tagen ein gutes Geschäft. Ihr Laden war fast ständig voll von neugierigen Leuten, denen sie die Geschichte von Timm Thalers Gewinn erzählen musste. Diese Erzählung würzte sie sehr geschickt mit einer Reklame für ihre Backwaren.

»... und dann erzählte mir der Junge, dass er das Geld bei Präsidents vom Wasserwerk stehlen will. Übrigens, Präsidents finden unsere Thüringer Wecken seeehr gut! Ja, und ich denke also, mich rührt der Schlag, als ich höre, dass der junge Tausende in der Tasche hat. Ich nichts wie rein in mein Sonntagskleid und auf zu Präsidents. Es war ja Sonntag und Präsidents hatten sowieso eine Torte bestellt, so mit Buchstabenguss: Alles Gute zum Geburtstag. Das macht mein Mann seeeehr gut! Ja, und dann höre ich also, dass da überhaupt nicht eingebrochen ist. Liebe Frau Bebber, sagt der Präsident zu mir, ich weiß, Sie sind eine verständige Frau und ihre Brötchen sind wirklich seeehr gut, aber da muss ein Irrtum vorwalten. Bei uns, sagt er, ist nichts gestohlen, sagt er ...« Und so weiter und so weiter ...

Timm war der Held des Tages. Bei den Nachbarn, in der Schule und teilweise sogar zu Haus. Die Stiefmutter, die plötzlich einen Pelzkragen am Mantel hatte, war vorsichtig geworden im Umgang mit Timm; sein Stiefbruder überfiel ihn bei allen Gelegenheiten mit Fragen über Pferderennen; die Nachbarn nannten ihn, teils scherzend, teils neidisch, den »kleinen Millionär«; und auf dem Schulhof riss man sich förmlich um ihn.

Den Jungen freute die allgemeine Aufmerksamkeit. Er hatte seinen drei Mitschülern das Petzen und seiner Stiefmutter die Schläge längst verziehen. Gern hätte er jetzt mit aller Welt gescherzt. Aber das ging nicht mehr. Wenn er zu lachen versuchte, grinste er frech.

Bald versuchte er gar nicht mehr zu lachen oder witzig zu sein. Er gewöhnte sich daran, ein ernstes Gesicht zu machen.

Da sagten die Nachbarn: »Er ist hochmütig geworden.« Die Mitschüler fingen an ihn zu meiden, als ihre Neugierde befriedigt war, und sogar die Stiefmutter, die jetzt etwas ruhiger war als vorher, nannte ihn einen Sauertopf.

Übrigens sagte die Stiefmutter nie wieder, dass Wettgeld nicht ehrlich verdient sei. Sie fand Pferderennen plötzlich ehrenhaft und gesetzlich. Sie fragte Timm sogar, ob er von dem Geld zwanzig Mark haben wolle, damit er am Sonntag noch einmal wetten könne.

Timm, der von dem Gewinn bis dahin keinen Pfennig erhalten und die Träume vom Marmorgrabstein und vom Tretroller fürs Erste begraben hatte, lehnte aus Trotz auch die zwanzig Mark ab. Seit der Sache mit der Kuchenrechnung sah er die Stiefmutter mit anderen Augen an. Er traute ihr nicht mehr.

In dieser Woche wünschte Timm zum ersten Mal in seinem Leben, dass es keine Sonntage geben möge. Er fürchtete, dass die Stiefmutter ihn zu einem Besuch der Rennbahn überreden werde. Und seine Furcht war begründet. Schon am Samstagabend kamen die ersten Bemerkungen: »Möchste noch'n Brot, Timm? Eigentlich soll man ja dreimal wetten, wenn man Glück gehabt hat. Na, ist ja noch Zeit bis morgen. Kannste dir ja immer noch überlegen, obste gehst oder nicht, nicht?«

Und natürlich ging Timm doch. Nicht nur, weil Erwin und die Stiefmutter schon beim Frühstück anfingen, Bemerkungen über Pferderennen zu machen, sondern auch, weil Timm den Vertrag erproben wollte, diesen merkwürdigen Vertrag im Mützenfutter, von dem er schon jetzt nicht mehr recht wusste, ob er ein gutes Geschäft oder eine Gemeinheit war.

Sie fuhren zu dritt mit der Straßenbahn zum Rennplatz. Erwin hatte vor Aufregung zum ersten Mal rote Flecken auf den bleichen Wangen, und die Stiefmutter plapperte wieder ohne Punkt und Komma von Risiko, Schiebungen und viel zu hohem Einsatz. Sie gab Timm die zwanzig Mark mit hundert überflüssigen Ermahnungen und fügte hinzu: »Setz das Geld nicht auf Fortuna, Timm! In der Straßenbahn hab ich gehört, Fortuna hat keine Aussichten. Hat eine Pferdekrankheit oder so was. Also nicht auf Fortuna, Timm!«

Natürlich setzte Timm jetzt erst recht auf Fortuna. Mit dem Vertrag in der Mütze konnte ihm nichts passieren. Obendrein hielt er es für klug, der Stiefmutter zu beweisen, dass er von diesen Dingen mehr verstand als sie.

Aber als sie auf der Rennbahn waren, schenkten die Stiefmutter und Erwin ihm kaum mehr Aufmerksamkeit. Sie waren viel zu sehr gefesselt von allem, was um sie herum vorging: von den feinen Damen und den eleganten Herren, von den Rennpferden, die an Zügeln vorbeigeführt wurden, von den kleinen Jockeis mit den roten Mützen und von all dem geschwätzigen, lärmenden Durcheinander vor den Schaltern und an den Gittern.

»Willst du nicht zuschauen?«, fragte die Stiefmutter, als Timm seinen Wettschein abgegeben hatte.

Der Junge schüttelte den Kopf.

»Auf welches Pferd hast du gesetzt?«, fragte Erwin.

»Auf Fortuna«, erwiderte Timm unnötig laut.

Die Stiefmutter fuhr herum. »Auffortuna? Aberich habedir dochgesagt, dass diesespferd, dashabich iner Straßenbahn gehört…«

Der Startschuss für das Rennen unterbrach das Geplapper. Pferdegetrappel war zu hören; die Zuschauer fingen zu rufen und zu lärmen an; und die Stiefmutter und Erwin stürzten davon, um hinter Zylindern, Hüten und Schleiern einen Blick auf die Pferde zu erhaschen. Sie standen nicht weit von Timm entfernt, der sich ins Gras gesetzt hatte, und ab und zu schrie Erwin aufgeregt etwas herüber.

»Fortuna liegt an dritter Stelle!«, schrie er. Und dann: »Fortuna holt auf!« Schließlich jubelnd und kreischend: »Fortuna ist vorn!«

Aber dann sah es so aus, als sei Fortuna erschöpft. Das Pferd fiel zurück und Erwin schrie: »Unser Geld ist weg! Fortuna kann nicht mehr!« Jetzt drehte die Stiefmutter den Kopf zu Timm um und ihr Blick sagte: »Ich habesja gewusst. Hättste aufmichge – hört.«

Doch kurz vor dem Ziel holte Fortuna unglaublich auf. Erwin schrie wie besessen: »Gut, Fortuna! Fein, Fortuna, Fortuuunaaa!« Dann ging ein Schrei durch das Publikum und Timm wusste: Fortuna hatte gesiegt. Und Herr Lefuet hatte auch gesiegt.

Übrigens hatte Timm sich auch deshalb abseits gesetzt, weil er gehofft hatte, Herrn Lefuet zu begegnen. Aber unter den wenigen karierten Ballonmützen, die er sah, blickten ihn fremde Gesichter an. Lefuet war nicht zu sehen. (Trotzdem war er – wenn auch nicht kariert – auf dem Rennplatz. Mehrere Male musterte er von versteckten Plätzen aus mit zusammengekniffenen Augen Timms Gesicht.)

Erwin kam jetzt atemlos gelaufen.

»Gewonnen!«, brüllte er. »Gib mir den Schein, Timm!«

Aber Timm behielt den Wettschein in der Hand und wartete, bis sich die Leute vor den Schaltern verlaufen hatten. Dann erst holte er sich den Gewinn: bare zweitausend Mark.

»Wir haben ziemlich viel gewonnen«, sagte er und reichte der Stiefmutter das Geld hin. »Es müssen zweitausend Mark sein.«

»Haste nachgezählt, Timm? Meinstedasses stimmt?«

»Wird schon stimmen«, erwiderte der Junge.

»Papperlapapp! Gibherund lassmich nachzählen!« Sie riss ihrem Stiefsohn das Geld aus der Hand, zählte die Banknoten, verzählte sich, zählte abermals nach und sagte endlich: »Es stimmt. Es sind zweitausend Mark.«

Dann sagte plötzlich niemand mehr etwas. Die Stiefmutter starrte auf das Bündel Banknoten in ihrer Hand, Erwin stand mit offenem Munde da und Timm machte sein gewöhnliches ernstes Gesicht.

Endlich brach die Stiefmutter das Schweigen.

»Was fangenwir bloßmit alldem vielengeldan?«

»Ich weiß nicht«, sagte Timm. »Es ist dein Geld.«

Da fing die Stiefmutter plötzlich zu weinen an; man wusste nicht, war es Freude, Überraschung, Rührung oder alles das zusammen. Sie küsste abwechselnd die beiden Jungen, wischte sich die Augen mit einem Taschentuch und sagte dann: »Kommt, Kinder, das müssen wir feiern.«

Und wieder einmal saß Timm unter dem Kastanienbaum des Gasthausgartens, unter dem er mit dem Vater, mit den Gaunern und zuletzt mit dem karierten Herrn gesessen hatte.

Die Stiefmutter war munter und geschwätzig: »Habichja geahnt, dass Timm aus einem ganz besonderengrund auffortunagesetzt hat! Bist doch ein Schlaumeier!« Und sie zwickte ihn ins Ohrläppchen. Dann ließ sie Kuchen und Limonade kommen. Aber keinen Bienenstich.

Erwin redete von elektrischen Eisenbahnen und braunen Schuhen mit Gummisohlen. Nur Timm saß stumm wie ein Fisch dabei, ein Junge, der nicht mehr lachen konnte.

Siebenter Bogen

Der arme Reiche

Timm musste nun an allen Sonntagen mit der Stiefmutter und Erwin zu den Pferderennen gehen und wetten. Er tat es nicht gern. Manchmal stellte er sich krank. Manchmal stahl er sich am Sonntagmorgen aus dem Haus und ließ sich erst am Abend wieder blicken. Dann gingen die Stiefmutter und Erwin allein zur Rennbahn. Aber die beiden hatten kein Glück. Bestenfalls gewannen sie ein paar Mark.

So musste Timm immer wieder mit ihnen gehen und immer größere Summen wetten. Er war auf dem Rennplatz bald so bekannt wie ein bunter Hund und sein Wettglück wurde sprichwörtlich. Von glücklichen Gewinnern sagte man: »Er hat Glück wie Timm.«

Der Junge wusste es im Übrigen so geschickt einzurichten, dass er einmal mehr und einmal weniger gewann. Setzte er zum Beispiel auf ein Pferd, auf das sehr viele Leute gesetzt hatten, so war der Gewinn nicht sehr hoch. Wettete er dagegen auf einen Außenseiter, auf den fast niemand gesetzt hatte, dann gewann er ungewöhnlich viel.

Die Stiefmutter, die anfangs erklärt hatte, dass alles Geld Timm gehöre und dass sie es nur für ihn verwalte, sprach bald nur noch von »unseren Gewinnen« und von »unserem Geld« und »unserem Konto«. Timm bekam nie mehr als ein kleines Taschengeld. Immerhin sparte der Junge sich so viel zusammen, dass es am Ende für einen Marmorgrabstein reichte. Diesen Betrag legte er sich zur Seite. Er hatte ihn in Papiergeld gewechselt und versteckte die Scheine in der Standuhr, von der er durch Zufall entdeckt hatte, dass sie einen doppelten Boden besaß, dessen oberen Teil man abheben konnte.

Der Stiefmutter stieg das viele unerwartete Geld zu Kopfe. Sie hatte bald so viele Feinde, als Leute in der kleinen Gasse wohnten. Ihrer alten Kuchenfreundin sagte sie ins Gesicht, dass sie schlecht gekleidet sei und dass sie sich auf der Straße nicht mehr mit ihr sehen lassen könne. (Auf den Gedanken, ihrer sehr viel ärmeren

Freundin ein Kleid zu kaufen, kam sie offenbar nicht.) Frau Bebbers Kuchen tadelte sie vor allen Leuten und kaufte weit teureres Gebäck in einer Konditorei der Innenstadt. (Dass Frau Bebber ihr wochenlang ganze Berge von Kuchen angeschrieben hatte, war ihr offenbar entfallen.)

Erwin, dem Frau Thaler heimlich zusätzliches Taschengeld gab, spielte jetzt reicher Leute Kind. Er trug Schuhe mit lächerlich dicken Specksohlen, Anzüge mit langen Hosen und sehr bunte Krawatten. Auch rauchte er heimlich und spielte den Pferdekenner.

Timm, von dem der Reichtum stammte, war der Einzige, der ihn heimlich verfluchte. Er lief oft stundenlang in abgelegenen Teilen der Großstadt herum in der Hoffnung, Herrn Lefuet zu begegnen. Er hoffte, dass der karierte Herr ihm sein Lachen wiedergäbe, wenn er künftig auf allen Reichtum verzichtete. Aber Herr Lefuet zeigte sich niemals.

Der karierte Herr jedoch hatte den Jungen keineswegs aus den Augen verloren. Manchmal nämlich fuhr ein viertüriges Auto durch Timms Wohngegend und auf den Rückpolstern saß ein Herr mit einer karierten Ballonmütze. Wenn dieser Mann Timm irgendwo entdeckte, befahl er dem Chauffeur zu halten und beobachtete den Jungen mit besorgter, wenn nicht sogar mit ängstlicher Miene. Dieser Herr hatte auch dafür gesorgt, dass ein Werbekalender in die Gassenwohnung kam, in dem zwischen Reklameversen für Kaffee, Kakao oder Butter Aussprüche berühmter Leute standen. Nicht zufällig las man auf der ersten Seite:

> *»Man sollte einen Vertrag wie eine Heirat behandeln: genau und sorgsam überlegen, ehe man ihn eingeht; aber treu daran festhalten, wenn man ihn geschlossen hat.*
>
> L. Lefuet«

Zum Glück für Timm schnitt die Stiefmutter dieses Blatt aus, weil die Rückseite mit Sterndeuterei gefüllt war. (Sie war unter dem Sternbild des Skorpions geboren.)

Das Schlimmste für Timm wurde mit der Zeit die Feindseligkeit in der Gasse. Man nahm sein immer ernstes Gesicht als Zeichen für Hochmut und Dünkel und warf ihn mit Erwin und der Stiefmutter in einen Topf. Und auf diesem Topf stand in großen, fetten Lettern geschrieben: »Neureiche Protze!«

Niemand war deshalb so froh wie Timm (soweit er noch froh sein konnte), als die Stiefmutter die Gassenwohnung verließ und ein Stockwerk in einer teuren Straße mietete.

Die Möbel, sofern sie nicht neu angeschafft worden waren, verschenkte die Stiefmutter an die wenigen Leute in der Gasse, mit denen sie noch sprach. Sie wollte auch die Standuhr verschenken, in der Timms Ersparnisse versteckt waren. Zum Glück hörte der Junge früh genug davon und bat, die Standuhr in sein Zimmer in der neuen Wohnung stellen zu dürfen. Er bat so eindringlich darum, dass die Stiefmutter es mehr verwundert als verärgert gestattete. So zog der stundenschlagende Geldschrank mit in Timms erstes eigenes Zimmer, in dem der Junge zum ersten Mal allein und in Ruhe seine Schularbeiten machen konnte.

Die Stiefmutter nahm sich in der neuen Wohnung ein Dienstmädchen. Aber kein Mädchen hielt es längere Zeit bei ihr aus. Auf die Marie folgte Berta, auf die Berta Klara, auf Klara folgte Johanna, und schließlich kam eine alte Frau, die Griet hieß. Die blieb, weil sie sich nichts gefallen ließ und zurückzankte, wenn Timms Stiefmutter mit ihr stritt.

Unter dem Zanken und Wiederversöhnen der beiden Frauen vergingen die Jahre, bis Timm vierzehn war und einen Beruf ergreifen musste.

Die Stiefmutter wünschte und befahl, dass Timm als Lehrling in ein Wettbüro eintreten sollte. Das hatte einen guten Grund: Genau an seinem dreizehnten Geburtstag hatte Timm sehr viel Geld auf ein Pferd gesetzt, das nur durch eine Gefälligkeit der Rennleitung zum letzten Male mitlaufen durfte, bevor es sein Gnadenbrot erhielt. Auf dieses Pferd hatte niemand gewettet – außer Timm. Und weil Timm darauf gewettet hatte, gewann das Pferd zum Staunen aller Fachleute. Der Junge erhielt bare dreißigtausend Mark. Und nach diesem Gewinn erklärte er seiner Stiefmutter, sie seien jetzt reich genug und er werde nicht mehr wetten. Weder Tränen noch Schläge konnten ihn umstimmen. Niemals mehr ging er zur Pferderennbahn.

Erwin und die Stiefmutter versuchten noch einige Male allein ihr Glück. Aber als sie am Ende dreitausend Mark verwettet und kaum dreihundert Mark gewonnen hatten, hörten auch sie mit dem Wetten auf.

Nun hoffte die Stiefmutter, Timm werde wieder Geschmack an den Pferderennen finden, wenn er in ein Wettbüro als Lehrling einträte. Sie hatte sogar schon Verhandlungen mit dem reichsten Wettunternehmer der Stadt geführt. Aber Timm trotzte ihr und sagte, er wolle zur See fahren und nichts mehr mit Pferdewetten zu tun haben.

Eines Tages nun – Timm war seit ein paar Tagen aus der Schule entlassen – fing die Stiefmutter auf die bekannte Art wieder einmal von Timms zukünftigem Beruf zu reden an: »Nun bistekeinkindmehr, Timm. Und irgendwasmusste dochnunan – fangen. Indemwettbüro kannstemit deinengabennochmal einreichermann werden, Timm. Ichwilljanurdein Bestesjunge. Ichdenknichanmich. Ichdenkdochnurandich.«

»Ich gehe aber nicht in ein Wettbüro. Ich will zur See fahren«, sagte Timm.

Nun wurde die Stiefmutter erst ärgerlich, dann zornig und am Ende rührselig. Sie fing wie gewöhnlich an zu weinen und rief, er wolle sie allein lassen, damit sie im Alter kein Geld mehr habe und betteln müsse, und er wolle sie und seinen Bruder Erwin ins Unglück stürzen und allein ein reicher Mann werden, und überhaupt habe er nie ein Herz für die Familie gehabt. Er könne ja nicht einmal mehr lachen.

Die letzte Bemerkung traf Timm schwerer, als die Stiefmutter ahnte. Das Blut schoss ihm in den Kopf. Er wäre am liebsten davongerannt. Aber seit er sein Lachen verloren hatte, hatte er so sehr an Selbstbeherrschung gewonnen, dass es für einen Jungen in seinem Alter beängstigend war. Auch diesmal konnte er sich so beherrschen, dass die Stiefmutter von seiner Erregung nichts bemerkte außer der Röte in seinem Gesicht.

»Gib mir am nächsten Sonntag ebenso viel Geld wie damals, als ich zuletzt gewettet habe«, sagte er. »Ich werde wahrscheinlich viel gewinnen.«

Ehe die Stiefmutter zugestimmt hatte, verließ Timm die Wohnung, rannte an den Fluss, setzte sich auf eine abgelegene Uferbank und versuchte seiner Erregung Herr zu werden. Aber diesmal gelang es ihm nicht. Er weinte. Und weil er nicht weinen wollte, schüttelte ihn das Schluchzen umso schlimmer, bis er sich endlich seiner Verzweiflung überließ. Da hörte das Weinen und Geschütteltwerden nach und nach auf, und nun fing dieser vierzehnjährige Junge kühl und ruhig an, über seine Zukunft nachzudenken.

Er beschloss, am folgenden Sonntag wieder auf einen Außenseiter zu setzen und viel Geld zu gewinnen. Das Geld sollte die Stiefmutter bekommen, und dann wollte er sie und Erwin verlassen und einfach davonlaufen. Vielleicht würde er Schiffsjunge werden, vielleicht etwas anderes. Um das Geld brauchte er sich keine Sorgen zu machen. Wetten kann man überall. Am Reichsein – das wusste er jetzt – hatte er ohnedies keinen Spaß. Er hatte sein Lachen verkauft für etwas, was er gar nicht brauchte.

Und nun beschloss der Junge auf der Uferbank am Fluss etwas viel Wichtigeres: Er wollte sein Lachen zurückgewinnen. Er wollte seinem Lachen nachlaufen. Er wollte Herrn Lefuet suchen, wo immer auf der Welt er sein mochte.

Es wäre gut gewesen, wenn Timm irgendeinen Menschen gehabt hätte, meinetwegen einen betrunkenen Kutscher oder einen halb verrückten Landstreicher, dem er von seinem Entschluss hätte erzählen können. Die schwierigsten Dinge können einfach werden, wenn man mit einem anderen Menschen darüber spricht. Aber Timm durfte nicht darüber sprechen. Er musste sich zuschließen wie eine Auster. Ein Stück Papier, das jetzt im doppelten Boden der Standuhr lag, machte ihn zum einsamsten und zum traurigsten Jungen, den die Sonne beschien.

Timm war ganz allein. In dieser Stimmung kam ihm der Vater in den Sinn und das ersparte Geld für den Marmorgrabstein. Und er beschloss noch etwas: Vor seiner Flucht sollte der Vater den Stein aufs Grab bekommen. Timm wusste, das würde Schwierigkeiten machen. Aber durchsetzen wollte er's.

Ruhig stand er jetzt von der Bank auf. Er hatte Pläne, die er durchführen musste. Und die Pläne machten den Jungen stark.

Achter Bogen

Der letzte Sonntag

Als der Sonntag kam – der letzte Sonntag, den Timm in seiner Geburtsstadt verbrachte –, sah man der Stiefmutter schon beim Frühstück die Aufregung an. Sie hatte einen besonders starken Kaffee gekocht, den sie in gierigen Schlucken trank, und sie aß fast nichts. Timm hatte sie ein wenig mehr Geld gegeben, als er erbeten hatte. Auch hatte sie ihr prächtigstes Staatskleid aus bestickter Seide angezogen und den Fuchspelz bereitgelegt.

»Ichbingespanntobwirgewinnen«, schnatterte sie. »Weißteschonaufwel – chespferddu setzt, Timm?«

»Nein«, sagte der Junge wahrheitsgemäß.

»Ja, machstedirdennochkeine Gedanken? Kannstedenneinfachsoins Blauewetten?«

»Timm weiß schon, was er tut«, sagte Erwin. Die Wetterfolge seines Stiefbruders erfüllten ihn mit ebenso viel Neid wie Respekt.

Nach dem Frühstück fuhren die drei in einem Taxi zum Rennplatz. Die Stiefmutter steuerte dort sogleich auf die Wettschalter zu. Aber Timm sagte, er müsse sich noch ein wenig umhorchen. Das sah die Verwandtschaft ein. Timm durfte sich allein unter die Leute mischen und ihre Gespräche belauschen.

Auf dem Rennplatz war er fast vergessen, weil er ein ganzes Jahr lang nicht gewettet hatte. Aber einige Leute kannten ihn noch und zeigten flüsternd auf ihn. Besonders ein Herr mit krausem braunem Haar und merkwürdig stechenden wasserblauen Augen schien sich sehr für Timm zu interessieren. Er umkreiste den Jungen wie ein Hund seinen Herrn, beobachtete ihn ebenso unablässig wie unauffällig und stellte sich schließlich neben Timm, als der die Liste der Pferde studierte.

»Auf Südwind scheint niemand zu setzen«, bemerkte er betont beiläufig und ohne den Jungen dabei anzusehen. »Willst du auch wetten?«

»Ja«, sagte Timm. »Und zwar auf Südwind.«

Jetzt wandte der Fremde den Kopf. »Das ist sehr kühn, mein Junge. Südwind hat so gut wie gar keine Gewinnchancen.«

»Wir werden sehen«, meinte Timm.

Irgendwie war ihm nach Lachen zumute. Aber er konnte nicht lachen. Ernst und ein wenig traurig sah er den Fremden an, der jetzt über Timms kühne Wettabsichten zu witzeln begann und den Jungen zum Schalter begleitete.

Unterwegs scherzte der Fremde weiter. Er machte Witze über die kleinen Jockeis und beobachtete genau das Gesicht des Jungen. Aber Timm verzog keine Miene.

Kurz vor dem Schalter blieb der Herr stehen. Unwillkürlich verhielt auch Timm den Schritt. »Ich heiße Kreschimir«, sagte der Fremde. »Ich meine es gut mit dir, mein Junge. Ich weiß, du hast auf diesem Rennplatz noch nie eine Wette verloren. Das ist selten und zugleich seltsam. Darf ich dich etwas fragen?«

Timm blickte in die wasserblauen Augen, die ihn an jemanden erinnerten. Aber er wusste nicht, an wen. Er sagte: »Bitte schön, fragen Sie.«

Leise und ohne den Jungen aus den Augen zu lassen, fragte Herr Kreschimir: »Warum lachst du niemals, Junge? Magst du nicht? Oder – kannst du nicht?«

Timm stieg das Blut zu Kopfe. Wer war dieser Mann? Was wusste er? Ihm schien mit einem Male, dieser Mann habe die Augen Lefuets. War dies der veränderte Lefuet, der Timm auf die Probe stellen wollte?

Der Junge hatte wohl etwas lange mit seiner Antwort gezögert; denn plötzlich sagte Herr Kreschimir: »Dein Schweigen ist beredt genug. Vielleicht kann ich dir einmal helfen. Ich heiße Kreschimir. Vergiss das nicht. Auf Wiedersehen.«

Im Gedränge der Rennplatzbesucher verschwand der Mann. Timm verlor ihn aus den Augen. Beunruhigt ging er zum Schalter und setzte alles Geld auf Südwind.

Nach der Begegnung mit Herrn Kreschimir war er fester als je entschlossen, spätestens am nächsten Tag die Stadt zu verlassen.

Seine Stiefmutter und Erwin hatten ihn am Schalter entdeckt.

Offenbar hatten sie dort auf ihn gewartet. Timm verriet diesmal nicht, auf welches Pferd er gesetzt hatte. Aber zum ersten Mal sah er sich mit den beiden zusammen das Rennen an.

Südwind war ein ungewöhnlich temperamentvoller junger Hengst, der sein drittes Rennen lief. Man war der Meinung, das Pferd sei viel zu früh zu den Rennen zugelassen worden. Es hatte bis jetzt nur Plätze in der Mitte des Feldes erzielt. Einmal zwar war Südwind bei Beginn des Rennens wie ein Pfeil an die Spitze vorgeschossen. Aber bald war das Tier zurückgefallen und wie gewöhnlich mit dem Mittelfeld ins Ziel eingelaufen.

Dies alles erfuhr Timm aus dem Gespräch zweier Herren, die neben ihm standen. Zum ersten Mal war er auf ein Rennen gespannt. Er hatte Furcht, nach dem Gespräch mit Herrn Kreschimir könne sein Vertrag mit dem karierten Herrn ungültig sein. Das Ergebnis dieses Rennens sollte ihm zeigen, ob seine Furcht begründet war.

Der Startschuss wurde gegeben. Südwind kam, als die Pferde sich eingelaufen hatten, auf den vierten Platz, den er ziemlich stetig hielt. Die beiden Herren neben Timm unterhielten sich über das Pferd, das sich an die Spitze gesetzt hatte. Aber dann kamen sie auf Südwind zu sprechen. Timm hörte in dem sich steigernden Lärm der Zuschauer nur Bruchstücke des Gesprächs: »... viel gelernt ...«, »... spart seine Reserven ...«, »... wird sich machen ...«

Siegesaussichten schien Südwind nicht zu haben. Er hielt den vierten Platz, aber die Pferde vor ihm gewannen an Vorsprung. Erwin und die Stiefmutter drangen jetzt in Timm, ihnen zu sagen, auf welches Pferd er gesetzt habe. Aber der Junge war unsicher geworden. Ängstlich verfolgten seine Augen das Rennen. Südwind schob sich jetzt kaum merklich nach vorn. Aber die Strecke bis zum Ziel war nur noch kurz.

Da plötzlich strauchelte das Pferd an der Spitze. Die beiden Pferde dicht hinter ihm scheuten kurz und drängten sich ein wenig zur Seite. In diesem Augenblick zog Südwind gradlinig in einem glänzenden Endlauf an ihnen vorbei und lief kurz darauf unangefochten als Sieger durchs Ziel.

Das Rufen der Menge war mehr Enttäuschung als Jubel. Neben sich hörte Timm sagen: »Eines der verrücktesten Rennen, die ich erlebt habe!«

Auf der großen Gewinntafel erschien der Name »Südwind« ganz oben. Timm war erleichtert. Wie gern hätte er jetzt gelacht. Aber stattdessen nahm er nur stumm den Wettabschnitt aus der Tasche, gab ihn der Stiefmutter und sagte: »Wir haben gewonnen. Bitte, hole du das Geld.«

Frau Thaler stürzte in Erwins Begleitung zu den Schaltern. Timm fuhr, ohne auf die beiden zu warten, mit der Straßenbahn heim, holte aus der Standuhr den Vertrag und das ersparte Geld, steckte das eine ins Mützenfutter, das andere in die Brusttasche seines Mantels und wollte eben mit dem Mantel über dem Arm die Wohnung verlassen, als er die Stiefmutter und Erwin kommen hörte. Schnell trat er hinter den Vorhang der kleinen Besenkammer.

Er hörte die Stiefmutter seinen Namen rufen. Aber er verhielt sich still.

»Womagderjungebloß sein?«, hörte er dann. »Eristsokomischinderletztenzeit.«

Im Innern der Wohnung verloren sich die Stimmen. Er hörte Erwin noch fragen: »Sind wir jetzt sehr reich?« Und die schrille Stimme der Stiefmutter sagte etwas wie: »... undvierzigtausend!«

»Nun«, dachte Timm ganz kühl und ruhig. »Dann brauchen die beiden mich sicher nicht mehr.«

Er verließ die Besenkammer, öffnete und schloss die Wohnungstür so leise wie möglich, ging hart unter den Fenstern vorbei zum Park hinüber und rannte dann, so schnell ihn die Beine trugen, zum Friedhof im Osten der Stadt.

Erst als der dicke schnauzbärtige Friedhofswärter ihn am Eingang nach der Grabnummer fragte, wurde ihm klar, dass er wegen des Marmorgrabsteins für seinen Vater hier wohl an der falschen Stelle war. Immerhin wollte er einen Versuch machen. Er fragte: »Kann ich bei Ihnen einen Marmorgrabstein bestellen?«

»Marmor ist bei uns nicht zugelassen. Zugelassen ist Sandstein«, brummte der Schnauzbart. »Außerdem bist du bei mir an der falschen Adresse. Du musst zum Steinmetz gehen. Aber der hat sonntags geschlossen.«

Plötzlich kam Timm ein verwegener Gedanke.

»Wollen wir wetten, dass mein Vater einen Marmorgrabstein hat? Darauf steht in Goldbuchstaben: Von deinem Sohn Timm, der dich nie vergisst.«

»Die Wette hast du verloren, bevor du sie abgeschlossen hast, Junge.«

»Ich wette trotzdem. Um eine Tafel Schokolade.« (Timm hatte auf dem Fenstersims der Portierloge eine Tafel Schokolade entdeckt.)

»Kannst du denn eine Tafel Schokolade bezahlen, wenn du verlierst?«

Timm zog seine Geldscheine aus der Manteltasche und zeigte sie. »Wetten Sie jetzt?«

»Die verrückteste Wette, die ich jemals abgeschlossen habe«, murmelte der Friedhofswärter. »Also meinetwegen.« Sie besiegelten die Wette durch Handschlag und wanderten durch den riesigen parkähnlichen Friedhof ans Grab des Herrn Thaler.

Schon von weitem sahen sie drei Männer in Arbeitskleidung auf dem Grab. Der dicke Friedhofswärter beschleunigte den Schritt.

»Das ist doch ...« Er schnaufte wie ein Walross und rannte jetzt fast.

Auf das Grab war gerade ein frischer Stein gesetzt worden. Aus Marmor. Der Stein trug in Goldschrift Namen und Lebensdaten des Vaters. Und darunter stand: »Von deinem Sohn Timm, der dich nie vergisst.«

Die Arbeiter kümmerten sich wenig um das Geschrei des Friedhofswärters. Sie zeigten ihm einige Papiere, die bewiesen, dass dieser Stein vollkommen zu Recht aufgestellt worden war. Es lag sogar eine Sondergenehmigung dafür vor, einen Marmorstein zu setzen. Der Friedhofswärter war gerade ein bisschen eingenickt gewesen, als die Männer gekommen waren. Sie hatten ihn nicht wecken wollen.

»Übrigens«, fügte einer der Männer hinzu, »das Geld soll von einem gewissen Timm Thaler bezahlt werden.«

»Stimmt«, sagte Timm. »Hier ist das Geld.« Er holte es wieder aus der Manteltasche und zählte es einem Arbeiter in die Hand. Was ihm blieb, waren fünfzig Pfennig.

Der Friedhofswärter stapfte knurrend zu seiner Loge zurück. Die Arbeiter räumten ihre Gerätschaften zusammen, tippten an ihre Schirmmützen und gingen ebenfalls davon.

Timm stand mit einer Barschaft von fünfzig Pfennig und einem merkwürdigen Vertrag allein am Grab des Vaters und erzählte einem Toten all das, was er so gern einem lebendigen Menschen berichtet hätte.

Schließlich schwieg er, betrachtete den Grabstein noch einmal, fand ihn sehr schön und sagte dann: »Ich komme wieder, wenn ich lachen kann. Bis bald!« Doch plötzlich stutzte er und setzte hinzu: »Hoffentlich bis bald!«

An der Portierloge nahm er von einem verärgerten Friedhofswärter die Schokolade in Empfang und kaufte dann für sein letztes Geld eine Straßenbahnkarte. Wohin er gehen würde, wusste er noch nicht. Er wusste nur, dass er jetzt den karierten Herrn suchen und sein verkauftes Lachen zurückgewinnen wollte.

Neunter Bogen

Herr Rickert

Die Straßenbahn war fast leer. Außer Timm saß nur ein rundlicher älterer Herr mit einem lustigen Mopsgesicht im Wagen.

Er fragte den Jungen, wohin er fahre.

»Zum Bahnhof«, antwortete Timm.

»Aber dann hättest du eine Umsteigekarte lösen müssen. Diese Bahn fährt nicht zum Bahnhof. Ich weiß es genau, weil ich auch dorthin muss.«

Timm, der seine Mütze auf die Knie gelegt hatte, fühlte unter seinen Fingern das Papier des Vertrages knistern. Da kam ihm plötzlich der Gedanke, möglichst unsinnige Wetten einzugehen. Vielleicht würde er eine davon verlieren; dann hätte er sein Lachen zurückgewonnen.

So sagte er: »Ich wette mit Ihnen, mein Herr, dass diese Straßenbahn zum Bahnhof fährt.«

Der Herr lachte und sagte dasselbe wie der dicke Friedhofswärter: »Diese Wette hast du verloren, ehe du sie abgeschlossen hast.« Er fügte hinzu: »Wir sitzen nämlich in der Nummer neun, und die ist noch nie zum Bahnhof gefahren.«

»Trotzdem wette ich mit Ihnen«, sagte Timm in so bestimmtem Ton, dass der Herr stutzig wurde.

»Du scheinst deiner Sache ja sehr sicher zu sein, Junge. Um was willst du wetten?«

»Um eine Fahrkarte nach Hamburg«, sagte Timm schnell. Und er selbst war über den plötzlichen Einfall am meisten verblüfft. (Immerhin lag der Gedanke nahe; denn Timm hatte ja schon seit längerer Zeit den Plan, zur See zu fahren.)

»Willst du denn nach Hamburg fahren?«

Timm nickte.

Das freundliche Mopsgesicht legte sich in Schmunzelfalten.

»Da brauchst du nicht zu wetten, Junge. Ich fahre nämlich auch nach Hamburg und habe ein ganzes Abteil gemietet. Der Herr, der mich begleiten wollte, ist verhindert. Da könntest du mir Gesellschaft leisten.«

»Trotzdem biete ich Ihnen die Wette an«, sagte Timm ernst.

»Schön! Wetten wir also. Aber ich warne dich: Du verlierst! Wie heißt du?«

»Timm Thaler.«

»Ein hübscher Name. Klingt nach viel Geld. Ich heiße Rickert.«

Die beiden gaben sich die Hand. Damit waren sie einander vorgestellt und die Wette war abgeschlossen.

Als der Schaffner zur Kontrolle durch den Wagen ging, fragte Herr Rickert: »Fahren Sie zum Bahnhof?«

Gerade wollte der Schaffner antworten, als die Straßenbahn mit einem Ruck hielt und Timm gegen Herrn Rickert gedrückt wurde.

Der Schaffner eilte nach vorn auf die Plattform. Dort war eben ein Beamter mit einer dicken silbernen Achselschnur aufgestiegen. Die beiden wechselten ein paar aufgeregte Worte.

Dann kam der Schaffner in den Wagen zurück und wandte sich an Herrn Rickert. »Mein Herr«, sagte er, »wir fahren heute ausnahmsweise über den Bahnhof, weil auf unserer Strecke die Oberleitung gerissen ist. Aber normalerweise fährt die Neun nicht in diese Richtung.«

Er tippte an seinen Mützenschirm und ging wieder nach vorn.

»Donnerwetter, das war eine schnell gewonnene Wette, Timm Thaler!«, lachte Herr Rickert. »Du hast bestimmt gewusst, dass die Oberleitung gerissen ist, stimmt's?«

Traurig schüttelte Timm den Kopf. Er hätte die Wette lieber verloren. Immerhin war ihm jetzt klar, dass Herr Lefuet über Fähigkeiten verfügte, die man zumindest ungewöhnlich nennen musste.

Am Bahnhof fragte Herr Rickert nach Timms Gepäck.

»Alles, was ich brauche, habe ich«, antwortete Timm sehr unbestimmt und sehr wenig kindlich. »Und meinen Pass habe ich im Jackett.«

Der Junge hatte wirklich einen Pass. Als er vierzehn geworden war, hatte er bei seiner Stiefmutter durchgesetzt, dass er einen eigenen Pass bekam. Er hatte darauf hingewiesen, dass er sich an den

Wettschaltern vielleicht ausweisen müsste. Und dieser Hinweis hatte genügt; denn es war zu der Zeit gewesen, in der Timm sich geweigert hatte zu wetten.

Nun zeigte sich, wie nützlich der Pass war. Denn Timm fuhr nach Hamburg.

Herr Rickert hatte ein Abteil der ersten Klasse gemietet. An der Tür stand auf einem Schildchen sein Name: Christian Rickert. Reedereidirektor.

Aber darunter stand noch ein Name. Und als Timm ihn las, wurde er blass. Er las: Baron Louis Lefuet.

Als sie sich setzten, fragte Herr Rickert: »Ist dir nicht wohl, Timm? Du bist plötzlich so blass.«

»Das habe ich manchmal«, sagte Timm und das entsprach ungefähr der Wahrheit. Denn wer auf dieser Welt wird nicht manchmal blass?

Der Zug fuhr ein Stück am Ufer der Elbe entlang. Herr Rickert betrachtete Fluss und Ufer sichtbar mit Genuss. Timm sah nichts davon.

Die freundlichen Augen im Mopsgesicht musterten Timm manchmal verstohlen. Aber sie glitten immer wieder auf die Flusslandschaft zurück.

Herr Rickert machte sich Gedanken über den Jungen und versuchte endlich, ihn durch die Erzählung ulkiger Seefahrtsgeschichten aufzumuntern. Aber er merkte bald, dass der Junge zerstreut war und ihm nicht zuhörte.

Erst als Herr Rickert von selbst auf den Baron Lefuet zu sprechen kam, dessen Platz Timm einnahm, wurde der Junge aufmerksam und sogar gesprächig.

»Der Baron ist wohl sehr reich?«, fragte Timm.

»Unermesslich reich. Er hat in allen Teilen der Welt Unternehmungen. Die Hamburger Reederei, die ich leite, gehört ihm auch.«

»Wohnt der Baron in Hamburg?«

Herr Rickert machte mit den Händen eine unbestimmte Bewegung, die so viel sagte wie: Was weiß ich. »Der Baron wohnt überall und nirgends«, erklärte er dann. »Er ist heute in Hamburg, morgen in Rio de Janeiro und übermorgen vielleicht schon in Hongkong. Sein Hauptsitz ist, soviel ich weiß, ein Schloss in Mesopotamien.«

»Sie kennen ihn wohl sehr gut?«

»Niemand kennt ihn gut, Timm. Er verändert sich wie ein Chamäleon. Jahrelang hatte er, um dir ein Beispiel zu nennen, einen verkniffenen Mund und stechende Augen, von denen ich hätte schwören mögen, dass sie wasserblau waren. Als ich ihn gestern wieder sah, hatte er warme braune Augen. Auch setzte er nicht wie sonst auf der Straße eine Sonnenbrille auf. Das Merkwürdigste aber ist, dass dieser Mann, den ich vorher niemals habe lachen hören, gestern wie ein kleiner Junge lachte. Er presste auch nicht ein einziges Mal die Lippen aufeinander, wie er es sonst zu tun pflegte.«

Timm blickte rasch zum Fenster hinaus. Unwillkürlich hatte er die Lippen aufeinander gepresst.

Herr Rickert spürte, dass irgendetwas in seiner Erzählung den Jungen zugleich gefesselt und verstört hatte. Er wechselte das Thema.

»Was willst du eigentlich in Hamburg?«

»Ich will Kellnerlehrling auf einem Schiff werden.« Wieder wunderte Timm sich über seinen plötzlichen Entschluss, den er im Augenblick gefasst hatte, der aber nahe lag; denn als irgendetwas muss man ja anfangen, wenn man zur See fahren will.

Das Mopsgesicht ihm gegenüber strahlte jetzt vor Gönnerstolz.

»Timm, du bist ein Glückspilz!«, sagte Herr Rickert beinahe feierlich. »Wenn du zum Bahnhof willst, fährt eine Straßenbahn extra deinetwegen zum Bahnhof; und wenn du eine Stellung brauchst, schneit dir genau der Mann in den Weg, der sie dir verschaffen kann.«

»Können Sie mich als Kellnerlehrling unterbringen?«

»Kellner auf Schiffen heißen Stewards«, korrigierte der Reedereidirektor. »Und du wirst vermutlich als Moses oder Messeboy anfangen. Wichtig ist im Augenblick nur eines: Sind deine Eltern einverstanden?«

Timm überlegte ganz kurz und sagte dann: »Ich habe keine Eltern mehr.« Die Stiefmutter verschwieg er; denn er wusste, dass sie ihm niemals die Erlaubnis geben würde, zur See zu fahren. Im Übrigen verschwendete er kaum einen Gedanken an das, was hinter ihm lag. Er dachte viel heftiger über etwas anderes nach: War die Begegnung mit Herrn Rickert wirklich ein glücklicher Zufall oder hatte der karierte Herr hier ebenso die Hand im Spiel wie bei dem Marmorgrabstein und bei der Straßenbahn?

Timm hatte mit seinem Lachen noch etwas anderes verloren: seine Arglosigkeit und sein Vertrauen in die Welt und in die Menschen.

Herr Rickert stellte eine Frage und der Junge musste sich zusammennehmen, um den Sinn der Wörter überhaupt zu begreifen, so sehr wirbelten ihm die Gedanken durch den Kopf.

»Ich fragte, ob ich mich ein bisschen um dich kümmern soll«, sagte Herr Rickert. »Oder gefällt dir mein Gesicht nicht?«

Sehr schnell antwortete Timm: »Oh doch! Sehr sogar!« Und er meinte es ernst. Er hatte plötzlich das sichere Gefühl, dass dieser Mann zwar ein Angestellter, aber kein Spießgeselle jenes karierten Herrn war, der in Timms Vorstellung erst zu dem reichen Baron Lefuet werden musste.

Timm war wieder ein argloses Kind, ein ganz gewöhnlicher Junge von vierzehn Jahren.

»Was ist eigentlich mit dir los?«, fragte Herr Rickert jetzt rundheraus. »Du hast heute noch nicht ein einziges Mal gelacht, obwohl du wahrhaftig Grund genug gehabt hättest. Ist dir irgendetwas Schlimmes passiert?«

Timm hätte sich jetzt am liebsten Herrn Rickert an den Hals geworfen wie die Leute in den Theaterstücken. Nur war es bei ihm kein Theater, sondern dieses schreckliche wilde Verlangen nach einem Menschen, dem er alles erzählen könnte.

Es war so schwer, dieses Verlangen zu unterdrücken, dass ihm die Tränen wie dicke blanke Kugeln aus den Augen sprangen vor lauter Verzweiflung und Hilflosigkeit.

Herr Rickert setzte sich neben ihn und sagte so trocken und so nebenbei wie möglich: »Komm, nicht weinen! Erzähl mir, was los ist!«

»Kann ich nicht!«, schrie Timm. Dann lehnte er sich ganz einfach an Herrn Rickert und ließ das Wasser aus den Augen laufen. Sein ganzer Körper wurde vom Weinen geschüttelt.

Der kleine rundliche Reedereidirektor nahm eine Hand des Jungen und hielt sie so lange, bis Timm vor Erschöpfung in Schlaf fiel.

Zehnter Bogen

Das Marionettentheater

Das Schiff, auf dem Timm dem Steward zur Hand gehen sollte, hieß »Delphin« und war ein Fracht-Passagier-Schiff, das die Route Hamburg – Genua fuhr.

Bis zur Abfahrt des Dampfers hatte Timm drei Tage Zeit. Er durfte im Hause des Herrn Rickert wohnen. Dieses Haus war, genau genommen, eine Villa.

Es stand an der vornehmen Elbchaussee, war weiß wie eine Wolke am Sommerhimmel, hatte an der Vorderfront einen runden Balkon, der von drei Säulen getragen wurde, und unter dem Balkon eine kleine Freitreppe, die links und rechts von zwei mild blickenden sandsteinernen Löwen bewacht wurde.

Timm sah mit Beklemmung dieses heitere, helle Haus. Früher, als er noch der lachende Gassenjunge gewesen war, wäre es ihm sicherlich wie ein schöner Traum erschienen, wie das Haus eines glücklichen Prinzen aus dem Märchen. Aber wer sein Lachen verkauft hat, kann kaum glücklich sein.

Ernst und traurig trat Timm zwischen den sanften Löwen in die weiße Villa ein.

Herr Rickert lebte mit seiner Mutter zusammen, einer molligen alten Dame mit weißen Löckchen und einem Mädchenstimmchen, die über alles lachte wie ein Kind.

»Du s-tehst ümmer so traurich rum, Jung«, sagte sie zu Timm. »Das 's gar nöch gut in dein' Alter. S-päter wird das Leben noch ernst genuch, nöch, Krüschan?«

Ihr Sohn, der Reedereidirektor, nickte und nahm dann die Mutter zur Seite. Er erklärte ihr, dass dem Jungen irgendetwas Schreckliches passiert sein müsse und dass sie, bitte, behutsam mit ihm umgehen möge.

Die alte Dame konnte nur schwer begreifen, was ihr Sohn meinte. Sie hatte ein wohlhabendes heiteres Elternhaus gehabt, hatte reich und mit Heiterkeit geheiratet, und nun wurde sie heiter und mit viel Geld alt. Sie kannte die Gassen der großen Stadt nur aus rührseligen Geschichten, bei denen sie heftig weinte, und Zank, Neid und Hinterhältigkeit sah sie einfach nicht, weil sie so etwas nicht sehen wollte. Sie war ihr Leben lang ein Kind geblieben.

»Weißt du was, Krüschan«, sagte sie nach der Unterredung mit ihrem Sohn. »Ich geh ein büschen aus mit'm Jung. Du würst sehn, ich bring ihn bes-timmt zum Lachen.«

»Sei behutsam, Mutter«, sagte Herr Rickert. Und das versprach die alte Dame.

Für Timm wurden die Ausflüge mit ihr deshalb so schwierig, weil er dieses liebe Kind von achtzig Jahren so schrecklich gern mochte. Wenn ihre kleine weiche Hand die seine nahm, hätte er ihr gern zugeblinzelt und gelacht. Er hätte sie sogar geneckt wie eine ältere Schwester; denn das passte zu ihr.

Aber sein Lachen war weit entfernt von ihm. Irgendwo auf dem Erdball lief ein reicher, merkwürdiger Baron damit herum.

Timm wusste jetzt, dass er das Beste verkauft hatte, was er jemals besessen hatte.

Am Dienstag kam der alten Frau Rickert ein merkwürdiger Einfall. Sie las in der Zeitung, dass eine Marionettenbühne das Märchen »Schwan-kleb-an« aufführe. Es war das Märchen von der Prinzessin, die nicht lachen konnte. Frau Rickert erinnerte sich genau an die Geschichte. Und sie beschloss dieses Märchen zu besuchen – in Begleitung des Jungen, der nicht lachen konnte.

Sie fand ihre Idee ganz »wunnerbar«, erzählte aber niemandem davon. Sie kicherte nur den ganzen Morgen hindurch vor sich hin und lud erst am Nachmittag beide Männer zu der Vorstellung ein: Herrn Rickert und Timm. Und beide konnten der alten Frau nichts abschlagen und gingen mit.

Das Marionettentheater war nicht weit entfernt. Es spielte in Övelgönne, einem kleinen, abgeschiedenen Vorort Hamburgs, der sich zwischen der Elbe und ihrem hoch aufsteigenden Ufer entlangzieht und eigentlich nur aus einer Zeile kleiner sauberer Häuser in Gärten besteht. Hier befand sich im Hinterzimmer eines Gasthauses das Marionettentheater.

Der kleine Saal war voller Kinder. Nur einige Mütter oder Väter saßen dazwischen.

Frau Rickert erspähte sogleich drei freie Plätze in der zweiten Reihe und drängte sich lachend und gestikulierend zu diesen Plätzen vor. Ihr Sohn und Timm folgten ihr. Und kaum saßen sie, da wurde es dunkel im Saal und der kleine rote Vorhang des Theaterchens öffnete sich.

Das Spiel begann mit einem gereimten Zwiegespräch zwischen einem König und einem Vagabunden. Die beiden begegneten einander bei Nacht auf freiem Felde unter dem vollen Mond. Das Gesicht des Königs war bleich und ernst. Das Vagabundengesicht hatte selbst unter dem Mondlicht frische rote Wangen und einen Mund, der immer zu lächeln schien. Dies war ihr Zwiegespräch, das die Geschichte einleitete:

König:

In meinem Schloss vernahm ich, guter Mann,
Von der Prinzessin, die nicht lachen kann.
Auch ich verschmäh als ernster Mann das Lachen.
Drum will ich zur Gemahlin sie mir machen.
Nur weiß ich nicht, wo die Prinzessin wohnt.
Sagt Ihr es mir, Ihr werdet gut belohnt!

Vagabund:

Ich kann ihr Schloss Euch nennen, Majestät,
Weil auch mein Weg zu der Prinzessin geht.
Doch warn ich ernstlich, Hoffnung Euch zu machen;
Denn wenn ich komme, wird das Fräulein lachen!

König:

Ihr geht umsonst; denn glaubt mir, Vagabund:
Sie will *nicht lachen! Und aus gutem Grund:*

Wer daran denkt, dass alles sterben muss,
Der kommt am bittren Ende zu dem Schluss:
Die Welt ist eine Kugel, die zwar blinkt,
Doch wie die Seifenblase einst zerspringt.
Muss sich der Mensch da nicht Gedanken machen
Und ernst und würdig bleiben statt zu lachen?

Vagabund:

Nun, Majestät, Ihr scheint ein kluger Mann.
Doch seht Ihr's von der falschen Seite an.
Wer auf den Tod hin lebt, Herr, ist genarrt.
Denn Leben, Majestät, ist Gegenwart.
Ein Glas ist nicht gemacht, damit es springt.
Es ist gemacht, damit's vom Weine blinkt.
Zwar weiß es wohl, dass es einst springen soll.
Doch noch ist's Glas. Und so ein Glas sei voll!

König:

Wie kann ein Glas sich freuen, dass es blinkt,
Wenn es schon weiß, dass es einmal zerspringt?

Vagabund:

Es freut sich ebendrum so sehr daran,
Weil's weiß, dass es nicht ewig blinken kann!

König:

Herr Vagabund, Ihr wollt mich nicht verstehn.
Lasst uns zusammen zur Prinzessin gehn.
Geht hin und lacht, und stimmt das Fräulein ein,
Sollt Ihr an meiner Stelle König sein!

Vagabund:

Die Wette gilt, mein Herr! Doch glaubt es mir:
Das Lachen unterscheidet Mensch und Tier.
Und man erkennt den Menschen stets daran,
Dass er zur rechten Stunde lachen kann!

Der Vorhang wurde zugezogen und es war jetzt fast dunkel im Saal. Durch die geschlossenen Vorhänge drang nur wenig Licht herein. Die Kinder, von denen die meisten das kleine Vorspiel nicht verstanden hatten, tuschelten und flüsterten miteinander und warteten ungeduldig darauf, dass das richtige Spiel endlich anfinge.

Vorn in der zweiten Reihe saßen drei Leute still auf ihren Plätzen und dachten über ganz verschiedene Dinge nach. Die alte Frau Rickert ärgerte sich darüber, dass sie mit dem Vagabunden einer Meinung war. Sie hielt nichts von Vagabunden (obwohl sie sehr viel Geld an Bettler verschenkte). Sie hätte lieber dem König Recht gegeben, weil er so ernst und so schön war.

Herr Rickert, der an ihrer rechten Seite saß, versuchte in dem schwachen Dämmerlicht Timms Gesicht zu erkennen. Aber nur ein kleiner dünner Lichtstrahl traf die Stirn des Jungen, die bleich wie das Gesicht des Königs war. Herr Rickert fürchtete, dass der Einfall seiner Mutter, die Marionettenbühne zu besuchen, nicht sehr glücklich war; denn tags zuvor hatte er Timm weinen sehen.

Timm hatte nur einen Gedanken: Wenn jetzt nur niemand mit mir spricht!

Es würgte ihn im Halse, als müsse er ersticken. Und immer wieder wie ein Kehrreim kehrten die letzten Zeilen des Vorspiels in seinem Gedächtnis wieder: »Das Lachen unterscheidet Mensch und Tier. Und man erkennt den Menschen stets daran, dass er zur rechten Stunde lachen kann ... lachen kann ... lachen ...«

Da ging der Vorhang wieder auf, und eine sehr blasse, sehr ernste Prinzessin, die aus einem Schlossfenster heraussah, zog die Augen und nach und nach auch die Gedanken Timms auf sich.

Im Schlossgarten unter dem Fenster erschien jetzt der königliche

Vater der Prinzessin. Als seine Tochter ihn sah, zog sie sich rasch und leise vom Fenster zurück.

Seine Majestät, der König, ließ sich auf dem Rand eines Springbrunnens nieder und klagte dem Wasser und den Blumen sein Leid; dass er alle denkbaren Späße und Spaßmacher bemüht habe, um seine Tochter zum Lachen zu bringen, aber leider, leider ohne Erfolg.

Seufzend erhob der König sich wieder, und die Kinder im Saal waren jetzt mucksmäuschenstill.

Seine Majestät wanderte im Schlossgarten auf und ab, jammerte über sich und über seine Tochter und blieb plötzlich stehen und rief: »Wenn doch jemand sie zum Lachen brächte! Ich gäbe ihm auf der Stelle die Prinzessin zur Frau und das halbe Königreich dazu!«

In diesem Augenblick bog der Vagabund mit dem fremden traurigen König gerade in den Schlossgarten ein. Er hatte den verzweifelten Ausruf des königlichen Vaters gehört und rief ohne Umschweife: »Majestät, ich nehme Euch beim Wort! Wenn ich die Prinzessin zum Lachen bringe, bekomme ich sie zur Frau. Das halbe Königreich könnt Ihr behalten; denn dieser Herr, der mich begleitet, wird mir sein ganzes geben.«

Der König sah die beiden Wanderer, die ihm unfreiwillig zugehört hatten, verwundert an. Der blasse fremde König gefiel ihm besser als der rotwangige gesunde Vagabund. (Könige haben in solchen Dingen einen eigenen Geschmack.) Trotzdem hielt er sich an sein Wort und sagte: »Wenn es dir gelingt, Fremder, die Prinzessin zum Lachen zu bringen, wirst du ein Prinz und ihr Gemahl!«

Das genügte dem Vagabunden. Er sprang davon und ließ die beiden Könige allein unter sich zurück.

Dann fiel der Vorhang und eine kurze Pause trat ein. Für die kleinen Zuschauer wurde es jetzt spannend. Würde die Prinzessin lachen?

Timm Thaler hoffte insgeheim, dass sie ernst bleiben würde. Sie war ihm unter dem kurzen Spiel zu einer Schwester geworden, mit der er Hand in Hand einer lachenden Welt hätte Trotz bieten mögen. Aber Timm wusste zu gut, wie die meisten Märchen enden. Er wartete mit Beklemmung auf den Augenblick, da die Prinzessin lachen würde.

Und leider brauchte Timm nicht lange zu warten. Als der Vorhang aufging, lehnte die Prinzessin wieder am Fenster und die beiden Könige saßen auf dem Springbrunnenrand. Hinter der Bühne war Gesang und Gelächter zu hören und plötzlich bog der Vagabund in den Schlossgarten ein. Er führte an einem goldenen Halsband einen Schwan mit sich. Ein dicker Mann hielt die rechte Hand an eine Schwanzfeder des Schwans, als sei sie daran festgeklebt. Mit der linken Hand zog er ein dünnes Männlein hinter sich her und das zog wiederum eine alte Frau mit sich und die Frau einen Buben und der Bub ein Mädchen und das Mädchen einen Hund. Und alle schienen wie von Zaubergewalt aneinander gekettet zu sein. Auch sprangen und hüpften sie, wie von unsichtbaren Federn bewegt, auf und ab und hin und her. Und sie lachten, dass der Schlossgarten davon widerhallte.

Die Prinzessin beugte sich jetzt weit aus dem Fenster vor, um besser sehen zu können. Sie machte große Augen, aber sie blieb ernst.

»Lache nicht, kleine Schwester!«, bat Timm sie insgeheim. »Lass uns beide ernst bleiben, wenn alle Welt lacht!«

Aber Timm bat umsonst. Der traurige fremde König war so ungeschickt, den Hund am Ende des Zuges zu streicheln, und plötzlich schien er am Hundeschwanz mit der Hand haften zu bleiben. Er erschrak und ergriff mit der freien Hand die Rechte des anderen Königs, des Vaters der Prinzessin. Nun klebten auch die beiden Könige fest und bildeten das Ende des seltsamen Aufzuges. Man merkte ihren zuckenden Bewegungen an, dass sie sich gern wieder von diesem unbegreiflichen Zauber gelöst hätten. Aber es gelang ihnen nicht. Sie mussten sich in ihre absonderliche Lage schicken, und fast schien es, als fänden sie sogar Spaß daran.

Ihre Beine versuchten sich ungeschickt im Tanz, ihre Mundwinkel zuckten und mit einem Male fingen sie täppisch und komisch zu hüpfen und dann prustend zu lachen an.

In diesem Augenblick klang vom Fenster herunter das Lachen

der Prinzessin. Musik setzte ein. Alles tanzte und hüpfte und lachte, und auch die Kinder im Saal lachten mit und trampelten vor Vergnügen.

Der arme Timm saß wie ein Stein in einem Meer von Lachen. Die alte Frau Rickert neben ihm lachte so sehr, dass sie das Gesicht in die Hände nehmen und sich nach vorn überbeugen musste, weil ihr vor Lachen die Tränen aus den Augen kullerten.

Da bemerkte Timm zum ersten Mal, wie ähnlich sich die Gebärden des Lachens und des Weinens sind. Und er tat etwas Schreckliches: Er nahm sein Gesicht in die Hände, beugte sich vornüber und tat, als lache er.

Und dabei weinte Timm. Er murmelte zwischen den Tränen: »Schwester Prinzessin, warum hast du gelacht? Warum, warum hast du gelacht?«

Als der Vorhang fiel und das Licht anging, nestelte die alte Frau Rickert ein Spitzentaschentuch aus ihrer Handtasche, tupfte sich das Wasser aus den Augen, gab dann das Taschentuch dem Jungen und sagte: »Da, Timm, wisch dir auch die Lachtränen ab. Hab ich ja gewusst, dass du bei so einer Vors-tellung lachen würdest!« Und die alte Frau sah ihren Sohn, den Herrn Rickert, triumphierend an.

»Ja, Mutter«, sagte Herr Rickert höflich. »Das war wirklich ein guter Einfall von dir.« Aber sein Gesicht war traurig, als er das sagte. Er wusste, dass der Junge die alte Frau aus Gutmütigkeit und Verzweiflung getäuscht hatte. Und Timm sah, dass Herr Rickert ihn durchschaut hatte.

Zum ersten Mal seit jenem verhängnisvollen Tag auf dem Rennplatz stieg in dem Jungen eine ohnmächtige Wut gegen den Baron Lefuet auf. Er verbiss sich geradezu in diese Wut und war fester als je entschlossen, sein Lachen zurückzugewinnen – koste es, was es wolle!

Hiermit endete die Erzählung des zweiten Tages, und ich begab mich, um sie aufzuschreiben, in mein Hotel.

Der dritte Tag,

an dem erzählt wird, wie Timm Thaler zur See fährt, wie er auf dem Schiff einen Bekannten trifft, wie er diesen bei einem Gespräch mit dem Baron belauscht und sich dabei einen blutigen Kopf holt, wie er danach mit dem Steuermann eine unmögliche Wette abschließt und wie sich sein Leben wieder einmal völlig ändert, als er die Wette gewinnt.

Der dritte Tag, an dem Timm und ich uns nach Feierabend im Korrektorenzimmer zusammensetzten, war windig. Selbst in diesem abgelegenen Zimmer hörten wir den Wind, und Timm sagte: »Der Wind passt zu der Fortsetzung der Geschichte.«
»Dann erzähl sie mir weiter«, bat ich ihn.
Und Timm erzählte:

Elfter Bogen

Der unheimliche Baron

Nach dem Erlebnis im Marionettentheater, von dem ich dir gestern erzählt habe, war Timm sehr froh, dass das Schiff schon am folgenden Tag von Hamburg nach Genua abging. Die alte Frau Rickert winkte ihm von den Stufen der weißen Villa nach, und Timm winkte zurück, solange er sie sehen konnte.

Der Reedereidirektor brachte den Jungen selbst aufs Schiff. Er hatte ihm Kleidung und Schuhe, eine Armbanduhr und einen nagelneuen Seesack gekauft. Als er Timm auf der Mole die Hand gab, sagte er: »Halt die Ohren steif, Junge! Wenn du in drei Wochen zurückkommst, sieht die Welt ganz anders aus. Dann wirst du gewiss auch wieder lachen. Abgemacht?«

Timm zögerte. Dann sagte er schnell: »Wenn ich zu Ihnen zurückkomme, Herr Rickert, werde ich wieder lachen. Abgemacht!« Er stammelte noch ein Dankeschön, weil ihm die Kehle wie zugeschnürt war, und er hastete dann über die Laufplanke an Deck.

Der Kapitän des Schiffes war ein mürrischer Mann, der gern trank und im Übrigen fünf gerade sein ließ. Er sah Timm kaum an, als der Junge sich vorstellte, und brummte: »Wende dich an den Steward. Er ist auch ein neuer Mann und ihr habt zusammen eine Kabine.«

Timm, der zum ersten Mal in seinem Leben ein Schiff betreten hatte, irrte ratlos über eiserne Treppen, durch enge Gänge und über das Vorder- und Achterdeck, um den Steward zu suchen. Die Mannschaft des Dampfers trug keine Matrosenuniform. Sie unterschied sich von den zahlenden Fahrgästen nur durch die Arbeitskleidung. So wusste der Junge nicht recht, an wen er sich wenden sollte.

Er irrte weiter und trat auf dem Mitteldeck durch eine offene Tür schließlich in eine Art Aufenthaltsraum ein, in dessen Mitte eine teppichbelegte Treppe mit geschwungenem, lackglänzendem Geländer nach unten in den Bauch des Schiffes führte. Der Geruch gebratener Fische stieg von dort herauf und Timm vermutete, dass hier in der Tiefe wohl sein künftiger Arbeitsplatz sei.

Am Fuß der Treppe lag gleich zur Rechten die Kombüse, aus der die Speisegerüche drangen. Geradeaus hinter einer geöffneten Flügeltür war der geräumige Speisesalon mit den Tischen und Stühlen, die am Boden festgeschraubt waren.

Ein Mann in einer weißen Jacke deckte gerade die Tische. Seine Gestalt und der Rundkopf mit dem krausen braunen Haar kamen Timm bekannt vor, ohne dass er zu sagen wusste, wer dieser Mann war.

Als der Junge in den Salon eintrat, drehte der Mann in der weißen Jacke sich um und sagte ohne Überraschung: »Da bist du ja!«

Timm aber war überrascht. Diesen Mann kannte er. Sogar den Namen wusste er merkwürdigerweise noch. Er hieß Kreschimir. Es war der Mann, der ihm auf dem Rennplatz so peinliche Fragen gestellt, dann aber hinzugefügt hatte: »Vielleicht kann ich dir einmal helfen.« Es war der Mann, dessen stechende wasserblaue Augen an Lefuet erinnerten, an den Baron, den Timm suchte.

Herr Kreschimir ließ Timm nicht zum Nachdenken kommen. Er führte den Jungen in ihre gemeinsame Kabine, wo er Timms Seesack aufs Bett warf und ihm dann eine karierte Hose und eine weiße Jacke gab, wie er selbst sie trug.

Die neue Kluft stand dem Jungen nicht übel. »Du siehst aus wie der geborene Steward«, lachte Kreschimir. Aber als er Timms ernstes Gesicht sah, verstummte sein Lachen. Nachdenklich betrachtete er den Jungen und murmelte mehr für sich als für Timm: »Ich wüsste gern, was ihr für einen Handel miteinander habt.« Dann aber, als wolle er einen unangenehmen Gedanken verscheuchen, streckte er sich, zupfte seine weiße Jacke zurecht und sagte barsch: »An die Arbeit! Geh zu Enrico in die Kombüse und hilf ihm Kartoffeln schälen. Ich hole dich, wenn ich dich brauche. Ab durch die Mitte!«

Bis zum Abend musste Timm in der Kombüse Kartoffeln schälen. Enrico, der Koch, war ein alter Kauz aus Genua, der ebenso wie der Kapitän fünf gerade sein ließ. In der engen Welt eines Schiffes ist der Kapitän nicht nur Herr und Gebieter, sondern auch Maßstab und Richtschnur für alles und jedes. Ist der Kapitän streng und eifrig, so ist es auch die Mannschaft. Ist er lässig wie hier auf dem Dampfer »Delphin«, so ist jedermann lässig bis hinab zu Enrico, dem Koch.

Dieser Enrico erzählte dem Jungen fast ohne Atempause ulkige Geschichten in einem Kauderwelsch aus Deutsch und Italienisch. Weil er Timm nie lachen sah, glaubte er, der Junge verstehe ihn nicht. Aber seine Geschichten erzählte er trotzdem zu seiner eigenen Belustigung. Dass Timm die Kartoffeln viel zu dick schälte, bemerkte der Koch nicht einmal.

Als der Dampfer am späten Nachmittag endlich den Hamburger Hafen verließ, musste Timm Herrn Kreschimir im Salon zur Hand gehen. Dabei wurde er verwirrt, weil die wasserblauen Augen des Stewards immer wieder forschend auf ihm ruhten. Vor lauter Beklemmung verwechselte Timm einige Aufträge. Einer Amerikanerin brachte er statt eines Whiskys einen Zitronensaft, und einem schottischen Lord stellte er statt Schinken mit Ei zwei Stück Nusstorte auf den Tisch.

Herr Kreschimir brachte die Verwechslungen ohne ein böses Wort wieder in Ordnung. Und ganz nebenbei führte er Timm in seinen neuen Beruf ein: »Serviere von links. Linke Hand auf dem Rücken, wenn du mit der Rechten bedienst. Gabel links, Messer rechts, mit der Schneide zum Teller.«

Nach dem Abendessen wurde Timm wieder in die Kombüse geschickt, um dem Koch abwaschen zu helfen. Er war dabei zerstreut und fahrig; denn in seinem Kopf tauchten hundert Wiesos auf: Wieso hatte der Baron das Zugabteil nicht benutzt, in dem Timm mit Herrn Rickert nach Hamburg gefahren war? Wieso war Herr Kreschimir plötzlich Steward auf diesem Dampfer, auf dem Timm Moses geworden war? Wieso hatte Herr Rickert ihn gerade auf dieses Schiff gebracht? Wieso? Wieso? Wieso?

In Timms Gedanken hinein ertönte ein gesprochenes Wieso. Eine Männerstimme fragte: »Wieso sind Sie auf diesem Schiff?« Jemand anders antwortete: »Wieso sollte ich nicht hier sein?« Es war die Stimme Kreschimirs.

»Kommen Sie mit an Deck!«, befahl die erste Stimme.

Timm hörte das Poltern von Schritten auf der kleinen eisernen Leiter, die aufs Achterdeck führte. Dann verloren sich die Schritte und Stimmen. Aber in Timms Gedächtnis rumorten sie weiter. Er vermeinte die Stimme zu kennen, die mit Kreschimir gesprochen hatte.

Und plötzlich – er trocknete gerade eine Suppenterrine ab –, plötzlich wusste er, wem die Stimme gehörte.

Es war die Stimme des Mannes, dem er sein Lachen verkauft hatte, es war die Stimme des Barons.

Die Suppenterrine entglitt seinen Händen und zerklirrte auf dem Boden der Kombüse; Enrico, der Koch, sprang mit einem erschrockenen »mamma mia« zur Seite; dann stürzte Timm den Stimmen nach zum Achterdeck.

Oben war niemand zu sehen. Zwei Schiffslaternen beleuchteten matt die Deckaufbauten und das segelüberspannte Beiboot. Aber plötzlich hörte Timm leise Stimmen, und als er nach links schaute – denn von dorther kamen die Stimmen –, konnte er undeutlich erkennen, dass sich unterhalb des Beibootes etwas bewegte. Auf Zehenspitzen schlich der Junge näher und sah nun unter dem Beiboot vier Beine in Männerhosen. Genaueres konnte er nicht feststellen. Aber er war sicher, dass die Stimmen von den beiden Männern hinter dem Boot herkamen. So ging er Schritt für Schritt und mit angehaltenem Atem näher an das Beiboot heran. Einmal knirschte eine Deckplanke. Aber die beiden hinter dem Boot schienen nichts bemerkt zu haben.

Endlich war Timm nahe genug, um die halblaute Unterhaltung belauschen zu können.

»... ist ja lächerlich!«, zischte die Stimme des Barons. »Sie wollen mir doch nicht weismachen, dass Sie das Geld, das Ihnen die Aktien einbrachten, schon ausgegeben haben!«

»Kurz nachdem Sie mir die Aktien ausgehändigt haben, sind sie rapide gefallen«, bemerkte Kreschimir ruhig.

»Zugegeben!« Der Baron ließ das gekaufte Lachen ertönen. »Die Aktien sind gefallen, weil ich einigen Einfluss auf die Börse habe, aber eine Viertelmillion dürfte Ihnen trotz allem geblieben sein.«

»Und diese Viertelmillion brachte ich zu einer Bank, die kurz darauf Pleite machte, Baron.«

»Ihr Pech!« Wieder lachte Lefuet, und den Lauscher Timm durchfuhr es bei diesem Gelächter. Er wäre am liebsten vorgesprungen.

Aber er war klug genug zu wissen, dass Zuhören und Abwarten gescheiter war.

»Selbst wenn Sie wieder arbeiten müssen«, sagte der Baron jetzt, »selbst dann besteht kein Grund, ausgerechnet auf diesem Schiff und mit diesem Jungen zusammen zu arbeiten.«

Diesmal lachte Kreschimir. »Niemand kann es mir verbieten!«, rief er.

»Reden Sie leiser«, zischte Lefuet.

Halblaut fuhr Kreschimir fort: »Ich habe Ihnen meine Augen verkauft und Ihre Fischaugen dafür eingetauscht. Als Preis erhielt ich von Ihnen Aktien im Werte von einer Million, von der nicht eine einzige Mark in meine Tasche geflossen ist. Sie waren schlauer als ich. Aber diesmal werde ich schlauer sein, Baron. Ich habe Sie zweimal mit dem Jungen zusammen auf dem Rennplatz beobachtet. Ich habe festgestellt, dass der Junge nachher jede Rennwette gewann, und ich habe weiter festgestellt, dass der Kleine trübsinnig und vergrämt geworden ist wie ein kranker, einsamer, alter Pensionär.«

Dem Jungen schlug, als er Kreschimir reden hörte, das Herz bis zum Halse. Aber er hielt sich eisern still.

Kreschimir fuhr fort: »Ich werde herausbringen, welcher Art Ihr Geschäft mit dem Jungen ist, Baron! Ich beobachte den Kleinen seit vier Jahren und es hat mich einige Mühe gekostet, Steward auf diesem Dampfer zu werden, aber jetzt ...«

Die Stimme des Barons unterbrach Kreschimir: »Jetzt biete ich Ihnen abermals eine Million. In bar und auf die Hand.«

»Diesmal, Baron, ist der Vorteil bei mir.« Kreschimir sprach sehr überlegt. »Ich kann mir mein Wissen auf dreierlei Art bezahlen lassen: entweder meine Augen zurückfordern oder die Million annehmen oder – was vielleicht nicht das Schlechteste wäre – Sie zwingen, den Jungen aus dem Vertrag zu entlassen, welcher Art dieser Vertrag auch immer sein mag.«

Timm presste in der Dunkelheit eine Faust in den Mund. Um sich durch sein Stöhnen nicht zu verraten.

Es war eine Weile still. Dann ertönte wieder die Stimme des Barons: »Mein Geschäft mit dem Jungen geht Sie nichts an. Aber wenn Ihnen an Ihren alten Augen liegt, dann wäre ich unter Umständen bereit ...«

Kreschimir fuhr beinahe keuchend dazwischen: »Ja, Baron, mir liegt an meinen alten Augen, mir liegt an meinen alten, harmlosen, dummen, gutmütigen Kuhaugen mehr als an allem Reichtum der Welt, auch wenn Sie das niemals begreifen werden.«

»Ich werde es niemals begreifen«, bestätigte die Stimme des Barons. »Trotzdem bin ich unter gewissen Bedingungen bereit, den Handel rückgängig zu machen. Wollen Sie in diesem Taschenspiegel, bitte, Ihr Gesicht betrachten!«

Eine herzklopfende Stille folgte der Aufforderung. Timm war schweißnass vor Aufregung, in die ihn das Zwiegespräch versetzte, und von der Anstrengung, sich still zu verhalten.

Endlich hörte er Kreschimir leise sagen: »Ich habe sie wieder.«

»Jetzt kommt meine Bedingung«, sagte der Baron.

Aber Timm hörte es nicht mehr. Kreschimir hatte seine Augen wieder und er, Timm, hatte hier in beinahe greifbarer Nähe sein altes, verlorenes Kinderlachen, nach dem ihn mehr verlangte als nach allem anderen auf der Welt.

Er vermochte sich nicht länger zurückzuhalten. Er sprang vor und schrie: »Geben Sie mir mein ...«

Da stolperte er über ein Tau, fiel mit dem Kopf gegen den scharfen Bug des Beibootes und stürzte polternd aufs Deck nieder, wo er bewusstlos liegen blieb.

Zwölfter Bogen

Kreschimir

Ein Stern, das böse glühende Auge des Mars, tanzte vor dem Bullauge auf und ab, als Timm erwachte. Er lag im oberen Bett der Koje, die er mit dem Steward teilte. Über dem Atlantik dämmerte grau der Tag herauf.

Jemand rumorte in der Koje herum. Timm drehte den Kopf. Es war Kreschimir. Auch der Steward drehte gerade den Kopf. In dem schwachen Licht, das von Kreschimirs Bettlampe kam, trafen sich ihre Blicke.

Der Steward hatte warme braune Augen.

»Nun, mein Junge, wie fühlst du dich?«, fragte er freundlich.

Timm war noch nicht recht wach. Auch vermochte er sich nicht zu erinnern, wie er hierher gekommen war. Und dieser Kreschimir, der ihn fragte, war ein anderer als der, dem er im Salon zur Hand gegangen war, ein viel ruhigerer, viel freundlicherer Kreschimir.

Der Steward trat näher ans Bett. »Fühlst du dich besser, Junge?«

Nun tauchten in Timms Gedächtnis nach und nach wieder die Ereignisse des Abends auf: die Stimmen vor der Kombüsentür, das Zwiegespräch hinter dem Beiboot und sein eigener Schrei und Sturz.

»Wo ist der Baron?«, fragte er.

»Ich weiß es nicht, Timm. Auf dem Schiff ist er nicht mehr. Aber sag mir eins: Hast du uns gestern Abend belauscht?«

Der Junge im Bett nickte. »Ich freue mich, dass Sie Ihre Augen wiederhaben, Herr Kreschimir.«

»Und du, Timm? Was wolltest du von dem Baron zurückhaben?«

»Mein ...« Der Junge stockte. Ihm fiel der Vertrag ein und er presste die Lippen zusammen.

Da schlug sich Kreschimir plötzlich mit der flachen Hand vor die Stirn. »Dass ich darauf nicht früher gekommen bin!«, rief er.

»Dieser viel geehrte Gauner lacht wie ein kleiner Junge. Ich wusste doch, da war irgendetwas, das nicht zu ihm passt. Jetzt weiß ich's genau: Es war sein Lachen. Vielmehr ...«, Kreschimir sah Timm voll an, »... es war dein Lachen.«

»Das habe ich Ihnen nicht gesagt!«, rief Timm. »Oder – habe ich's gestern Abend gerufen?«

»Nein, Timm, dazu kamst du nicht. Und vielleicht ist das dein Glück. Ich kenne die Stillschweige-Paragraphen in den Verträgen des Barons. Sei beruhigt. Du hast geschwiegen.«

Aber Timm war alles andere als beruhigt. Er musste auf der Stelle erproben, ob der Vertrag noch gültig war. Er musste mit Kreschimir wetten – um irgendetwas Unwahrscheinliches.

Der Junge wollte aus dem Bett steigen. Aber als er sich aufrichtete, schwindelte es ihn und der Kopf begann zu pochen und zu schmerzen. So legte er sich ins Kissen zurück.

Kreschimir brachte ihm ein Glas Wasser und eine Tablette, die er bereitgelegt hatte. »Nimm das ein, Timm! Du musst heute in der Koje liegen bleiben. Morgen ist alles wieder in Ordnung. Außer einer Beule fehlt dir nichts, sagt der Steuermann, und der war früher Sanitäter.«

Timm schluckte die Tablette gehorsam und dachte dabei über eine Wette nach. Als ihm eine eingefallen war, brachte er das Gespräch wieder auf den Baron, denn mit dem hatte die Wette zu tun.

»Welche Bedingung hat der Baron eigentlich gestellt, Herr Kreschimir? Ich meine: als Sie Ihre alten Augen wiederhatten?«

»Gar keine«, lachte Kreschimir. »Als du gerufen hattest und auf das Deck geplumpst warst, kamen Matrosen und der Baron zog sich ganz in den Schatten des Beibootes zurück. Da flüsterte ich ihm zu: Entweder sind mir meine Augen bedingungslos zurückgegeben oder ich erzähle den Leuten was.«

»Und?«

Kreschimir lachte wieder: »Der Baron stotterte vor Aufregung. Er sagte: Be-be-din-gungslos!«

Timm drehte schnell den Kopf zur Wand. Der sinnlose Drang zu lachen entstellte sein Gesicht.

»Möchte wissen, wo der Baron jetzt steckt«, murmelte Kreschimir.

Das war das Stichwort, auf das Timm gewartet hatte. Er sagte, wieder gefasst: »Ich wette mit Ihnen ...«

»Du kannst mich duzen«, unterbrach ihn Kreschimir.

»Also ich wette mit dir, dass wir in den nächsten fünf Minuten erfahren, wo sich der Baron befindet.«

»Um was willst du wetten, Timm?«

»Um ein Stück Nusstorte.«

»Das kann ich zahlen. Wenn mich nicht alles täuscht, musst du ja die Wette gewinnen – wie alle Wetten. Also abgemacht!« Der Steward hielt dem Jungen die Hand hin und Timm schlug ein.

In demselben Augenblick wurde in der Nachbarkabine das Radio eingeschaltet. Ein Sprecher gab die Wettervorhersage. Dann folgten Nachrichten aus der Gesellschaft.

Timm und Kreschimir, die zuerst unwillig über die Störung gewesen waren, horchten auf. Die Stimme aus dem Lautsprecher meldete:

»Der bekannte Geschäftsmann Baron Lefuet, dessen Vermögen auf einige Milliarden Dollar geschätzt wird, gab diese Nacht in Rio de Janeiro einen Empfang für die Geschäftswelt der brasilianischen Hauptstadt. Er entfernte sich gleich zu Beginn des Festes und kehrte erst zwei Stunden später sichtlich verstört zurück. Es fiel auf, dass er nach seiner Rückkehr eine Sonnenbrille trug. Vermutlich ist ein altes Augenleiden, das seit längerem behoben schien, erneut zum Ausbruch gekommen. Wir erfuhren telefonisch, dass das Fest noch andauert und dass der Baron offenbar wieder ...«

Das Radio wurde ausgeschaltet und dann begann in der Nebenkabine das Wasser zu rauschen.

Timms Gesicht war fahl wie das Licht der Morgendämmerung. Er hatte die Wette gewonnen und wusste nun, dass der Vertrag noch gültig war. Aber was ihn erschreckte, war diese merkwürdige Nachricht.

»Wie kommt man so schnell nach Rio de Janeiro?«, fragte er entgeistert.

»Viel Geld, viele Möglichkeiten«, antwortete Kreschimir.

»Aber so schnell fliegt nicht einmal ein Flugzeug!«, rief der Junge im Bett.

Hierauf sagte der Steward zunächst gar nichts. Dann brummte er: »Ich dachte, du wüsstest, mit wem du es zu tun hast.« Und dann hatte er es plötzlich sehr eilig, seinen Dienst anzutreten. In der Tür drehte er sich noch einmal um und sagte: »Versuch zu schlafen, Timm! Grübeln im Bett führt zu nichts.«

Glücklicherweise ließ die gesunde Natur des Jungen ihn wirklich in Schlaf fallen. Als er gegen Mittag wieder erwachte und Kreschimir ihm einen Topf Suppe und das gewonnene Stück Nusstorte brachte, war ihm sogar merkwürdig leicht zumute.

Zum ersten Mal teilte er sein schreckliches Geheimnis mit einem Menschen, und dieser Mensch hatte obendrein im Spiel mit dem Baron gewonnen. Das gab Timm so viel Hoffnung und frohe Zuversicht, dass er die merkwürdige Nachricht aus Rio de Janeiro fürs Erste einfach vergaß.

Am Nachmittag kam der Steuermann auf kurze Zeit herein, ein Riese aus Hamburg, der Jonny hieß. Er erkundigte sich nach Timms Befinden, befühlte die Beule mit erstaunlich behutsamen Fingern, brachte noch eine Tablette und sagte dann: »Morgen bist du wieder fit, Kleiner! In Zukunft wirst du dich vor Fallstricken hüten, hoffe ich.« Dann ging er wieder.

Timm dachte: »Wenn du wüsstest, über was für einen schlimmeren Fallstrick ich gestolpert bin!« Und wieder schlief er ein. Der Steuermann hatte ihm eine Schlaftablette gegeben.

In der Nacht, als Kreschimir in die Koje zurückkam, wachte Timm wieder auf. Der Steward stützte sich mit den Ellenbogen auf Timms Bettkante und sagte: »Es ist eine Gemeinheit von dem Kerl, Junge!«

»Wie meinen Sie …« Tim verbesserte sich: »Wie meinst du das?«

»Genau so, wie ich es sagte! Ich weiß, du musst schweigen. Schön, schweig! Aber ich weiß Bescheid: Er lacht dein Lachen und du gewinnst jede Wette. Aber was ist, wenn du eine Wette verlierst?«

»Das wünsche ich mir«, erwiderte Timm leise. Mehr sagte er nicht.

»Darüber werde ich nachdenken«, sagte Kreschimir. Er zog sich aus und stieg ebenfalls ins Bett.

Als beide das Licht ausgelöscht hatten, erzählte der Steward von seiner Heimat, von einem Dorf im Karst an der kroatischen Küste. Sieben Tage in der Woche hatte das Kind Kreschimir gehungert, sieben Tage in der Woche hatte es von Glück und Reichtum geträumt. Und dann war eines Tages ein Auto durch das Dorf gefahren und ein Herr im karierten Anzug hatte am Steuer gesessen. Und dieser Herr hatte ihm eine Tüte mit Granatäpfeln geschenkt, eine Tüte mit sieben Stück, jeder damals einen ganzen Dinar wert. Und der Junge war damit zehn Kilometer weit zu einem Badeort an der Küste gegangen und hatte sie verkauft.

»Ja, Timm, da hatte ich zum ersten Mal eigenes Geld, viel Geld, wie mir schien. Ganze sieben Dinar! Und weißt du, was ich mir dafür gekauft habe? Kein weißes Brot, obwohl ich Hunger darauf hatte, sondern ein Stück Torte. Weißt du, so ein Tortenstück mit viel Krem und mit Kirschen darauf und mit einer halben Walnuss in der Mitte. Das war die Torte, von der die Mädchen im Dorf erzählten, wenn sie am Meer gewesen waren.

All mein Geld musste ich hingeben für dieses eine Stück Torte. Ich hab's dann irgendwo hinter einem Bretterstapel auf der Mole verzehrt, Bissen für Bissen, und dabei habe ich gedacht: Das essen die Engel im Himmel nun alle Tage.

Hinterher hab ich gekotzt. Entschuldige das Wort. Aber so war's. Mein Arme-Junge-Magen war dafür nicht gebaut. Ich spie wie ein Reiher. Und als ich damit fertig war und von der Mole zurück ans Land ging, stand wieder das Auto mit dem karierten Herrn da.«

Kreschimir schwieg, und Timm dachte an einen kleinen Jungen in einer Gasse, die nach Pfeffer, Kümmel und Anis roch.

Dann erzählte der Steward weiter: wie der karierte Herr nun öfter mit Granatäpfeln ins Dorf gekommen war, wie er eines Sonntags mit den Eltern gesprochen hatte, wie er den Jungen auf einem seiner Schiffe als Steward untergebracht, wie er ihn später manchmal mit auf Reisen und vor allem zu Pferderennen mitgenommen hatte, wie Kreschimir durch leichtsinnige Wetten bei dem karierten Herrn in Schulden geraten war und wie er ihm am Ende sein schönstes Erbteil verkauft hatte, seine Augen.

»Nun habe ich sie wieder«, schloss Kreschimir. »Und du sollst dein Lachen wiederhaben, so wahr ich Kreschimir heiße. Gute Nacht!«

Timm hatte einen Kloß in der Kehle. Es klang sehr dünn, als er sagte: »Gute Nacht, Kreschimir! Vielen Dank!«

Dreizehnter Bogen

Stürme und Ängste

Die Erzählung Kreschimirs hatte Timm erregt. Überdies war das Meer in dieser Nacht heftig bewegt. So schlief der Junge unruhig und warf sich von einer Seite auf die andere.

Mitten in diesen dünnen Schlaf hinein dröhnte ein Donnerschlag. Wenig später zuckte ein unheimlich heller Blitz durch die Lider des Schlafenden und neuer schrecklicher Donner dröhnte ihm in die schlaftauben Ohren.

Timm fuhr mit einem Schrei auf. Ihm war, als habe er durch den Donner sein eigenes Lachen gehört.

Er riss die Augen auf und sein Blick fiel auf das Bullauge, durch das zwei wasserblaue Augen in die Kajüte starrten, dem Jungen mitten ins Gesicht.

Furcht und Entsetzen drückten ihm die Lider wieder zu, der Schweiß brach ihm aus und er war unfähig sich zu bewegen. So hockte er, vornübergekrümmt, eine halbe Ewigkeit, bis er es endlich, endlich wagte, die Augen wieder zu öffnen und ganz leise nach Kreschimir zu rufen.

Der Steward gab keine Antwort. Draußen, hinter einer dünnen Wand aus Eisen, schäumte das Meer und schlug in beinahe regelmäßigen Abständen donnernd dagegen. Timm wagte nicht wieder, zum Bullauge hinüberzuschauen.

Er rief lauter nach Kreschimir. Aber noch immer kam keine Antwort.

Da fing er so laut zu schreien an, dass seine eigene Stimme ihn ängstigte.

»Kreschimir!« Es war fast keine menschliche Stimme mehr, die da schrie. Aber keine Antwort kam auf diesen Schrei.

Timm schloss die Augen wieder, um nicht das Bullauge ansehen zu müssen, und tastete nach der kleinen Lampenschnur über seinem Kopf. Als er sie zwischen den Fingern fühlte, riss er sie vor Erregung ab. Aber das Licht brannte. Und der Junge machte die Augen auf.

Mit der Dunkelheit zogen sich auch die Ängste in die Ecken zurück. Timm beugte sich nun über den Bettrand nach unten, um nach Kreschimir zu sehen. Aber Kreschimirs Bett war leer.

Da kroch aus den Winkeln der leeren Kajüte wieder die Angst auf ihn zu. Der Junge fing am ganzen Leibe zu zittern an, sah sich im Spiegel über dem Waschbecken selbst zittern und erschrak vor dem grinsenden Gesicht, das ihn anstierte, seinem eigenen Gesicht.

Seltsamerweise brachte der Anblick seines Spiegelbildes ihn in eine Art wütender Bewegung. Er sprang aus dem Bett und fuhr wie wild in seine Kleider. Es war, als seien die Ängste jetzt in sein Spiegelbild gebannt und er selbst habe die Freiheit zu tun und zu lassen, was er wolle. So fand er auch den Mut, die Kajüte zu verlassen und auf den Gang hinauszulaufen. Er tastete sich durch das schwankende Schiff zur eisernen Leiter vor und erkletterte sie. Oben durchnässte eine überschwappende Welle ihn bis auf die Haut. Aber er hastete an Tauen und Stangen weiter, kletterte mit wütender Zähigkeit hinauf aufs Bootsdeck und trat endlich in das qualmig-warme Steuerhaus ein, das durch eine Funzel aus dickem Glas matt erhellt war.

Da stand Jonny, der Bär aus Hamburg, und sah den Jungen mit ruhigem Verwundern an.

»Was willst denn du bei dem Wetter hier oben?«

»Steuermann, wo ist Kreschimir?« Timm schrie die Frage fast, um das Dröhnen einer Woge zu übertönen, die sich an der Bordwand brach.

»Kreschimir ist krank, mein Junge. Aber mach dir keine Sorgen. Es ist nur der Blinddarm und daran stirbt man heute nicht mehr.«

»Wo ist er aber?«, wiederholte Timm beharrlich. »Wo ist Kreschimir jetzt?«

»Es war zufällig ein Patrouillenboot von der Küste in unserer Nähe. Das hat ihn an Land gebracht. Hast du nicht gemerkt, dass die Maschinen stoppten?«

»Nein«, sagte Timm beklommen. Und mit ruhiger Stimme fügte er hinzu: »Kreschimir ist nicht krank. Das alles hat der Baron veranstaltet. Ich sah seine Augen durch das Bullauge.«

»Du hast im Bullauge die Augen des Barons gesehen?« Jonny lachte. »Junge, du fantasierst! Komm, zieh dich aus, nimm die Decke da und leg dich auf die Polsterbank. Hier oben bei mir hast du bestimmt keine schlechten Träume.«

Im warmen Steuerhaus neben diesem besonnenen gutmütigen Riesen kam es Timm beinahe selbst so vor, als ob er nur fantasiert habe.

Aber in diesem Augenblick erinnerte er sich wieder an die Radionachricht über das Verschwinden des Barons nach Rio de Janeiro und er sah sich selbst wieder im Spiegel über dem Waschbecken: zitternd und mit grinsendem Gesicht. Und er entschloss sich, dem Baron alles zuzutrauen und ihn, soweit er es vermochte, nie mehr zu fürchten. Denn zum Glück hatte Timm den Baron auch schwach gesehen.

Der Junge legte sich nun schweigend auf die Polsterbank, die hin und her und auf und ab schwankte, weil die Bewegungen des Schiffes hier oben noch heftiger waren als unten in der Kajüte.

Die durcheinander laufenden Gedanken und ein merkwürdiges Gefühl im Magen ließen Timm nicht wieder einschlafen. So lag er Stunde um Stunde wach, während Jonny ruhig am Steuerruder stand und manchmal eine Zigarette rauchte. Darüber ließ der Sturm sehr allmählich nach.

Timm brütete in diesen Stunden über einer außergewöhnlichen Wette. Sie sollte so ungeheuerlich sein, dass er sie unbedingt verlieren musste.

Der Baron hatte mit Timms Angst gespielt – nun sollte er selber Angst bekommen. Aber sosehr der Junge auch grübelte: Keine Wette schien den teuflischen Fähigkeiten des Barons gewachsen zu sein. Gesetzt, er wettete, dass eine Haselnuss größer sei als eine Kokosnuss: Wer würde auf eine so blödsinnige Wette eingehen? Und wer weiß, vielleicht würde Lefuet einen Landstrich aufstöbern, in dem die Haselnüsse tatsächlich größer wären als die Kokosnüsse. Timm verwarf die Wette wieder wie viele andere in dieser Nacht. Das Erlebnis mit Herrn Rickert in der Straßenbahn fiel dem Jungen immer wieder zur rechten Zeit ein.

Aber wie wär's, dachte er plötzlich, wenn man keine zerrissene Oberleitung vorschieben kann? Wie, wenn so ein handfestes, eisernes Möbel wie die Straßenbahn plötzlich die Schienen verlassen und fliegen muss? Eine Straßenbahn ist keine Lerche. Und ein Zauberer, trotz all seiner unheimlichen Fähigkeiten, ist auch Lefuet nicht.

Timm glaubte, die Achillesferse des Barons entdeckt zu haben. Er richtete sich auf den Ellenbogen auf und rief: »Steuermann, wissen Sie schon, dass es in Genua fliegende Straßenbahnen gibt?«

»Leg dich hin und schlaf«, sagte Jonny ohne besondere Überraschung. »Du fantasierst schon wieder.«

»Entschuldigen Sie, Steuermann, aber diesmal bin ich hellwach. Ich weiß ganz bestimmt, dass es in Genua fliegende Straßenbahnen gibt. Ich wette mit Ihnen um eine Flasche Rum.«

»Hokuspokus!«, sagte Jonny. »Außerdem frag ich mich, wovon du eine Flasche Rum bezahlen willst.«

»Ich hab eine in meinem Seesack«, log Timm. »Also, wetten wir nun oder nicht?«

Jonny drehte sich um und sagte: »Und wenn du um eine Million wetten würdest: Ich glaub's trotzdem nicht. Dafür kenne ich zwei Dinge viel zu gut: Genua und die Straßenbahnen.«

»Dann können Sie ja beruhigt wetten. Eine Flasche Rum ist doch für einen Steuermann ein Klacks.«

»Gibst du mir dein Ehrenwort, dass du dich wieder hinlegst und die Augen zumachst, wenn ich mit dir wette?«

»Mein Ehrenwort!«, rief Timm.

Da gab der Steuermann dem Jungen die Hand und sagte: »Wenn es in Genua …« Er stockte, weil etwas Hartes ans Fenster des Steuerhauses flog. Es schien aber nichts von Bedeutung zu sein. So wiederholte Jonny: »Wenn ich in Genua eine fliegende Straßenbahn sehe, habe ich die Wette verloren und du kriegst eine Flasche Rum. Sehe ich keine, dann gehört die Flasche in deinem Seesack mir. So, und nun leg dich gefälligst wieder hin! In drei Stunden beginnt dein Dienst.«

Diesmal schlief Timm wirklich ein. Und im Traum hörte er sich selber lachen. Aber in das Gelächter schrillte das blecherne Bimmeln einer Straßenbahn, die über seinem Kopf durch den Himmel fuhr. Als der Steuermann ihn bei Anbruch des Tages weckte, hatte der Junge immer noch das Geläute in den Ohren und das ängstigte ihn.

Timm fürchtete sich vor Genua.

Vierzehnter Bogen

Die unmögliche Wette

Timm fürchtete sich vor Genua; aber zugleich sehnte er die Stadt herbei.

Seine bange Ungeduld wurde auf eine harte Probe gestellt; denn es dauerte viele Tage, bis der Dampfer »Delphin« endlich in den Hafen von Genua einschwenkte. Es war an einem strahlend blauen Tag kurz vor Mittag. Timm war unter einem Vorwand in das Steuerhaus getreten. Hier stand er nun neben Jonny, dem Steuermann, und schaute hinüber zur Oberstadt von Genua. Er trug die schwarz-weiß karierte Hose und die Schürze aus dickem grauem Leinen, die ihm der Koch Enrico zum Kartoffelschälen gegeben hatte. Die Häuser Genuas sah man schon deutlich. Sogar Omnibusse und Autos konnte man in den Straßen der Oberstadt erkennen. Und mit jedem Augenblick wurde die Sicht klarer.

Plötzlich gab Jonny einen überraschten Laut von sich, halb war's ein Glucksen, halb ein Brummen. Timm sah ihn verwundert an: Der Steuermann hatte die Augen zusammengekniffen. Jetzt öffnete er sie wieder, aber nur, um sie gleich darauf abermals zu schließen und sie danach wieder weit aufzureißen. Dann sagte Jonny ganz langsam und beinahe feierlich: »Ich werd verrückt!«

Timm ahnte etwas. Er hatte einen sehr trockenen Hals. Aber er wagte nicht, den Blick wieder auf Genua zu richten. Er starrte weiter unverwandt den Steuermann an.

Jonny sah ihn jetzt auch an und sagte kopfschüttelnd: »Du hattest Recht, Timm; es gibt in Genua fliegende Straßenbahnen. Du hast die Wette gewonnen.«

Timm schluckte schwer. Es hatte keinen Sinn mehr, die Augen von dem Unvermeidlichen abzuwenden. Er drehte den Kopf und blickte hinüber zur Oberstadt.

Dort schwebte in einer Straße, mitten zwischen den Häusern, eine Straßenbahn durch die Luft, eine richtige Straßenbahn. Es war deutlich zu erkennen.

Aber mit einem Male erschien Pflaster unter der Straßenbahn, festes Straßenpflaster mit Schienen darin. Mit einem Male schwebte die Straßenbahn nicht mehr, sondern rollte auf Schienen die Straße entlang.

»Es war nur eine Luftspiegelung«, rief Timm fast jubelnd. »Ich habe die Wette verloren.«

»Du tust, als freutest du dich über die verlorene Wette«, sagte Jonny erstaunt, und Timm merkte, dass er einen Fehler gemacht hatte. Aber ehe er sich korrigieren konnte, fuhr Jonny fort: »Du hast die Wette trotzdem gewonnen, Timm. Die Wette ging nämlich darum, ob man in Genua fliegende Straßenbahnen sehen kann, und nicht darum, ob es sie wirklich gibt. Und gesehen habe ich sie, daran ist kein Zweifel.«

»Dann habe ich also doch gewonnen. Wie schön«, sagte Timm. Und diesmal versuchte er, seiner Stimme einen freudigen Ton zu geben. Aber die Stimme blieb heiser und ohne Spur von Fröhlichkeit. Es war nur gut, dass Jonny auf das Steuerruder Acht geben musste.

»Wie bist du nur auf diese verrückte Wette gekommen?«, fragte er über die Schulter. »Hast du öfter solch merkwürdiges Wettglück?«

»Ich habe noch nie eine Wette verloren«, antwortete Timm gleichgültig. »Ich gewinne jede.«

Der Steuermann warf ihm einen kurzen Blick zu. »Spiel dich nicht auf, Junge! Es gibt Wetten, die kann man einfach nicht gewinnen.«

»Zum Beispiel welche?«, fragte Timm gespannt. »Nennen Sie mir eine solche Wette!«

Wieder ein kurzer forschender Blick des Steuermanns. An dem Jungen war ihm irgendetwas nicht geheuer. Aber er war gewohnt auf Fragen Antwort zu geben. So schob er seine weiße Mütze in die Stirn und kratzte sich am Hinterkopf. Wieder flog etwas Hartes ans Fenster. Jonny drehte den Kopf, sah aber nichts. Und plötzlich fiel ihm eine Antwort ein.

»Ich wüsste eine Wette, die du unmöglich gewinnen kannst, Timm.«

»Auf diese Wette gehe ich ein, ehe ich sie gehört habe, Steuermann. Wenn ich sie verliere, können Sie Ihre Flasche Rum behalten.«

»Du willst die Katze im Sack kaufen, Junge? Meinetwegen. Rum ist Rum, und wenn du unbedingt verlieren willst: Bitte schön! Wette also mit mir …«

Der Steuermann unterbrach sich, sah den Jungen an und fragte: »Du schließt diese Wette bestimmt mit mir ab? Ich frage nur wegen der Flasche Rum.«

»Ich gehe auf diese Wette ein«, sagte Timm so bestimmt, dass Jonny beruhigt war.

»Also dann wette mit mir, dass du noch heute Abend reicher sein wirst als der reichste Mann der Welt.«

»Reicher als Lefuet also?«, fragte Timm fast atemlos.

»Genau das!«

Da streckte der Junge die Rechte schneller vor, als Jonny erwartet hatte. Dies war die unmögliche Wette. Die Wette, die er verlieren musste.

Mit lauter Stimme sagte Timm: »Ich wette mit Ihnen um eine Flasche Rum, dass ich noch heute Abend reicher sein werde als der Baron Lefuet.«

»Junge, du bist plemplem«, sagte Jonny und ließ Timms Hand los. »Aber ich habe wenigstens meine Flasche Rum zurück.«

In diesem Augenblick kam der Kapitän ins Steuerhaus.

»Was macht denn der Moses hier?«, fragte er mürrisch.

»Er soll mir eine Tasse Kaffee bringen, Käptn«, sagte Jonny.

»Dann soll er sich gefälligst tummeln!« Timm musste hinunterspringen in die Kombüse. Er hätte dabei singen mögen. Aber wer nicht lachen kann, kann auch nicht singen.

Als er die Kaffeetasse, die nur an zwei Stellen ein bisschen übergeschwappt war, in das Steuerhaus brachte, stand der Kapitän immer noch dort. Jonny kniff hinter dem Rücken des Alten grinsend ein Auge zu.

Timm tat das Gleiche, aber mit ernster Miene. Dann sprang er hinunter aufs Oberdeck. Am liebsten hätte er laut gelacht. Aber sein

Mund formte nur die Grimasse des Lachens. Kein munterer Gluckser kam aus dem Bauch herauf.

Eine kleine ältere Holländerin, die dem Jungen auf Deck entgegenkam, war erschrocken über den wilden Ausdruck seines Gesichts. Sie sagte später zu ihrer Kabinennachbarin: »In diesem Knaben steckt der Teufel. Schließen Sie nachts Ihre Kabinentür zu.«

Timm verkroch sich in seiner Aufregung hinter der Ankerwinde am Heck, hockte sich auf einen Haufen eingerollter Taue und war entschlossen, hier bis zur Ankunft in Genua sitzen zu bleiben. Er hatte gehört, dass es in Genua ein berühmtes Marionettentheater gäbe. Dorthin wollte er gehen, um zwischen lachenden Leuten ein lachender Junge zu sein. Noch schöner aber war die Vorstellung, in den Straßen spazieren zu gehen und irgendeinem netten unbekannten Menschen zuzulächeln, einem kleinen Mädchen oder einer alten Frau.

Timm verkroch sich förmlich in diese Vorstellung einer Welt voll Sonne und Freundlichkeit. Dass ihm hierbei vom blauen Himmel herab die Sonne ins Gesicht brannte, machte die Träume nur noch fassbarer und wahrscheinlicher.

Durch das Bordmikrofon kam mit scheppernder Stimme eine Durchsage, auf die Timm nicht achtete. Er träumte.

Nach kurzer Zeit wurde die Durchsage wiederholt. Bei der Nennung seines Namens horchte Timm auf und bekam so den Schluss der Durchsage noch mit:

»... Thaler sofort zum Kapitän ins Steuerhaus!«

Wie Seifenblasen zerplatzten die Träume. Plötzlich erschien ihm die Sonne beinahe düster in ihrer heißen Heftigkeit. Der Kapitän hatte sich in seiner mürrischen Gleichgültigkeit noch nie um Timm gekümmert. Es musste also ein außergewöhnlicher Anlass sein, der ihn nach dem Jungen rufen ließ.

Timm hinter der Ankerwinde erhob sich, tappte über das Deck und stieg zum dritten Mal an diesem Morgen über die Eisensprossen zum Bootsdeck hinauf. Die Hände, mit denen er das Eisengeländer umfasste, waren schweißnass.

Im Steuerhaus sah ihn der Kapitän merkwürdig und gar nicht

gleichgültig wie sonst an. Der Steuermann stierte geradeaus und wandte nicht einmal den Kopf zur Seite.

»Du heißt ...« Der Kapitän unterbrach sich räuspernd und fing noch einmal an: »Sie heißen Timm Thaler?«

»Ja, Herr Kapitän.«

»Sie sind geboren am ... in ...«

Von einem Blatt in seiner Hand las der Kapitän die Lebensdaten des Jungen ab und Timm bestätigte jedes Datum mit einem: »Ja, Herr Kapitän.« Dabei trat ihm vor gespannter Erwartung Wasser in die Augen.

Als das kurze Verhör zu Ende war, ließ der Kapitän das Blatt sinken und eine merkwürdige Stille trat ein. Auf dem Fußboden zitterten Sonnenkringel und Timm betrachtete den breiten Nacken des Steuermanns, der immer noch unverwandt geradeaus starrte. »Dann darf ich Sie wohl als Erster beglückwünschen«, unterbrach der Kapitän die Stille.

»Wozu, Herr Kapitän?« Timm hatte eine ganz dünne piepsige Stimme.

»Hierzu!« Der Kapitän deutete mit einer Kopfbewegung auf das Papier in seiner Hand. Gleichzeitig fragte er: »Sind Sie verwandt mit dem Baron Lefuet?«

»Nein, Herr Kapitän.«

»Aber Sie kennen ihn persönlich?«

»Ja, das schon ...«

»Also dann lese ich Ihnen den Funkspruch vor:

baron lefuet verstorben stop mitteilt timm thaler dass er zum alleinerben eingesetzt stop zwillingsbruder des verstorbenen neuer baron lefuet übernimmt Vormundschaft bis zur Volljährigkeit stop phoenix reederei der lefuet ag genua

gezeichnet grandizzi direktor.«

Timm starrte immer noch steinernen Gesichts auf den Nacken des Steuermanns. Die unmöglichste Wette der Welt war gewonnen. Für eine einzige Flasche Rum. Er, ein vierzehnjähriger Junge, war in diesem Augenblick zum reichsten Menschen der Erde geworden. Aber sein Lachen war mit dem Baron gestorben und würde mit ihm begraben werden. Der reichste Mensch der Welt war der ärmste unter den Menschen. Er hatte für immer sein Lachen verloren.

Der Nacken des Steuermannes bewegte sich. Ganz langsam drehte Jonny den Kopf herum. Fremde, erstaunte Augen sahen Timm an. Aber der Junge sah sie nur für einen kurzen bangen Moment. Gerade noch rechtzeitig fingen Jonnys Arme den bewusstlosen Timm auf.

Fünfzehnter Bogen

Verwirrung in Genua

Zwei freundliche blaue Augen in einem unrasierten starkknochigen Gesicht sahen auf Timm nieder.

»Hörst du mich?«, fragte eine leise Stimme.

»Ja, Steuermann«, flüsterte Timm.

Eine Hand hob seinen Kopf ein wenig an und langsam und vorsichtig wurde ihm Wasser in den Mund geträufelt. Dabei fragte die Stimme an seinem Ohr: »Wieso habe ich in Genua fliegende Straßenbahnen gesehen? Wieso ist der Baron so pünktlich gestorben? Wieso freust du dich über verlorene Wetten und wirst ohnmächtig, wenn du sie gewinnst?«

In Timms zögernd wach werdendem Gedächtnis rumorte das wiederholte »Wieso« des Steuermanns herum und stöberte Timms alte eigene »Wiesos« auf. Eine grenzenlose Verwirrung ließ ihn fast wieder in die Ohnmacht zurückgleiten.

Da näherten sich Stimmen und Schritte, und kurz darauf trat der Kapitän mit einem fremden Herrn ins Steuerhaus.

Timm auf der Polsterbank nahm von dem Fremden zunächst nur das riesige blütenweiße Spitzentaschentuch wahr, das aus der Brusttasche des dunklen Jacketts herausquoll. Und dann roch er den Fremden. Es war ein Duft nach Nelken, der den Jungen förmlich überschwemmte, als der Herr näher trat und sich vorstellte.

»Direttore Grandizzi. Ik schätzen mik särr glicklik, als die Erste Ihnen zu dirfen gratulieren in Name von ganze Gesellschaft, Signore! Ik bedaure, dass Sie sind nikt gäsund, aber kann verstehen kleine Schock ...« Er spreizte die Hände und legte den Kopf schief. »Ah, so reik in eine kurze Augenblicke, das ist veramente nikt leikt, aber ...«

Was Direktor Grandizzi weiter sagte, verstand Timm nicht. Das Zuhören strengte ihn zu sehr an. Nur den letzten Satz verstand er, weil der Direktor sich dabei über ihn beugte: »Jetzt ik werde Sie bringen in Barkasse, Signore!«

Aber da trat Jonny in Aktion. »Überlassen Sie mir den Jungen«, knurrte er. »Ich werde ihn in die Barkasse tragen. Herr Kapitän, übernehmen Sie so lange das Steuer!« Obwohl das Schiff im Augenblick vor Anker lag, war die Verwirrung so allgemein, dass der Kapitän sich stumm und gehorsam ans Steuer stellte.

Längsseits des Dampfers lag eine Barkasse der Reederei, die den Erben abholen sollte. Jonny turnte mit Timm auf dem Arm über Leitern und Treppen, als ob er ein Bündelchen Wäsche trüge. Direktor Grandizzi umsprang ihn dabei mit wehendem duftendem Spitzentaschentuch wie ein Pudel seinen Herrn.

Übrigens sah Timm jetzt, dass der Direktor einen fast kahlen Kopf hatte. Nur zwei schwarze Haarsträhnen an den Seiten waren zu einem spitzen Dreieck nach vorn in die Stirn gekämmt. Sie gaben dem runden Gesicht eine Spur von Gefährlichkeit und Maskenhaftigkeit.

In der Barkasse setzte der Steuermann den Jungen in die mit Kissen gepolsterte, heckwärts gelegene Ecke der umlaufenden Bank. Dabei flüsterte er ihm zu: »Du kriegst noch zwei Flaschen Rum von mir. Für die Wetten. Komm um acht Uhr zum Denkmal von Christoph Columbus. Aber allein. Und wenn du Hilfe brauchst, komm erst recht, verstanden?«

Timm nickte nicht. Er sagte nur leise »hm«, denn er hatte inzwischen gelernt, vorsichtig zu sein.

»Also dann viel Glück, mein Junge!«, rief Jonny dröhnend für die Ohren des Direktors. Dann gab er dem Jungen zum Abschied seine Pranke und kletterte wieder hinauf auf sein Schiff.

Als die Barkasse vom Dampfer ablegte, duftete es wieder nach Nelken. Direktor Grandizzi hatte sich neben Timm gesetzt. Zwei feierlich gekleideten Herren, die bugwärts saßen, gab er durch Handzeichen zu verstehen, dass sie leise sein möchten. Die beiden nickten verständnisvoll, flüsterten miteinander und sahen dabei den Jungen mit unverhohlener Neugierde an.

»Signore, ik werde Sie bringen in Ihre Hotel«, sagte jetzt halblaut der Direktor. »Dort Sie werden ruhen für eine Stunde und dann die Reederei erwartet Sie zu eine kleine Empfang. Ist das gut?«

Timm, der eben noch der Moses eines mittelgroßen Fracht-Passagier-Schiffes gewesen war, fand sich nun in der Rolle des umdienerten reichen Erben wieder. Aber da er sich auf der Jagd nach seinem Lachen schon in mancher Verstellung geübt hatte, blieb er gelassen. Was ihn erregte, war etwas ganz anderes: dass seine Jagd kein Ziel mehr hatte, dass sein Lachen gestorben war.

Er nickte zu allem, was Direktor Grandizzi ihm vorschlug. Nur einmal, als der Direktor von einer Pressekonferenz um acht Uhr redete, schüttelte Timm den Kopf.

»Ah, Sie lieben Presse nikt, Signore? Aber Zeitungen sind nitzlich, Signore, sehr viel nitzlich!«

»Ich weiß«, antwortete Timm. In der leicht schwankenden Barkasse fühlte er sich jetzt wieder etwas kräftiger.

»Wenn Sie sehen ein die Nitzlichkeit von Zeitunge, warum Sie wollen dann keine Konferenze?«, bohrte Direktor Grandizzi.

»Weil …« Timm dachte fieberhaft über eine Ausrede nach.

Endlich sagte er: »Weil das alles noch so neu für mich ist. Kann diese Konferenz nicht morgen sein?«

»Gewiss, Signore. Aber heute Abend …«

»Heute Abend will ich mir allein die Stadt ansehen«, fuhr ihm Timm ins Wort. Das Dienern des Direktors verleitete förmlich dazu, den Herrn anzufahren. Aber Grandizzi ließ sich dadurch keineswegs beirren.

»No, no, Signore, niikt allein«, wehrte er ab. »Eine Detektive wird Sie jetzt immersu begleiten, weil Sie sind dok so reik, wissen Sie!«

»Ich will aber allein durch die Stadt bummeln!«, rief Timm.

Die feierlichen Herren am Bug sahen ihn bestürzt an. Einer balancierte in der schwankenden Barkasse auf ihn zu und fragte: »Kann ich behilflich sein? Übrigens: Pampini mein Name, Chefdolmetscher des Werkes.«

Offensichtlich hatte er die Gelegenheit nur benutzt, um sich dem reichen Erben vorzustellen. Aber als er dem Jungen die Hand geben wollte, bog die Barkasse gerade scharf nach rechts ein. Er fiel Timm auf den Schoß, rappelte sich mit hundert Entschuldigungen wieder auf, fiel aber bei einer neuerlichen Kurve Direktor Grandizzi in den Schoß.

Der Direktor brüllte mit rotem Kopf zuerst den Dolmetscher und dann den Steuermann der Barkasse an. Den einen nannte er einen Tollpatsch, den anderen einen Esel. Dann fiel ihm ein, dass der Steuermann kein Deutsch verstand, und er wiederholte den Fluch italienisch, wobei er mindestens fünfmal so lang wurde.

Der Dolmetscher zog sich geduckt zur Bankecke am Bug zurück. Gleich darauf legte die Barkasse an den Stufen einer Mole an.

Ein Chauffeur in blauem Anzug stand bereits da, die blaue Mütze ehrerbietig in der Hand. Von ihm sanft gezogen und vom Direktor mehr symbolisch als praktisch gestützt, verließ Timm als Erster die Barkasse. Man behandelte ihn, als sei er ein sehr alter kranker Herr.

Oben auf der Mole verdeckte eine Reihe dunkel gekleideter Herren ihm die Sicht auf die Stadt Genua. Direktor Grandizzi stellte sie ihm der Reihe nach vor. Sie hatten alle Namen, die auf izzi oder ozzi endeten und die Timm sofort wieder vergaß.

Das Merkwürdigste an allem war, dass das feierliche Murmeln und Vorstellen einem vierzehnjährigen Jungen galt, der die schwarzweiß karierte, an den Knien ausgebeulte Hose der Köche und den etwas zu großen Rollkragenpullover Jonnys trug. Es war, genau genommen, ein Bild zum Schief-und-krumm-Lachen. Aber alles blieb todernst. Und vielleicht war das gut für den armen Timm.

Auch das Folgende ging mit Ernst und gezirkelter Würde vor sich: Ein schwarzes Auto mit sechs Türen fuhr vor, der Chauffeur riss erst für Timm und dann für Direktor Grandizzi die Türen auf, man setzte sich in die roten Lederpolster, der Wagen fuhr an und die ganze Reihe wohl gekleideter Herren hob die rechte Hand und winkte ihnen gemessen nach.

Erst während der Fahrt fiel Timm der Seesack des Herrn Rickert ein, den er mit all seinen Sachen auf dem Dampfer vergessen hatte. Als er dem Direktor davon erzählte, lächelte Grandizzi: »Natiirlik wir kennen holen die private Sache von der Dampfer, Signore. Aber die Herr Baron haben bereits für einen eleganten Garderobe gesorgt.«

»Der Baron?«, fragte Timm verdutzt.

»Die neue Herr Baron, Signore!«

»Ach so!« Timm lehnte sich ins Polster zurück und sah durch das Fenster zum ersten Mal ein Stück von Genua: ein Marmorportal und ein Messingschild, auf dem »Hotel Palmaro« stand. Dann glitt der Fächer einer brusthohen Palme vorbei, dann eine Blumenrabatte mit einem Lavendelstrauch in der Mitte. Und dann hielt der Wagen sehr sanft. Der Schlag wurde aufgerissen und ein uniformierter Portier mit Goldschnüren nahm Timms Arm und komplimentierte ihn wieder so behutsam ins Freie wie einen alten Mann.

Timm stand vor einer Freitreppe aus Marmor, von deren oberster Stufe jemand »willkommen« rief. Es war ein Herr in einem karierten Anzug, der eine riesige Sonnenbrille trug.

»Der neie Herr Baron, die Zwillingsbruder«, flüsterte Grandizzi dem Jungen ins Ohr. Aber Timm glaubte nicht so recht an den Zwillingsbruder. Und als der neue Baron die Freitreppe herunterkam und lachend ausrief: »Was für ein reizendes Räuberzivil!«, da wusste Timm mehr als der Direktor. Er hatte den Mann an seinem eigenen Lachen erkannt. Es gab gar keinen Zwillingsbruder.

Der Baron lebte. Und mit ihm lebte Timms Lachen.

Hiermit endete die Erzählung des dritten Tages, und ich begab mich, um sie aufzuschreiben, in mein Hotel.

Der vierte Tag,

an dem erzählt wird, wie Timm Thaler den reichen Erben spielen muss, wie er einen Kronleuchter zertrümmert, wie er zwei Leibwächtern entwischt und sich heimlich mit einem guten Freunde trifft, wie er ein englisches Sprichwort lernt, das auf ihn und seine Lage passt, und wie er den Baron nach Athen begleitet.

Am vierten Tag, an dem ich mich mit Timm im Korrektorenzimmer traf, fragte ich ihn: »Gibt es für den kleinen Timm Thaler denn gar keine Möglichkeit, aus dem verfluchten Vertrag wieder herauszukommen?«
»Die Antwort ist die Geschichte«, sagte Timm. »Hör sie dir weiter an.«
Und er erzählte:

Sechzehnter Bogen

Das Ende eines Kronleuchters

In seinem prachtvollen Hotelzimmer in Genua oder besser: in einer Flucht von drei Zimmern, die man Appartement nennt, war Timm nach all den Aufregungen auf dem Schiff, die ich dir gestern erzählt habe, zum ersten Mal allein. Der Baron war zu einer Besprechung fortgefahren und hatte erklärt, dass er Timm wieder abholen werde.

Der Junge, der noch immer die karierte Hose und den zu weiten Pullover trug, lag halb aufgerichtet auf einer Chaiselongue. Rücken und Kopf ruhten auf einem Berg gestreifter Seidenkissen. Die Füße baumelten über den Rand der Liege. Timm starrte auf einen Kronleuchter, der einem Gebilde aus gläsernen Tränen glich.

Seit langer Zeit fühlte der Junge sich zum ersten Male wieder beinahe wohl. Es lag nicht an der wunderlichen Verwandlung, die der plötzliche Reichtum gebracht hatte; denn davon hatte Timm noch gar keinen rechten Begriff: Es lag daran, dass er sein Lachen lebendig wusste. Auch war ihm nach all der Verwirrung eines klar: Der Baron war jetzt sein Vormund und das hieß, er war an Timm gebunden. Auf der Jagd nach seinem Lachen hatte Timm das Wild vor der Nase. Jetzt galt es, die verwundbare Stelle zu finden. (Timm wusste noch nicht, dass man eine schwierige Lage aus der Ferne besser übersieht als aus der Nähe.)

Es klopfte, und ohne Timms Aufforderung abzuwarten, trat der Baron ein.

»Bleib ruhig liegen«, sagte Lefuet beim Eintritt. Dann knickte der hagere Mann wie ein Taschenmesser ein und fiel auf einen kostbaren Stuhl mit elfenbeinernen Einlegearbeiten. Er schlug die Beine übereinander und sah Timm belustigt an.

»Die letzte Wette war ein außerordentlicher Einfall, Timm Thaler! Respekt, mein Junge!«

Timm sah den Baron von unten herauf an und schwieg.

Lefuet schien auch darüber belustigt zu sein. Er fragte: »Wolltest du diese Wette eigentlich gewinnen oder verlieren? Es würde mich interessieren, das zu erfahren.«

Timm antwortete ausweichend: »Meistens schließt man Wetten ab, um sie zu gewinnen.«

»Dann war es ein exquisiter Einfall!«, rief der Baron. Er sprang wieder auf, kreuzte die Arme über der Brust und begann in den Räumen auf und ab zu wandern.

Timm blieb auf der Chaiselongue liegen und fragte von dort: »Gilt unser Vertrag eigentlich noch? Ich habe ihn doch mit dem ersten Baron Lefuet abgeschlossen und nicht mit dessen angeblichem Zwillingsbruder.«

Lefuet kehrte vom Salon ins Schlafzimmer zurück und sagte im Gehen: »Der Vertrag wurde mit dem Baron L. Lefuet abgeschlossen. Ich heiße Leo Lefuet. Vorher nannte ich mich Louis Lefuet. Beide Male ein L., mein Junge.«

»Wenn es gar keinen Zwillingsbruder gibt«, fragte Timm weiter, »wer wird dann an Ihrer Stelle begraben?«

»Ein armer Hirte ohne Familie, mein junger Freund.«

Lefuet sprach mit genüsslich gespitztem Munde: »Im Hochland von Mesopotamien, unweit des Berges Djabal Sindjar, liegt mein Hauptwohnsitz, ein kleines Schloss; dort trägt man ihn an meiner statt zu Grabe.«

Der Baron nahm seine Wanderung in die anderen Gemächer wieder auf. Während seine Stimme sich entfernte, hörte Timm ihn sagen: »Mein Schlösschen liegt im Lande der Yeziden. Weißt du, wer die Yeziden sind?«

»Nein«, erwiderte Timm, der sich über die Redseligkeit des Barons wunderte.

Die Stimme kam wieder näher. Lefuet sagte: »Yeziden sind Teufelsanbeter. Sie glauben, dass Gott dem Teufel verziehen und ihm die Leitung der Welt übertragen habe. Deshalb beten sie Satan als den Herrn der Welt an.«

Der Baron war wieder ins Schlafzimmer zurückgekehrt. Timm sagte ohne große Anteilnahme: »Aha, so ist das!«

»Aha, so ist das«, äffte der Baron den Jungen sichtlich verärgert nach. Zum ersten Mal verlor sein Gesicht den belustigten Zug. »Der Teufel scheint dir gleichgültig zu sein, wie?«

Timm begriff nicht, was den Baron bei diesem Gespräch so erregte. Er fragte in aller Unschuld: »Gibt es den Teufel denn wirklich?«

Lefuet sank wieder in den elfenbeinverzierten Stuhl. Er stöhnte: »Bist du so einfältig oder tust du nur so? Hast du nie von Menschen gehört, die mit dem Teufel einen Vertrag geschlossen und diesen Pakt mit ihrem Blut unterschrieben haben?«

Bei dem Wort »Vertrag« horchte Timm auf. Er glaubte, Lefuet wolle jetzt über seinen Vertrag mit ihm reden. Aber der Baron faselte weiter von Teufeln und Dämonen. Er sprach von Belial, dem Herrn der Hölle, von den Dämonen Forcas, Astaroth und Behemoth, von Hexen und schwarzer Magie und von dem berühmten Zauberer Doktor Faustus, der den Unterteufel Mephistopheles zum Diener hatte.

Als er merkte, dass er den Jungen damit gründlich langweilte, erhob er sich und murmelte: »Ich muss deutlicher werden.«

Timm hatte sich wieder in die Kissen zurückgelegt. Seine rechte Hand, die herunterbaumelte, spielte, ohne dass der Junge sich dessen bewusst war, mit einem der seidenen Pantoffeln, die man ihm bereitgestellt hatte. Sein Blick war wieder auf den Kronleuchter gerichtet, in dessen gläsernen Tropfen sich die hagere Figur des Barons vielfach und in seltsamen Verzerrungen spiegelte.

Lefuet fragte jetzt geradezu: »Willst du den Spruch lernen, mit dem Doktor Faustus seinen Teufel beschwor?«

»Nein«, sagte Timm, ohne den Kopf zu wenden. Er sah durch die flirrenden Glastropfen des Kronleuchters eine vervielfachte Grimasse des Barons zucken und dann hörte er wieder dessen Stimme.

»Soll ich die Beschwörung wenigstens sprechen?«, fragte Lefuet mit merklich unterdrücktem Ärger.

»Meinetwegen, Baron.« Man hörte Timms Stimme an, dass dies alles ihm gleichgültig war. Immerhin wurde seine Neugierde ein kleines bisschen wach, als er die winzig kleinen Lefuets in den geschliffenen Gläsern ihre spindeldürren Ärmchen beschwörend erheben sah.

Lefuet sprach jetzt sehr langsam und mit merkwürdig hohler Stimme die Worte:

»Bagabi laca bachabe
Lamac cahi achababe
Karrelyos
Lamac lamec Bachlyas
Cabahagy sabalyos ...«

Als der Baron mit der Beschwörung so weit gekommen war, fing der Kronleuchter leicht zu schwanken an – wahrscheinlich eine Folge von Lefuets heftigen Armbewegungen – und eine aufgestörte, ungewöhnlich große Spinne seilte sich aus der Mitte des Kronleuchters an ihrem Faden nach unten.

Timm, der sich vor Spinnen ekelte und den die geheimnisvolle Formel überdies in gereizte Stimmung versetzt hatte, fasste den Seidenpantoffel, mit dem seine herunterhängende Hand gespielt hatte, und schleuderte ihn wütend gegen die Spinne.

Gerade fuhr der Baron fort:

»Baryolas
Lagoz atha cabyolas ...«

Da knirschte es an der Decke und dann krachte, schepperte, klirrte zu Füßen der Chaiselongue der gewaltige Kronleuchter mit seiner Last gläserner Tropfen zu Boden.

Timm hatte erschrocken die Beine angezogen. Der Baron stand mit offenem Mund und immer noch erhobenen Armen hinter der Lehne des Elfenbeinsessels und hatte eine Beule auf der Stirn. Anscheinend war ihm ein Stück Kronleuchter an den Kopf geflogen.

Es war jetzt unwahrscheinlich still im Salon. Aber der ohrenbetäubende Lärm musste im Hotel gehört worden sein; denn jemand klopfte energisch an die Tür.

Da endlich ließ der Baron die Arme sinken. Er ging leicht vornübergebeugt, als sei er sehr erschöpft, an die Tür, öffnete sie um einen Spalt und sagte ein paar Worte auf Italienisch, die Timm nicht verstand. Dann drückte er die Tür wieder zu, lehnte sich von innen gegen sie und sagte: »Es ist sinnlos. Gegen die Unschuld ist kein Kraut gewachsen.«

Der Junge auf der Chaiselongue, der diese Bemerkung ebenso wenig verstand wie die unverständliche Beschwörungsformel, erhob sich jetzt und fragte: »Was ist sinnlos?«

»Das Mittelalter!«, erwiderte der Baron scheinbar zusammenhanglos, und Timm war so schlau wie zuvor. Er fragte deshalb nicht weiter, sondern sagte: »Ich bitte um Entschuldigung wegen des Kronleuchters. Ich wollte nur eine Spinne treffen.«

»Die kleine Nebensache bezahlen wir mit der Hotelrechnung«, murmelte der Baron.

»Wieso wir?«, sagte der Junge. Ihm fiel mit einem Male sein ungeheurer Reichtum ein. Deshalb fügte er hinzu: »Den Kronleuchter bezahle ich, Baron!«

»Das ist nicht gut möglich«, sagte Lefuet. (Plötzlich kam wieder der belustigte Zug in seine Mundwinkel.) »Da du noch nicht mündig bist, mein Lieber, darfst du keine Mark ausgeben ohne die Zustimmung deines Vormunds, des Barons Leo Lefuet.« Grinsend verbeugte er sich. »Aber natürlich erhältst du Taschengeld.«

Timm in seiner Schifferkluft verbeugte sich ebenfalls und sagte: »Auch Sie haben außerordentlich kluge Einfälle, Baron. Erlauben Sie, dass ich mich jetzt umkleide. Ich wünsche allein zu sein.«

Lefuet starrte den Jungen zuerst sprachlos an. Dann lachte er hellauf. Immer noch lachend, rief er: »In Ihnen steckt mehr, als ich vermutet habe, Timm Thaler. Meine Hochachtung!«

Jetzt erst bemerkte er, dass Timm unter dem Lachen bleich geworden war.

Das heitere Kullern, mit dem er andere Leute wie mit einem Lasso an sich zog, verfing bei diesem Jungen nicht; es konnte bei ihm nicht verfangen. Es war ja sein eigenes, Timms, Lachen.

Lefuet drehte sich rasch zur Tür um. Aber bevor er ging, wischte er mit dem Ärmel seiner Jacke über die blank polierte Platte eines Schreibtisches unmittelbar neben dem Eingang und schob mit einem Seitenblick auf Timm eine lederne Schreibmappe in die Mitte der Platte.

Dann erst öffnete er die Tür und sagte dabei über die Schulter: »Stets zu Ihren Diensten, Herr Thaler. Den Kammerdiener werde ich rufen. Es ist ein mir ergebener Mann aus Mesopotamien.«

»Danke«, sagte Timm. »Ich habe gelernt mich allein anzukleiden.«

»Noch besser«, grinste Lefuet. »Dann sparen wir Geld.« Er ging endlich und schloss leise die Tür hinter sich.

Auf dem Etagenflur blieb der Baron eine Weile nachdenklich stehen. »Der Bursche will sein Lachen wiederhaben«, murmelte er. »Er verachtet die Macht, die das Dunkel spendet. Oder sie ist ihm gleichgültig. Er will Licht, und Licht ...«, der Baron ging langsam zu seinem Appartement, »... Licht wird durch Spiegel gebrochen. Damit muss ich's versuchen.«

Als Lefuet sein Appartement betreten hatte, sank er wieder einmal in einen Sessel. Über ihm hing ein ähnlicher Kronleuchter wie der aus dem Salon von Timms Appartement. Der Blick des Barons fiel auf die leicht schwankenden gläsernen Tropfen, Timms Wurf mit dem Pantoffel kam ihm ins Gedächtnis und plötzlich lachte Lefuet. Er lachte so sehr, dass der Sessel unter ihm von der Erschütterung des Körpers zu knirschen begann.

Der Baron lachte wie ein kleiner Junge. Das kullerte aus dem Bauch herauf wie Luftperlen in einem Sektglas. Und immer wieder – ein melodischer Akzent – setzte sich ein Schlucker darauf. Es ging die Tonleiter hinauf – ein Schlucker – erneuter Ansatz vom tiefsten Ton – und wieder die Leiter der Töne hinauf bis zu einem neuen Schlucker.

Nun war der Baron ein Mann, der sich niemals auch nur der kleinsten Gefühlsregung in heiterer Bedenkenlosigkeit überließ. Ihm fehlte das Talent zum Glücklichsein. Er musste alles erklären und in seine Teile zerlegen, sogar seine Gefühle.

Auch diesmal, als der letzte lachende Schlucker verklungen war, überlegte sich der Baron, warum er gelacht habe. Und er stellte mit Überraschung fest, dass er über sich selbst gelacht hatte, über seinen missglückten Versuch, Timm Thaler mit dem Hokuspokus der schwarzen Magie zu imponieren.

Der Versuch war missglückt; Lefuet war der Unterlegene gewesen und trotzdem hatte er gelacht. Das war eine neue, unerhörte Erfahrung für den Baron.

Er erhob sich aus dem Sessel und führte – auf und ab gehend – ein Selbstgespräch.

»Merkwürdige Sache«, brummte er vor sich hin. »Ich habe das Lachen gekauft, um Macht über Herzen zu bekommen. Und nun...«, er blieb verdutzt stehen, »... nun habe ich Macht über mich selbst bekommen, Macht über meine Launen, meine fürchterlichen Launen. Ich habe sie nicht mehr: Ich lache sie fort!«

Er ging wieder auf und ab.

»Früher hätte ich getobt, wenn ich bei einer Machtprobe der Unterlegene gewesen wäre. Ich hätte einen Teppich zerbissen vor Wut. Jetzt bleibe ich sogar als Verlierer überlegen: Ich lache!«

Abermals nahm ein Sessel den hageren Mann auf, dessen Gesicht für einen Augenblick die Züge des karierten Herrn vom Rennplatz annahm, die Züge der Verschlagenheit.

»Jage du nur deinem Lachen nach, Timm Thaler; du bekommst es nicht zurück! Das halte ich fest mit Zähnen und Klauen!«

Siebzehnter Bogen

Der reiche Erbe

Die Uniform junger reicher Erben sah zu Timms Zeit folgendermaßen aus: graue Flanellhosen, ein rotschwarz gestreiftes Jackett, ein blütenweißes Seidenhemd, eine rote Krawatte mit schottischem Muster, ebensolche Socken und braune Wildlederschuhe.

Timm stand in diesem Aufzug vor einem Spiegel, der bis auf den Boden reichte, und kämmte sich zum ersten Mal in seinem Leben die Haare feucht. Auf dem Teppich zu seinen Füßen lag aufgeschlagen eine illustrierte Zeitung mit dem Foto eines Tennisspielers. Timm legte seine Haare ebenso wie der Tennisspieler. Es gelang ihm leidlich.

Eine Weile betrachtete der Junge sich im Spiegel und zog versuchsweise seine beiden Mundwinkel nach oben. Aber es sah nicht einmal nach der Andeutung eines Lachens aus.

Traurig wandte er sich ab und wanderte ziellos in den drei Räumen seines Appartements herum. Er probierte lustlos einen Schaukelstuhl aus, er betrachtete die Gemälde an den Wänden – lauter Schiffe auf hoher See –, er hob den Hörer des elfenbeinfarbenen Telefons ab, legte ihn aber gleich wieder in die Gabel, und schließlich öffnete er die schnörkelig verzierte Ledermappe, die der Baron mitten auf die polierte Platte des Schreibtisches geschoben hatte. Es war Briefpapier darin. In der linken oberen Ecke der Bogen stand in grauen geraden Druckbuchstaben:

timm thaler
eigentümer der baron-lefuet-gesellschaft

Rechts stand:

genua, den ...

In einer seidenen Seitentasche der Mappe lagen Briefumschläge. Timm nahm einen heraus und las auf der Rückseite:

timm thaler, genova, italia, hotel palmaro

Der Junge ließ sich in dem Sessel vor dem Schreibtisch nieder, schraubte den Füllfederhalter auf, der neben der Mappe gelegen hatte, und beschloss einen Brief zu schreiben.

Als er die Mappe zurückschob und einen der Bogen vom Stoß nahm, sah er in der Politur der Tischplatte den Briefkopf in Spiegelschrift:

eigentümer der baron-teufel-gesellschaft
timm thaler

Dabei sprang ihm ein Wort in die Augen:

teufel

»Sieht aus, als ob dort Teufel stünde«, dachte Timm. »Aber«, fügte er in Gedanken hinzu, »wenn man vom Teufel gesprochen hat, sieht man ihn überall, und wenn es nur sein Name ist.«

Er schob sich den Bogen zurecht und begann einen Brief zu schreiben:

Lieber Herr Rickert,
ich bin in Genua nicht gut angekommen. Der Baron ist gestorben und ich bin sein Erbe. Aber das wollte ich eigentlich gar nicht. Eher noch das Gegenteil, aber das kann ich Ihnen leider nicht erklären. Vielleicht später. Bitte versuchen Sie mit dem Stjuard in Verbindung zu kommen, er heißt Kreschimir und hat eine Blinddarm Entzündung. Kreschimir darf Ihnen alles erzählen, ich nicht, leider! Sprechen Sie auch mit dem Steuermann vom Delfin, er heißt Jonny und kommt aus Hamburg. Der weiß, wie es zuging.

Jetzt bin ich der reichste Mensch der Welt und der so genannte neue Baron ist mein Vormund. Schön ist das nicht, aber vielleicht nützlich. Dem Baron lasse ich nicht merken, dass ich das alles gar nicht will.

Sie und Ihre Mutter und der Stjuard und Jonny waren sehr gut zu mir.

Vielleicht finden Sie einen Ausweg für mich. Aber ich muss mir wohl alleine helfen. Und es ist wohl auch gut, das ich einen Plan und ein Ziel habe, um zu vergessen, dass ich gar kein richtiger Mensch mehr bin.

Grüßen Sie bitte Ihre liebe Mutter und es dankt Ihnen sehr Ihr trauriger Timm Thaler.

N.S.: Aber schreiben Sie mir nicht. Vielleicht finde ich später eine Geheim Adresse. Timm.

Der Junge las den Brief noch einmal durch, faltete ihn und steckte ihn in den Umschlag, den er zuklebte. Aber gerade als er den Brief adressieren wollte, hörte er auf dem Flur Schritte näher kommen.

Rasch steckte er den Brief in die Brusttasche des Jacketts. Gleich darauf klopfte es und wieder kam der Baron ohne Aufforderung herein.

Er sah den aufgeschraubten Füllfederhalter neben der aufgeschlagenen Mappe und fragte: »Privatbriefe, Herr Thaler? Damit sollten Sie vorsichtig sein. Übrigens steht Ihnen ein Sekretär zur Verfügung.«

Timm schloss die Mappe, schraubte den Füllfederhalter zu und sagte: »Wenn ich den Sekretär brauche, werde ich ihn rufen.«

»Gut gebrüllt, Löwe!«, lachte Lefuet. »Sie scheinen mit der neuen Kleidung neue Sitten angezogen zu haben. Das lob ich mir!«

Es klopfte wieder an die Tür. Lefuet rief unwillig: »Che cosa vole?«

»La garderoba per il Signore Thaler!«, rief es hinter der Tür.

»Avanti!«, knurrte Lefuet.

Ein Hausdiener mit einer langen grünen Schürze trug dienernd Timms Seesack herein, legte ihn auf das Gestell für die Koffer und blieb neben der Tür stehen.

Timm trat auf ihn zu, hielt ihm die Hand hin und sagte: »Recht herzlichen Dank!«

Linkisch, verwundert und anscheinend unzufrieden, ergriff der Hausdiener die Hand.

»Non capisco«, murmelte er.

»Er versteht nicht«, lachte der Baron. »Aber das hier versteht er sicher.« Dabei zog Lefuet ein Bündel Lire-Scheine aus der Tasche und gab dem Hausdiener einen davon.

Der Mann strahlte, rief: »Grazie! Mille grazie! Tante grazie, Signore Barone!«, und verschwand dienernd und im Rückwärtsgang.

Lefuet schloss die Tür hinter ihm und sagte: »Wenn in früheren Zeiten ein Knecht die Räume seines Herrn betrat, zog er zuvor die Schuhe aus, rutschte auf den Knien heran und küsste seinem Herrn die Stiefelspitzen. Diese gesegneten Zeiten sind bedauerlicherweise vorbei.«

Timm achtete nicht auf die Worte des Barons. Siedend heiß war ihm eingefallen, dass im Seesack seine Mütze stecken musste und im Futter der Mütze der Vertrag mit Lefuet. Er trat wie zufällig zum Seesack, nestelte ihn auf und fand obenauf die Mütze liegen. Als er sie in die Hand nahm, knisterte es unter dem Futter. Erleichtert atmete der Junge auf. Während er das verhängnisvolle Papier möglichst unauffällig aus dem Futter zog und in die Brusttasche des Jacketts schob, hörte er dem Baron wieder zu.

»In einem Hotel wie diesem«, sagte der, »genügt es, wenn wir drei Leuten die Hand geben: erstens dem Chefportier, denn der muss uns zu jeder Zeit verleugnen können; zweitens dem Direktor, denn wir müssen uns seine Verschwiegenheit sichern; drittens dem Chefkoch, denn der muss unsere Geschäftspartner verwöhnen.«

»Ich will mir's merken«, sagte Timm. Bei sich dachte er: Wenn ich erst wieder lachen kann, wird es mir ein Vergnügen sein, Hausdienern und Zimmermädchen die Hand zu geben.

Das Telefon läutete. Der Junge nahm den Hörer ab und sagte: »Hier Timm Thaler.«

»Ihr Wagen ist vorgefahren, Signore«, tönte es aus dem Hörer.

»Schönsten Dank«, sagte Timm und legte wieder auf.

Der Baron, der Timm genau beobachtet hatte, sagte: »Melden Sie sich nie mit vollem Namen, mein Lieber. Es genügt ein fragendes:

Ja? Und zwar in einem Ton, der deutlich macht, dass Sie sich ungern stören lassen. Und sagen Sie nicht: schönsten Dank, wenn man Ihnen meldet, dass der Wagen wartet. Es genügt ein geknurrtes: in Ordnung. Reichtum verpflichtet zu gewissen Unhöflichkeiten, Herr Thaler. Es ist wichtig, sich die Leute vom Leibe zu halten.«

Wieder sagte Timm: »Ich will mir's merken.« Und wieder dachte er bei sich: Warte nur, bis ich mein Lachen wiederhabe!

Die beiden begaben sich nun hinunter in die Halle, die in so feinen Hotels die Bezeichnung »Vestibül« trägt. Bei ihrem Erscheinen erhoben sich einige Herren aus Sesseln und verbeugten sich. Einer näherte sich ihnen und sagte: »Gestatten, Herr Baron ...«

Lefuet antwortete, ohne den Herrn anzusehen: »Wir sind in Eile. Später.«

Dann stiegen sie über die Marmortreppe hinunter zu dem Auto mit den sechs Türen.

Der Chauffeur riss ihnen die Schläge auf, und Lefuet und Timm sanken in die roten Lederpolster.

Dass vor und hinter ihnen Autos zur Bewachung fuhren, merkte Timm nicht. Er verstand auch die Rufe der Zeitungsverkäufer nicht, die auf den Straßen ihre Blätter feilboten:

»Il barone Lefuet è morto! Adesso un ragazzo di quattordici anni è il più ricco uomo del mondo!«

Der Baron übersetzte die Rufe mit belustigt zuckendem Munde: »Baron Lefuet gestorben. Vierzehnjähriger Junge jetzt der reichste Mensch der Welt!«

An einer Verkehrsampel musste der Wagen halten. Lefuet gab dem Jungen gerade Verhaltungsmaßregeln für den Empfang, zu dem sie fuhren. Aber Timms Aufmerksamkeit war ganz und gar in Anspruch genommen von einem kleinen, dunkelhäutigen Mädchen mit schwarzen Kugelaugen, das neben einem Obstverkäufer stand und mit weit aufgerissenem Munde in einen riesigen Apfel zu beißen versuchte. Als sie Timms Blicke bemerkte, nahm sie den Apfel vom Mund und lachte den Jungen an.

Timm winkte ihr zu und vergaß wieder einmal, dass jeder Versuch zu lachen traurige Folgen für ihn hatte.

Plötzlich sah das kleine Mädchen, wie das Gesicht hinter dem Autofenster sich fürchterlich verzerrte. Es erschrak, fing an zu weinen und verkroch sich hinter dem Obstverkäufer.

Timm nahm rasch die Hände vors Gesicht und lehnte sich weit in die Polster zurück. Der Baron aber, der die Szene im Rückspiegel beobachtet hatte, kurbelte das Fenster herunter und rief der Kleinen lachend etwas auf Italienisch zu.

Das Mädchen, mit noch tränennassen Wangen, lugte wieder hinter dem Obstverkäufer vor, trat zögernd ans Auto und reichte dem Baron schließlich den Apfel durch das Fenster. Als Lefuet ihr dafür eine blanke Münze hinhielt, strahlte sie, piepste ein »grazie, Signore« und lachte wieder.

In diesem Augenblick fuhr das Auto erneut an und der Baron hielt Timm den Apfel hin. Aber im letzten Moment zog der Junge die Hand davon zurück und die große rote Frucht, die wie lackiert glänzte, rollte von Timms Knien zu Boden und von dort nach vorn zum Chauffeur.

»Sie müssen lernen, Herr Thaler«, sagte Lefuet, »Ihr Lachen künftig durch Trinkgelder zu ersetzen. In den meisten Fällen macht Trinkgeld einen größeren Effekt als Freundlichkeit.«

Warum hast du dann mein Lachen gekauft?, dachte Timm.

Laut sagte er: »Ich will mir's merken, Baron.«

Achtzehnter Bogen

Im Palazzo Candido

Beim Palazzo Candido handelt es sich, wie der italienische Name verrät, um einen weißen Palast: außen weißer Marmor, innen weißer Stuck.

Als der Baron und Timm die Treppe in den ersten Stock erstiegen – auch sie ist aus weißem Marmor –, wurden sie von den -izzi- und -ozzi-Direktoren umschwärmt, an die der Junge sich von der Mole her dunkel erinnerte. Sie schwiegen ehrfurchtsvoll, denn der Baron sprach mit Timm.

»Dieser Palast«, sagte Lefuet halblaut, »ist ein Museum, für dessen Benutzung wir viel Geld bezahlen müssen. In seinen Räumen hängen Bilder alter italienischer und holländischer Meister. Wir werden sie uns ansehen müssen. Dergleichen gehört zu unserer Stellung. Da Sie von Kunst und Malerei vermutlich nichts verstehen, Herr Thaler, empfiehlt es sich für Sie, schweigend und mit ernster Miene die Bilder zu betrachten. Die Gemälde, vor denen ich huste, sollten Sie sich etwas länger ansehen. Heucheln Sie stummes Interesse.«

Timm nickte, ernst und stumm.

Aber als sie – ständig von dem Schwarm der Direktoren umgeben – die Bildergalerie abschritten, hielt Timm sich keineswegs an Lefuets Weisung. Die Bilder, vor denen Lefuet hustete, verließ er meistens ziemlich schnell. Bei anderen hingegen, vor denen Lefuet nicht hustete, hielt Timm sich sehr viel länger auf.

Das Museum enthielt hauptsächlich Porträts, gemalte Gesichter. Diejenigen der holländischen Maler hatten eine durchscheinende Haut (manchmal sah man sogar blaue Adern durchschimmern) und einen gesammelten Ausdruck bei schmallippigen Mündern. Die Porträts der italienischen Maler zeigten eine bräunliche, deckende Hautfarbe, eine schöne glatte Oberfläche und Kringel in den Mundwinkeln, die ein Lächeln auf das Gesicht zauberten. Anscheinend waren die holländischen Gesichter berühmter, denn meistens hustete der Baron vor denen; aber Timm hatten es die anderen Gesichter angetan, die weniger verschlossenen, offenen Mienen mit dem Zwinkern in den Mundwinkeln. Er musste manchmal von dem Baron geradezu gestoßen werden, um ein solches Bild zu verlassen. Die -izzi- und -ozzi-Direktoren fanden den Geschmack des Jungen nicht schlecht.

Als Lefuet es bemerkte, brach er die Besichtigung kurzerhand ab und sagte: »Wenden wir uns dem Hauptteil dieser Veranstaltung zu, meine Herren!«

Man begab sich nun in einen Saal, in dem Tische in Hufeisenform zusammengestellt und festlich gedeckt waren. Am Kopfende war ein Platz mit Lorbeerzweigen geschmückt. Dort sollte Timm sitzen.

Aber bevor man Platz nahm, erschien ein Fotograf, ein schmächtiges quicklebendiges Männchen mit viel zu langem schwarzem Haar, das ihm ständig in die Augen fiel und das er dann mit einer herrischen Kopfbewegung zurückschleuderte. Er bat die Anwesenden, sich in einem Halbkreis um Timm zu gruppieren. (Zu den Direktoren war eine große Anzahl anderer Leute gekommen, denen Timm aber nicht die Hand schütteln musste.)

Das fotografische Männlein hatte seinen Apparat auf ein Stativ geschraubt, blickte durch den Sucher, dirigierte die Gesellschaft mit wildem Armefuchteln und schrie dazu fortwährend: »Ridere! Sorridere! Sorridere, prego!«

Timm, der vor Grandizzi stand, fragte den Direktor über die Schulter: »Was sagt er?«

»Er sagt, du sollst ... Verzeihung, Sie sollen ... Also, er sagt, wir sollen laken!«

»Danke!«, sagte der Junge. Er war ungewöhnlich blass. Der Fotograf wandte sich jetzt direkt an ihn und wiederholte: »Sorridere, Signore! Läkeln, bitte!« Nun starrte alles auf den Jungen, der die Lippen zusammengepresst hatte. Der Fotograf wiederholte verzweifelt: »Läkeln, biite särr!«

Der Baron, der noch hinter Grandizzi stand, sprang Timm mit keinem helfenden Wort bei.

Da sagte der Junge: »Mein Erbe ist eine schwere Bürde, Herr Fotograf. Ich weiß noch nicht, ob ich darüber lachen oder weinen soll. Erlauben Sie mir, das Lachen oder Weinen abzuwarten.«

Durch den Halbkreis, der ihn umgab, lief ein Flüstern. Teils übersetzte man die Worte leise, teils sprach man bewundernd oder verwundert über Timm. Nur Lefuet zeigte eine belustigte Miene.

Die Aufnahme kam jetzt jedenfalls zustande, und zwar ohne lächelnden Erben. Dann setzte man sich an den Tisch. Timm wurde von Grandizzi und dem Baron flankiert. Grandizzis Spitzentaschentuch strömte immer noch Nelkenduft aus. Es roch wie süßer Pfeffer.

Vor dem Essen wurden mehrere Reden gehalten, einige in Italienisch, einige in gebrochenem Deutsch. Und immer wenn man lachte, nickte oder applaudierte, blickten sämtliche Leute auf den Jungen am Kopf der Tafel.

Einmal flüsterte der Baron ihm zu: »Sie haben sich mit Ihrer übereilten Wette kein leichtes Leben eingehandelt, Herr Thaler.«

Timm flüsterte zurück: »Ich wusste, was mich erwartet, Baron.« (In Wirklichkeit war ihm nie schrecklicher zumute gewesen als hier zu Häupten der Tafel, wo man ihn anstarrte wie ein exotisches Tier. Aber der feste Vorsatz, sich dem Baron gewachsen zu zeigen, stärkte ihn und hielt ihn aufrecht.)

Einen kurzen Augenblick lang dachte Timm an Jonny, den Steuermann. Da war er plötzlich wieder der kleine Junge, der am liebsten geheult hätte. Aber zum Glück begann genau in diesem Augenblick die Rede Lefuets und Timm hatte sich wieder in der Gewalt.

Der Baron rühmte zuerst die Fähigkeiten seines angeblich verstorbenen Bruders, sprach dann von den hohen Aufgaben der Leute, die großen Reichtum zu verwalten hätten, und wünschte zum Schluss mit ein paar kurzen Sätzen dem jungen Erben die Kraft und die Weisheit, ein so gewaltiges Erbe auf die rechte Weise zu nützen. Dann sagte er einige Worte auf Italienisch. Es schien ein Scherz zu sein; denn er lachte wie ein kleiner Junge.

Die Damen und Herren an der Tafel waren davon so bezaubert, dass sie mitlachten und heftig klatschten.

Timm blieb diesmal unberührt davon. Er trug jetzt stets die Armbanduhr, die Herr Rickert ihm in Hamburg geschenkt hatte; und auf die blickte er gerade. Es war achtzehn Uhr dreißig, halb sieben. Um acht wollte er Jonny treffen. Und nach den Tellern, Gläsern und Bestecken auf dem Tisch zu urteilen, würde das Essen lange dauern. Er musste also vielleicht eher aufbrechen als die übrige Gesellschaft. Und wie sollte er das anstellen, da er doch die Hauptperson war?

Tatsächlich nahm das Essen sehr viel Zeit in Anspruch. Als nach der Suppe und der Vorspeise das Hauptgericht kam – Nieren in Weißwein –, war es schon zwanzig nach sieben.

Timm hatte – mit den Gedanken immer bei Jonny – die Schwierigkeit vornehmer Tafelsitten gar nicht bemerkt. Er aß so, wie er es im Salon des Dampfers »Delphin« gesehen hatte, und der Baron fiel über die ebenso natürlichen wie hübschen Manieren des Jungen von einem Verwundern ins andere. Er murmelte, als er die Gabel gerade zierlich in ein Nierenstückchen stach: »Den Burschen habe ich unterschätzt.«

Als es zwanzig Minuten vor acht war, beugte Timm sich hinüber zum Baron und sagte: »Ich müsste einmal …«

Lefuet erwiderte, ehe das peinliche Wort ausgesprochen war: »Die Waschräume befinden sich im Gang hinter der Tür rechts.«

»Danke«, sagte Timm. Er erhob sich und ging, von wenigstens hundert Augenpaaren verfolgt, an der Tischreihe entlang zur Tür rechts. Er bemühte sich dabei, so zu gehen, wie ein normaler Junge von vierzehn Jahren eben geht.

Draußen auf dem Flur kam ihn die Lust an, ein außerordentlich unanständiges Wort hinauszuschreien. Aber dort stand ein Diener in vergoldeter Livree; also ging Timm ruhig und beherrscht in den Waschraum, wo er das Wort vor dem Spiegel dreimal sehr langsam und deutlich aussprach.

Als er wieder auf den Flur trat, hatte der livrierte Diener sich gerade abgewandt. So stakte Timm auf Zehenspitzen (denn Marmor hallt) zur Treppe und hastete dann nach unten.

Vor dem Portal des Palazzos stand eine Art Portier mit Goldschnüren. Aber er schien den Jungen nicht zu kennen. Er sah ihn mürrisch und teilnahmslos an.

Timm war so kühn, ihn nach dem Denkmal des Christoph Columbus zu fragen. Aber der Mann verstand ihn nicht. Er zeigte hilflos auf eine Straßenbahnhaltestelle. Und zu dieser Haltestelle begab sich der Junge.

Neunzehnter Bogen

Jonny

Während Timm eine kleine Ewigkeit lang auf die Straßenbahn wartete, lugte er manchmal über die Schulter hinüber zum Portal des Palastes; aber außer dem Türhüter war dort niemand zu sehen. Noch schien man über sein langes Ausbleiben nicht beunruhigt zu sein. Ungeduldig studierte der Junge den Fahrplan, in dessen Mitte ein Spiegel als liegendes Rechteck eingelassen war. Und plötzlich erhielt er zum dritten Mal an diesem Tage durch eine Spiegelung Aufschlüsse über das Wesen des Barons. Er sah in dem Glas nämlich, dass hinter einer Seitenfront des Palastes jenes Auto stand, mit dem er und Lefuet hergekommen waren. Hinter diesem Auto standen zwei andere Personenwagen, und neben dem vorderen unterhielten sich zwei Männer, deren einer gerade auf Timm zeigte.

Jetzt fiel dem Jungen an der Haltestelle ein, dass Direktor Grandizzi in der Barkasse von Detektiven gesprochen hatte, die ihn ständig bewachen sollten. Vermutlich waren dies seine heimlichen Wächter. Und das war übel; denn der Baron sollte nicht erfahren, dass Timm mit Jonny zusammentraf. Gerade jetzt kam die Straßenbahn. Sie zog zwei so genannte Sommerwagen, deren Plattform nach beiden Seiten offen war.

Diese offenen Plattformen kamen Timm sehr gelegen. Seitdem er sein Lachen nicht mehr besaß, hatte er nach und nach gelernt, eine schwierige Lage kühl und ruhig zu durchdenken. So war ihm auch jetzt sofort klar, was er zu tun habe. Er stieg auf die Plattform des mittleren Wagens, drängte sich zwischen die Leute, die dort standen, und stieg, bevor die Straßenbahn anfuhr, auf der anderen Seite wieder aus. Dann rannte er über die Straße. Knapp vor einem vorbeiflitzenden Rennwagen kam er auf den jenseitigen Bürgersteig.

Bevor er dort in eine schmale Gasse hineinlief, drehte er sich rasch noch einmal um und sah, wie sich einer der Detektive gerade anschickte, die Straße zu überqueren. Da wusste Timm, dass nicht

Schnelligkeit, sondern List nötig war, um seinen Bewachern zu entkommen. Zum Glück war er in das unübersichtliche Gassenviertel Genuas geraten, in dem die meisten Häuser Ausgänge nach zwei Seiten haben. So trat der Junge ruhig in eine Art Imbissstube ein, in der es nach Gebratenem und nach Olivenöl roch, verließ sie durch eine gegenüberliegende Tür wieder, kam in eine Gasse, in der vor den Häusern gegrillter Tintenfisch feilgeboten wurde, schlüpfte in einen Eingang, über dem das Wort »Trattoria« stand, durchquerte die Trattoria, gelangte in ein Juweliergässchen, hinter dessen Fenstern der Schmuck sich förmlich türmte, lief ein Stück an der Fensterfront entlang, bog in ein winziges Verbindungsgässchen auf der anderen Seite ein, fand sich zwischen schwatzenden, feilschenden Hausfrauen auf einem winzigen Markt wieder, durchlief abermals eine Trattoria mit säuerlichem Weindunst und stand plötzlich vor der geöffneten Harmonikatür eines haltenden Autobusses. Rasch sprang der Junge hinein und schon schloss sich die Tür hinter ihm und der Autobus fuhr an.

Der Schaffner drohte ihm lächelnd mit dem Finger und hielt die Hand hin, um das Fahrgeld zu kassieren. Timm, der an Geld gar nicht gedacht hatte, griff unbewusst in eine Tasche seines rotschwarzen Jacketts und fühlte zu seiner Erleichterung, dass Münzen und Papiergeld darin lagen. Er gab dem Schaffner einen der Scheine und sagte: »Christoph Columbus.«

»Hm?«, fragte der Schaffner.

»Christoph Columbus! Denkmal!«, wiederholte der Junge, indem er sich einer besonders deutlichen Aussprache befleißigte.

Jetzt verstand der Schaffner ihn. »Il monumento di Cristoforo Colombo«, verbesserte er in belehrendem Ton. Und Timm wiederholte artig: »Il monumento di Cristoforo Colombo!«

»Bene! Bene!«, lachte der Schaffner. »Gutt! Gutt!«

Dann gab er dem Jungen 85 Lire zurück, riss einen Fahrschein für Timm ab und machte durch Zeichen verständlich, dass er ihn rechtzeitig zum Aussteigen auffordern werde.

Timm nickte ernsten Gesichtes und dachte: Glück gehabt! Freuen konnte er sich darüber nicht; aber er war erleichtert.

Zehn Minuten später – der Autobus war zuerst am Hafen entlang- und dann eine steigende Gasse hinaufgefahren –, zehn Minuten später tippte der Schaffner auf Timms Schulter und zeigte auf ein großes weißes Denkmal zwischen Palmen, das vor einem riesigen Gebäude mit vielen Glastüren stand.

Der Junge sagte das einzige Wort Italienisch, das er kannte: Grazie! Danke! Dann verließ er den Autobus und stand verloren auf einem weiten Platz. Er erkannte jetzt, dass das große Gebäude eine Bahnhofshalle war. Die Uhr über dem Haupteingang zeigte fünf Minuten vor acht.

Unter den Menschen auf dem Platz konnte er keinen der beiden Detektive entdecken. Aber den Steuermann Jonny sah er leider auch nicht. So schlenderte er, betont langsam, hinüber zum Denkmal, umschritt es und fand hierbei den Steuermann, der in seiner ganzen Größe neben einem Palmenstamm stand.

Timm konnte ihn schwerlich übersehen. Er lief auf ihn zu und hätte ihn am liebsten umarmt, wenn Jonny nicht so ungewöhnlich groß gewesen wäre.

»Ich bin entkommen, Jonny«, sagte er atemlos. »Der Baron hat mir Detektive auf den Hals gehetzt. Aber …«

»Der Baron?«, unterbrach ihn scharf der Steuermann. »Ich dachte, der wäre tot!«

»Er hat sich in seinen angeblichen Zwillingsbruder verwandelt.«

Jonny pfiff durch die Zähne. Dann nahm er Timms Hand und sagte: »Wir setzen uns in eine kleine Kneipe. Dort findet er uns nicht so schnell.« Und er zog den Jungen durch etliche Gassen hinter sich her.

Das, was Jonny »Kneipe« genannt hatte, verdiente eigentlich einen besseren Namen. Es war ein langer Schlauchraum, der sich nach hinten in ein halbdunkles, fast quadratisches Gastzimmer verbreiterte. Der Fußboden bestand aus gehobelten Brettern, und an sämtlichen Wänden standen bis hinauf zur Decke Flaschen aller Formen und Farben auf dunkelbraunen Holzregalen. Es sah fast feierlich aus; wie eine Kathedrale aus Flaschen.

Der Steuermann zog Timm an einen unbesetzten Tisch in einer Ecke des hinteren Raumes. Hier konnten sie von der Tür aus nicht gesehen werden. Als der Kellner kam, bestellte Jonny zwei Viertel Rotwein. Dann zog er links und rechts aus den inneren Brusttaschen seiner Joppe zwei Flaschen Rum hervor, stellte sie unter Timms Stuhl und sagte: »Hier ist dein Wettlohn. Ich verstecke ihn wegen des Kellners. Er könnte glauben, wir wollten hier mitgebrachte Getränke süffeln.«

Timm zog jetzt auch etwas aus seiner Brusttasche. Es war der Brief an Herrn Rickert.

»Würdest du ihn mit nach Hamburg nehmen, Jonny? Ich habe Angst, ihn der Post anzuvertrauen.«

»Wird gemacht, mein Junge!« Der Brief wechselte hinüber in die Steuermannsjoppe. Dann sagte Jonny: »Du siehst jetzt wie ein richtiger feiner Pinkel aus, Timm. Reichsein macht wohl Spaß?«

»Es ist ein bisschen mühsam«, antwortete Timm. »Aber man kann sich benehmen, wie man will. Man braucht nie zu lachen, wenn man nicht mag – außer vielleicht beim Fotografen –, und das hat viel für sich.«

»Hast du denn was dagegen, wenn man lacht?«, fragte Jonny verblüfft.

Timm merkte, dass er sich verplappert hatte. Er durfte ja niemandem verraten, dass er sein Lachen verkauft hatte. Aber ehe er seinen Fehler durch irgendeine harmlose Erklärung wieder gutmachen konnte, redete Jonny schon weiter. Der Steuermann schien bei dem Thema Lachen in seinem Fahrwasser zu sein; denn er sprach glatter und sogar ein bisschen feiner als sonst.

»Ich gebe zu«, sagte er, »dass das Lachen aus Höflichkeit einem auf die Nerven gehen kann. Nichts ist grässlicher als ein Seemannsheim, in dem dich von früh bis spät alte Tanten anlächeln. Sie lächeln, wenn sie dich vor dem Alkohol warnen; sie lächeln, wenn sie dir Sauerkraut auf den Teller tun; sie lächeln, wenn sie dich zum Beten ermahnen; sie lächeln sogar, wenn sie dir den Blinddarm aus dem Bauch schneiden. Lächeln, lächeln, morgens, mittags und bei Nacht. Wahrhaftig, das ist unausstehlich! Aber …«

Der Kellner kam mit dem Wein und lächelte die beiden geschäftsmäßig an. Timm sah mit zuckenden Lippen auf die Tischplatte nieder und Jonny merkte verwundert, dass der Junge dem Weinen nahe war. Deshalb schwieg er, als der Kellner wieder gegangen war. Er hob nur das Glas und sagte: »Prosit, Timm! Auf dein Glück!«

»Prosit, Jonny!«

Timm nippte nur von dem Wein, der säuerlich schmeckte.

Beim Niedersetzen des Glases brummte Jonny: »Wenn ich doch herausbekommen könnte, was los ist!«

Timm hatte den gemurmelten Satz verstanden. Er wurde plötzlich lebhaft und flüsterte: »Versuche, Kreschimir zu sprechen. Er weiß alles und er darf es dir sagen. Ich kann es nicht. Ich darf es nicht.«

Der Steuermann sah den Jungen nachdenklich an und sagte schließlich: »Ich glaube, ich weiß, mit wem du es zu tun hast.« Dann beugte er sich über den Tisch zu Timm vor und fragte eindringlich: »Hat der Kerl dir Hokuspokus vorgemacht?«

»Nein«, sagte Timm. »Vorgemacht hat er mir nichts; aber er hat mir einen alten Spruch aufgesagt.« Und nun erzählte der Junge dem Steuermann von dem Gespräch im Salon des Hotels, von der merkwürdigen Beschwörung und von dem heruntergestürzten Kronleuchter.

Die Geschichte von dem Kronleuchter schien Jonny ungeheuer zu belustigen.

Er brüllte vor Lachen, schlug vergnügt auf die Tischplatte, dass die Gläser tanzten und der Wein überschwappte, und prustete: »Das ist ja zum Piepen, Junge! Das ist unbezahlbar! Weißt du, dass du den Affen damit an seiner empfindlichsten Stelle getroffen hast, Timm? Ernstlich, Kleiner!«

Jonny lehnte sich wieder in seinen Stuhl zurück. »Du konntest nichts Besseres tun als den Kronleuchter zu zerdeppern. So was verträgt dieser Herr nicht. Besonders nicht in solchen Augenblicken.«

Der Steuermann erhob mit belustigtem Gesicht die Arme, wie es

Lefuet bei der Beschwörung getan hatte, und sprach mit spöttischer Bedeutsamkeit:

»Der Herr der Ratten und der Mäuse,
Der Fliegen, Frösche, Wanzen, Läuse!«

Timm hatte sich unbewusst ebenfalls in seinem Stuhl zurückgelehnt. Es war für ihn so beruhigend, jemanden über den Baron lachen und spotten zu hören. Zum ersten Mal seit langer Zeit hörte er wieder ein Lachen, das ihm angenehm war.

Bei Jonnys spöttischer Beschwörung hatte Timm den Blick gesenkt. Er schaute auf den Holzfußboden und sah dort plötzlich eine ungeheuer fette Ratte, die ein satanisch hohes Pfeifen ausstieß und furchtlos auf Jonnys Beine zulief, als wolle sie ihn beißen.

Timm, den es vor Ratten ekelte, schrie: »Eine Ratte, Steuermann!«

Aber auch Jonny hatte das Tier gesehen. Er handelte unwahrscheinlich schnell und geistesgegenwärtig. Während er das eine Bein, auf das die Ratte es anscheinend abgesehen hatte, zurückzog, hob er das andere blitzschnell und zerquetschte der Ratte mit einem kräftigen Fußtritt den Kopf. Was auf den Bodenbrettern liegen blieb, war so hässlich und ekelhaft, dass Timm rasch wegsah. Ihm war übel.

Jonny aber, der unverwüstliche Jonny, sagte grinsend: »Der Herr schickt seine Boten vor. Trink vom Wein, Timm, und sieh nicht hin!«

Diesmal nahm der Junge einen tiefen Schluck aus dem Glas, der fast unmittelbar wirkte. Die Übelkeit ließ nach; aber in seinem Kopf begann sich langsam eine Mühle zu drehen.

Jonny sagte jetzt: »Wir haben nicht mehr viel Zeit, Timm. Bald wird er selbst erscheinen. Lass dir eines sagen: Woran du nicht glaubst, das gibt es nicht. Verstehst du, was ich meine?«

Timm schüttelte verständnislos den Kopf, in dem das Mühlrad immer schneller kreiste.

»Ich will damit sagen«, erklärte Jonny, »dass du immer wieder

Kronleuchter zerdeppern solltest, wenn der Baron dir auf die Nerven geht. Kapiert?«

Jetzt nickte Timm. Aber er erfasste nur halb, was Jonny sagte. Die Augenlider wurden ihm schwer; denn er hatte schon im Palazzo Candido Wein trinken müssen und er war an Alkohol nicht gewöhnt.

»Wenn du kannst, lach den Affen aus«, fuhr Jonny fort. »Du erbst genug, um dir die Freiheit nach außen zu erkaufen; aber die Freiheit nach innen, mein Junge, die erkaufst du dir durch ein anderes Kapital: durch Lachen. Es gibt ein altes englisches Sprichwort. Es heißt ...«

Der Steuermann runzelte die Stirn.

»Merkwürdig«, brummte er. »Eben wusste ich den Spruch noch und jetzt ist er mir entfallen. Dabei liegt er mir auf der Zunge. Scheint am Wein zu liegen.«

»Mir bekommt der Wein auch nicht«, sagte Timm mit schwerer Zunge. Aber Jonny achtete kaum auf Timms Bemerkung. Er grübelte immer noch über den Satz nach und plötzlich rief er: »Jetzt hab ich ihn: Teach me laughter, save my soul! Dass ich darauf nicht gleich gekommen bin!« Er lachte über seine eigene Vergesslichkeit, schlug sich dabei an die Stirn und sank mit einem Male, immer noch lachend, vom Stuhl zu Boden, wo er regungslos und mit bleich gewordenem Gesicht unweit der toten Ratte liegen blieb.

Als Timm, mit einem Schlag ernüchtert, aufsprang und sich erschrocken nach Hilfe umsah, fiel sein Blick auf den Kellner, der gleichmütig herüberschaute. Er nahm gerade von einem Herrn einen Geldschein entgegen. Dieser Herr hatte Timm den Rücken zugekehrt; aber dennoch erkannte der Junge ihn auf den ersten Blick. Es war der Baron.

Sofort war Timm wieder in jener angespannten Gemütsverfassung, die es ihm erlaubte, anders zu handeln und zu reden, als es seiner Natur gemäß war. Äußerlich ruhig, winkte er den Kellner heran und kniete dann neben Jonny nieder, der in der Ohnmacht langsam und schwerfällig, aber klar verständlich den englischen Spruch wiederholte: »Teach me laughter, save my soul!«

Gleich darauf sah Timm über sich den Kellner und dahinter den Baron.

»Herr Thaler, welch ein Zufall«, rief Lefuet in gut gespielter Überraschung. »Wir suchen Sie seit einer Stunde.«

Timm sagte, ohne auf die Worte des Barons einzugehen: »Wenn dem Steuermann etwas Ernstliches zugestoßen ist, zeige ich Sie an, Baron! Und den Kellner ebenfalls!«

Jetzt war Lefuet belustigt. »Kein Grund zu irgendwelchen Aufregungen«, lächelte er. »Gesundheitlich hat er keinerlei Schaden genommen. Wir werden ihn allerdings aus unserem Dienst entlassen müssen. Aber ein Mann von solchen Kräften findet ja leicht Beschäftigung auf den Docks.«

Die Gäste des Lokals hatten sich inzwischen neugierig an den Tisch gedrängt und gaben in wildem Durcheinander gute Ratschläge. Offenbar hielten sie Jonny für betrunken.

Lefuet, der Aufsehen jeder Art stets zu vermeiden suchte, zog Timm an einem Ärmel mit sich fort. »Ihr Bild, Herr Thaler, steht heute in allen Zeitungen. Es wäre peinlich, wenn man Sie hier erkennt. Um den Steuermann brauchen Sie sich wirklich keine Sorgen zu machen. Kommen Sie!«

Obwohl es Timm widerstrebte, den ohnmächtigen Jonny zu verlassen, ließ er sich dennoch vom Baron hinaus- und auf die Straße führen.

Lefuet durfte nicht merken, wie es in Wahrheit um ihn stand. Überdies hatte der Junge das seltsame Gefühl, dass bei diesem verworrenen Spiel mit einer toten Ratte, einem ohnmächtigen Steuermann und einem englischen Sprichwort nicht der Baron, sondern Jonny der Gewinner war. Innerlich ruhiger, als man hätte vermuten können, verließ Timm die Kneipe mit den Flaschen an den Wänden.

Das sechstürige Auto, das draußen stand, nahm fast die ganze Breite der Gasse ein. Dahinter standen zwei andere Autos und Timm sah zwei wohl bekannte Herren darin sitzen. In einer Anwandlung von Übermut nickte er ihnen höflich zu und die beiden nickten – leicht verblüfft – wieder.

In den roten Lederpolstern des Rücksitzes saß Direktor Grandizzi. Als Timm und der Baron sich neben ihm niederließen, rief er kichernd: »Ah, die kleine Ausreißer! Sie habben uns särrr an Nase herumgefihrt, Signore; aber meine kluge Freund Astaroth ...«

»Schnauze, Behemoth! Diese Masche zieht bei ihm nicht!«, fuhr der Baron den Direktor laut und ungewohnt grob an. Gleich darauf aber wandte er sich liebenswürdig an Timm und erklärte dem Jungen, dass Grandizzi und er Mitglieder des so genannten Baalclubs seien und dass sie sich manchmal aus Ulk mit den Clubnamen anredeten.

Timm war es, als habe er den Baron schon einmal von Astaroth und Behemoth reden hören; aber er erinnerte sich nicht, wann und wo das gewesen sein könnte. Außerdem wiederholte er in seinem Gedächtnis ständig den englischen Spruch, den Jonny ihm gesagt hatte.

Als das Auto am Denkmal des Christoph Columbus vorbeifuhr, sagte Lefuet: »Wir fliegen morgen früh nach Athen, Herr Thaler. Das Flugzeug gehört der Gesellschaft. Ab acht Uhr steht es für uns bereit.«

Timm nickte, ohne etwas zu erwidern. In Gedanken wiederholte er wenigstens zum zehnten Male den englischen Spruch, und endlich fragte er Grandizzi: »Was heißt eigentlich: Tietschmilafter sefmeisohl?«

»Was für eine Sprake iist das?«, erkundigte sich Grandizzi.

»Es ist Englisch«, sagte mit ruhiger Stimme der Baron. »Ein altes Sprichwort und genauso dumm wie die meisten Sprichwörter.« Er wiederholte den Satz in korrektem Englisch: »Teach me laughter, save my soul.« Dann übersetzte er ihn halblaut ins Deutsche: »Lehre mich lachen, rette meine Seele.«

Timm sagte so kühl wie möglich: »Aha!« Weiter nichts. Aber heimlich prägte er sich den Satz ein und hängte ein beruhigendes Wort an den Schluss: »Lehre mich lachen, rette meine Seele, Steuermann!«

Zwanzigster Bogen

Klarheit in Athen

In Athen, der alten Hauptstadt Griechenlands, hatte die größte Zweiggesellschaft der Baron-Lefuet-Gesellschaft ihren Sitz. Vielleicht war der Baron hier deshalb so ungemein lebhaft und liebenswürdig. Er verschonte Timm hier auch, so gut es ging, mit Direktoren und Banketts. Stattdessen wanderte er mit dem Jungen zu Fuß durch die Straßen. Allerdings folgte ihnen in angemessener Entfernung ein Auto, das auf einen Wink Lefuets jederzeit an den Bordstein fahren konnte, um sie aufzunehmen.

Der Baron führte Timm nicht zu den Stätten, derentwegen die meisten Fremden nach Athen kommen. Er erstieg mit ihm nicht die Akropolis, zwischen deren Tempelsäulen man das heitere Blau des Ägäischen Meeres leuchten sieht; er führte ihn nicht zu den marmornen Statuen, die von den Grübchen im Knöchel bis zu den Kringeln in den Mundwinkeln voll himmlischen Gelächters stecken; er zeigte ihm nicht, wie hell der Himmel über weißen Tempeln strahlt. Er führte ihn vielmehr zum Markt von Athen.

»Von dem Geld, das hier verdient wird, geht wenigstens die Hälfte durch meine Hände«, sagte er. »Als mein Erbe, Herr Thaler, müssen Sie wissen, wo unser Reichtum gemacht wird. Ist es nicht eine Lust, diese Farben zu sehen?«

Lefuet hatte Timm zuerst in die Straßen der Fische geführt. Glotzäugig und zuweilen mit leuchtenden roten Streifen unter den Kiemen lagen die Fische zu Tausenden in großen offenen Eisschränken. Der Reichtum des Meeres war üppig ausgebreitet. Da glitzerte viel Silber und stählernes Blau und dazwischen sah man Streifen und Flecken gellenden Rots und matten Schwarzes. Der Baron sah dies alles mit den Augen des Händlers an.

»Der Thunfisch kommt von den Türken«, erklärte er. »Wir kaufen ihn billig ein. Der Stockfisch kommt aus Island. Er ist unser bestes Geschäft. Barboni, Tintenfische und Sardellen kommen aus Italien oder von den griechischen Fischern. Daran ist nicht viel zu verdienen. Aber kommen Sie weiter, Herr Thaler, kommen Sie, kommen Sie!«

Lefuet war wie berauscht auf diesem Markt. Sie standen jetzt vor einer Kalkwand, an der geschlachtete, abgezogene Schafe hingen, die Zungen seitwärts aus dem Maul gestreckt.

»Diese Schafe kommen aus Venezuela«, sagte der Baron. »Und die Schweine dort haben wir in Jugoslawien gekauft. Ein gutes Geschäft.«

»Kommt eigentlich außer den Fischen auch etwas aus Griechenland?«, fragte Timm.

»Oh ja«, lachte Lefuet, »einiges kommt auch aus dem Lande: Korinthen, Tabak, Wein, Kuchen, Olivenöl, Granatäpfel, Wolle, Stoffe, Feigen, Nüsse, Auberginen und Bauxit.«

Lefuet hatte die Aufzählung so feierlich gesprochen, als sei es das Geschlechtsregister des Königs David aus der Bibel. Er war mit Timm inzwischen in die Käsestraße geraten, in der viel weißer Käse ausgebreitet lag. Der ganze Spaziergang war ein Stoßen und Schieben zwischen schreienden Verkäufern und laut handelnden Kunden.

Bei den Fischen waren sie durch Pfützen gewatet, in denen Zwiebelringe schwammen; bei den Schafen waren sie genötigt gewesen, Blutlachen zu umgehen; und als sie zwischen die Obststände gerieten, war der Boden von Schalen glatt.

Vor Timm streiften drei Buben herum und stahlen unter den Augen der Menge eingelegte Oliven. Niemand nahm Anstoß daran, nicht einmal die Verkäufer, die nur böse und kurz aufbellten, um ihre Aufmerksamkeit sofort danach wieder zahlungsfähigen Kunden zuzuwenden. Die kleinen Diebe lachten.

Verwirrt und erschöpft verließ Timm nach geschlagenen zwei Stunden diesen Alptraum eines Marktes, dieses Prahlen, Schreien und Drängen, das den Baron so entzückte, diesen Riesenbauch einer Stadt mit ungeheurem Appetit.

Auf ein Zeichen des Barons kam das Auto vorgefahren. Diesmal hatte es nur vier Türen und schwarze Polster. Lefuet befahl dem Fahrer, zum byzantinischen Museum zu fahren. Zu Timm sagte er:

»Es wird Ihnen dort gefallen, Herr Thaler. Aber ich verrate Ihnen nicht, warum.«

Timm war nicht im Geringsten neugierig auf dieses Warum. Er war ganz einfach erschöpft und hungrig. Aber er sagte kein Wort darüber. Er wollte sich so selten wie möglich schwach zeigen gegenüber diesem seltsamen Händler, der sein Lachen gekauft hatte. Deshalb ließ er sich auch brav in das byzantinische Museum schleppen.

Die Bilder, vor die der Baron den Jungen führte, waren so genannte Ikonen. Sie wurden, so erklärte Lefuet ihm, hauptsächlich von Mönchen gemalt, die viele hundert Jahre lang nach immer den gleichen strengen Regeln malten.

Timm merkte bald, warum der Baron ihn hierher geführt hatte.

Die Gesichter der Ikonen mit den großen starren Augen und den langen Nasen, die das Oval der Gesichter in zwei gleiche Hälften teilten, waren Gesichter ohne Lächeln. Sie glichen darin den blassen holländischen Gesichtern des Palazzo Candido in Genua. Timm fand sie schrecklich. Als Lefuet ihn längere Zeit vor einem Bild des heiligen Georg festhielt, einer düsteren Felsszenerie in Olivgrün, in der der Heilige von einem blutroten Mantel umwallt wird, murmelte er den Spruch Jonnys vor sich hin: »Lehre mich lachen, rette meine Seele!«

Und es war merkwürdig: Durch die Erinnerung an Jonny sah Timm plötzlich die Bilder mit anderen Augen an. Plötzlich sah er, dass die malenden Mönche all das, was sie den Menschen auf ihren Bildern vorenthielten, dem Tier und der Pflanze gestatteten, nämlich zu blühen, zu lächeln und zu leben. Während Lefuet von der heiligen Disziplin der Ikonenmaler schwärmte, entdeckte Timm im rankenden Beiwerk der Tafeln grinsende Hündchen, zwinkernde Greife, lustige Vögel und lachende Lilien. Und wieder fiel ihm ein Spruch ein, diesmal aus dem Hamburger Marionettentheater: »Das Lachen unterscheidet Mensch und Tier.« Nur war es hier umgekehrt wie in dem Marionettentheater: Hier lachte das Tier, und der Mensch starrte streng und erbarmungslos in eine Welt ohne Paradies.

Im ersten Stock des Museums unterhielt Lefuet sich eine Weile mit dem Direktor, den man vom Besuch des reichen Barons benachrichtigt hatte. Timm trat währenddessen durch eine offene Flügeltür auf einen kleinen Balkon hinaus. Von dort aus sah er unter sich ein kleines Mädchen, das mit einem Zweig Linien in den harten Boden des Vorplatzes zog und sie dann mit bunten Steinchen auslegte. Anscheinend war sie vorher im Mosaiksaal gewesen und fertigte nun auf ihre Weise ein Mosaik an. Es schien eine Art Ikonengesicht zu werden, aber der Mund war ein nach oben gebogener Halbkreis: Er lachte.

Doch gerade als das Mädchen bedächtig ein grünes Auge einsetzte, kam ein Junge, blickte mit heruntergezogenen Mundwinkeln auf das fast fertige Bild und fuhr mit der Schuhspitze hinein. Das Gesicht war zerstört, das Mädchen sah erschrocken den barbarischen Jungen an und plötzlich sprangen dicke Tränen aus ihren Augen. Dann las sie schluchzend und demütig die Steinchen wieder zusammen. Der Junge stand mit den Händen in den Hosentaschen daneben, männliche Verachtung im Blick.

Timm war wütend über den Knaben. Er wollte hinunterlaufen und dem Mädchen beistehen. Aber als er sich heftig umwandte, stellte sich der Baron vor ihn, der die Szene offenbar ebenfalls beobachtet hatte.

»Mischen Sie sich nicht ein, Herr Thaler«, sagte er lächelnd. »Es ist gewiss bedauerlich, was dieser Knabe getan hat. Aber so geht es in der Welt. Mit derselben Barbarei wie dieser Junge zertrampeln rohe Soldatenstiefel die wohl ausgewogenen Werke eines feinen Kunstverstandes; aber wenn der Krieg vorbei ist, genehmigen dieselben Barbaren mit heruntergezogenen Mundwinkeln Zuschüsse für die Wiederherstellung des Zerstörten. Und daran verdienen wir. Unsere Firma hat nach dem Krieg in Mazedonien mehr als dreißig Kirchen restauriert. Unser Verdienst belief sich auf etwas über eine Million Drachmen.«

Timm murmelte, als ob er einen eingelernten Satz plappere: »Ich will mir's merken, Baron. Aber jetzt«, fügte er hinzu, »möchte ich essen gehen.«

»Ein ausgezeichneter Gedanke«, lachte Lefuet. »Ich kenne ein vorzügliches Gartenrestaurant.«

Ohne die Bilder an den Wänden oder die Kinder auf dem Vorplatz noch eines Blickes zu würdigen, schritt der Baron zu seinem Auto vor dem Tor des Museums. Timm ging stumm neben ihm her.

Im Gartenrestaurant, das zu Timms Erstaunen gar nicht so fein war, wie Lefuet es sonst liebte, wurden sie vom Besitzer, vom Direktor und vom Oberkellner begrüßt. Der Baron sprach griechisch, aber mit Timm redete er deutsch. Man geleitete sie an einen Ecktisch, legte ein blütenweißes Tischtuch für sie auf, stellte Blumen darauf und holte aus dem Hause ein kleineres Tischchen zum Anrichten.

Alle Gäste im Restaurant verfolgten diese Vorbereitungen mit gespannter Aufmerksamkeit. Manche tuschelten miteinander und zeigten dabei verstohlen auf Timm.

»Steht mein Bild hier etwa auch in den Zeitungen?«, fragte Timm flüsternd.

»Selbstverständlich«, erwiderte der Baron unbekümmert laut. »In Griechenland, Herr Thaler, bewundert man nichts so sehr wie Reichtum; denn es ist ein armes Land. Für unsereins ist Griechenland ein Paradies. Selbst dieses mittelgute Lokal wird uns ein Mittagessen servieren, das man bedenkenlos einem König vorsetzen könnte. Man erweist dem Reichtum majestätische Ehren. Deshalb liebe ich Griechenland so sehr.«

Lefuet hätte zu Timms Unbehagen sicher noch länger in diesem Tone gesprochen, wenn nicht ein Kellner gekommen wäre, der ihm etwas ins Ohr flüsterte.

»Ich werde am Telefon verlangt. Man kennt mein Lieblingsrestaurant«, sagte er zu Timm. »Entschuldigen Sie mich.« Er stand auf und folgte dem Kellner ins Haus.

Timm beobachtete jetzt einen Tisch schräg vor sich, den einzigen Tisch, von dem aus man nicht ständig auf ihn starrte. Er sah dort zwei Familien zu. Die eine bestand aus einer sehr fülligen schwarzhaarigen Mama mit einem Schönheitsfleck auf der Wange und zwei

Töchtern, von denen die eine etwa fünf, die andere zwei Jahre alt sein mochte. Die andere Familie, die neben dem Tisch unter einem Oleanderbusch tobte, bestand aus einer großen grauen Katzenmama mit drei Kätzchen, zwei schwarzen und einem grauen.

Die griechische Mama war sehr nervös und die Katzenmama war es auch. Als das kleinere griechische Töchterchen in ein Blumenbeet fiel, sich beschmutzte und Blätter aß, bekam es böse Prügel von der Mama mit dem Schönheitsfleck. Sie schlug das Kind mit der flachen Hand immer wieder heftig auf Wangen, Mund und Nase. Die Kleine heulte herzzerreißend und alsbald klatschte die volle flache Hand abermals in das tränennasse Kindergesichtchen.

Die Katzenmama benahm sich nicht anders. Immer wenn ein Kleines sich ihr näherte und auf ihren Schwanz sprang, fauchte sie ärgerlich. Eines der schwarzen Kätzchen verfolgte sie mit besonderem Grimm. Als es greinend miaute, gab sie ihm einen heftigen Pfotenschlag, wenn auch mit eingezogenen Krallen, sozusagen mit der flachen Hand. Als das Kleine ihr trotzdem näher zu kommen versuchte, schlug die Pfote erneut zu. Katzengreinen und Kinderweinen vermengten sich.

Timm wandte schließlich den Blick ab. Er konnte es nicht mehr mit ansehen. Gerade in diesem Augenblick kam der Baron zurück. Und wieder einmal schien er dasselbe wie Timm beobachtet und die Gedanken des Jungen erraten zu haben. Während er sich setzte, sagte er: »Sie sehen, Herr Thaler, dass der Unterschied zwischen Menschen und Tieren nicht groß ist; er ist sozusagen kaum wahrnehmbar.«

»Ich habe über diesen Unterschied jetzt schon drei Meinungen kennen gelernt«, sagte Timm leicht verwirrt. »In einem Hamburger Theater hieß es, das Lachen unterscheidet Mensch und Tier, und es war damit gemeint, dass nur der Mensch lachen kann; auf den Bildern im Museum war es aber umgekehrt, da lachten die Tiere und niemals ein Mensch; und Sie, Baron, erzählen mir jetzt, dass es überhaupt keinen Unterschied gibt zwischen Mensch und Tier.«

»Nichts auf der Welt ist so einfach, dass man es mit einem Satz erklären könnte«, antwortete Lefuet. »Und was das Lachen für den

Menschen bedeutet, das, mein lieber Herr Thaler, weiß überhaupt niemand genau.«

Timm erinnerte sich plötzlich an eine Bemerkung Jonnys und wiederholte sie halb für sich, aber laut genug, dass der Baron sie verstehen konnte: »Lachen ist Freiheit nach innen.«

Die Wirkung dieses Satzes auf Lefuet war merkwürdig. Er stampfte mit dem Fuß auf und rief: »Das hat dir der Steuermann gesagt!«

Timm sah ihn verwundert an, und plötzlich wusste dieser Junge von vierzehn Jahren, dieses halbe Kind, warum der Baron ihm sein Lachen abgekauft hatte und warum sich der düstere karierte Herr vom Rennplatz so sehr von dem jetzigen Baron Lefuet unterschied. Er war ein freierer Mann geworden; und es machte ihn wütend, dass Timm das entdeckt hatte.

Übrigens hatte der Baron sich wie üblich sofort wieder in der Gewalt. Mit glatter Liebenswürdigkeit wechselte er das Thema. Er sagte: »Die Lage auf dem Buttermarkt, Herr Thaler, ist für uns gefährlich geworden. Ich muss mit den leitenden Herren unserer Firma schon morgen Maßnahmen beraten. Solche Beratungen pflegen auf meinem Schloss in Mesopotamien stattzufinden. Ich erwarte, dass Sie mich dorthin begleiten. Was Sie in Athen noch kennen lernen müssen, zeige ich Ihnen später einmal.«

»Wie Sie wünschen«, sagte Timm scheinbar gleichgültig. In Wirklichkeit wünschte er nichts sehnlicher, als diesen geheimnisvollen Ort kennen zu lernen, an dem der Baron in seinem Schlupfwinkel saß wie die Spinne im Beobachtungsposten ihres Netzes.

Lefuet aber verließ Athen ungern. Als das Essen aufgetragen wurde, seufzte er: »Für diesmal die letzte Mahlzeit in diesem gesegneten Lande. Guten Appetit!«

Hiermit endete die Erzählung des vierten Tages, und ich begab mich, um sie aufzuschreiben, in mein Hotel.

Der fünfte Tag,

an dem erzählt wird, wie Timm Thaler den Baron zu seinem Schloss in Mesopotamien begleitet, wie er hier in merkwürdige Geschäfte verstrickt wird, wie er dabei aus Versehen etwas für den Baron sehr Nützliches erfindet, wie er einen wichtigen Tag in seinem Leben vergisst und das erst am Abend merkt und wie er für eine kurze Weile wieder lachen kann, dann aber lernt, dass Lachen keine Handelsware ist wie Margarine.

Als Timm und ich uns am fünften Tag wieder ins staubige Korrektorenzimmer setzten, sagte ich: »Der kleine Timm Thaler wird den Baron jetzt also nach Mesopotamien begleiten. Hoffentlich fällt ihm dort ein, wie er aus dem Vertrag herauskommen kann.«
»Wart's ab und lass dir die Geschichte weitererzählen«, sagte Timm.
Er setzte sich etwas bequemer in den Sessel und erzählte:

Einundzwanzigster Bogen

Das Schloss in Mesopotamien

Als Timm die Stadt Athen, von der ich dir gestern erzählt habe, mit dem Baron verließ, saß er zum zweiten Mal in dem kleinen zweimotorigen Privatflugzeug der Baron-Lefuet-Gesellschaft. Sie waren im Morgengrauen gestartet und der Junge konnte von seinem Fenster aus Meer und Himmel kaum unterscheiden. Aber plötzlich sah er schräg unter sich hinter einem kleinen dunklen Inselbuckel den Sonnenball. Es war, als sei die Sonne aus dem Meer gehüpft, so schnell war sie mit einem Male da.

»Wir fliegen ostwärts, der Sonne entgegen«, erklärte Lefuet. »In Athen wird man noch eine Weile warten müssen, ehe sie aufgeht. Meine Schlossbediensteten beten die Sonne an. Esch Schems wird sie genannt.«

»Ich dachte, Ihre Bediensteten beten den Teufel an«, sagte Timm.

»Gewiss, sie verehren Scheitan als den Herrn der Welt, nicht aber als den Herrn des Himmels.«

Der Junge wollte wieder »aha« sagen, erinnerte sich aber daran, dass er mit diesem gleichmütigen Wort schon einmal den Unwillen des Barons erregt hatte. Deshalb sagte er gar nichts, sondern sah schweigend hinunter auf das Meer, dessen bleiernes Grau sich ungewöhnlich rasch aufhellte, bis es zu einem gläsernen Grün geworden war.

Timm fürchtete sich nicht in der Luft, aber er freute sich auch nicht über den Flug. Er staunte nicht einmal. Wer nicht lachen kann, der kann auch nicht staunen.

Der Baron erklärte ihm jetzt »die Lage auf dem Buttermarkt«, die Timm herzlich gleichgültig war. Immerhin begriff er, dass die Firma mit mehreren großen Molkerei-Genossenschaften verzankt war und dass eine andere Firma in Norwegen, Schweden, Dänemark, Deutschland und Holland bessere und billigere Butter verkaufte als Lefuet. Aus diesem Grunde flogen sie jetzt zu dem

Schloss in Mesopotamien. Dort wollte der Baron »die Sachlage klären« und »Maßnahmen ergreifen«. Zwei andere Herren waren jetzt ebenfalls im Flugzeug unterwegs zu dem Schloss. Der eine Herr, ein Mister Penny, kam aus London, der andere, Senhor van der Tholen, aus Lissabon.

Als das Flugzeug bereits die kahlen Hochflächen Anatoliens überflog, sprach der Baron immer noch von Buttersorten und Butterpreisen. Dabei redete er von »Verkaufsfront«, »Konsumenten-Etappe« und »angriffiger Werbekampagne«, als sei er ein General, der eine Schlacht gewinnen müsse.

Um auch irgendetwas dazu zu sagen, bemerkte Timm, als der Baron eine Pause machte: »Bei uns zu Hause gab es immer nur Margarine.«

»Margarine ist kein Geschäft und als Brotaufstrich eine Zumutung«, brummte Lefuet.

»Sie wurde aber nicht nur aufs Brot geschmiert«, berichtigte Timm. »Bei uns wurde damit auch gebacken, gebraten und gesotten.«

Jetzt wurde der Baron aufmerksam. »Für Sie war die Margarine also Öl, Backfett und Butter in einem, wie?«

Timm nickte. »Ich glaube, allein in unserer Gasse wurde jeden Tag mindestens ein Zentner Margarine verbraucht.«

»Das ist interessant«, murmelte Lefuet. »Das ist hochinteressant, Herr Thaler! Ausweichmanöver mit Margarine und Geländegewinn auf dem Buttermarkt. Das ist beinah genial. Aber wie?«

Der Baron versank in Nachdenken, er schien auf seinem Sitz förmlich in sich zusammenzusinken. Und das war Timm lieb; denn unter sich sah er in den Falten des Gebirges aus verschiedenen Richtungen Eselkarawanen ziehen, die alle einem Punkt zustrebten, anscheinend einem Ort, an dem Markttag war. Der Pilot flog des Jungen wegen sehr niedrig und so konnte Timm auch die Eseltreiber und -treiberinnen ziemlich deutlich erkennen. Da er die Gesichter nur als helle Scheiben mit oder ohne Schnauzbart sah, beurteilte er die Leute da unten nach ihrer Kleidung, und die war für seine Augen so absonderlich, dass diese Menschen ihm vorkamen wie seltsame fremde Tiere, die man in zoologischen Gärten sieht. Natürlich war das großer Unsinn; denn wenn die Leute da unten frisiert und gekleidet gewesen wären wie zum Beispiel die Leute in Timms Geburtsstadt, hätte der Junge nichts Absonderliches an ihnen gefunden außer vielleicht ihre etwas dunklere Hautfärbung. Aber bei einem vierzehnjährigen Jungen, der unvorbereitet in ferne Länder entführt wird, ist eine falsche Meinung über nie zuvor gesehene Völkerstämme begreiflich und erklärlich. Im Übrigen sollte Timm sehr bald am Beispiel Selek Beis lernen, neue Bekannte und andere Völker nicht vorschnell zu beurteilen.

Dieser Selek Bei kam aus einem Olivenwäldchen herausgeritten, als das Flugzeug in einem hoch gelegenen flachen Tal gelandet und Timm als Erster ausgestiegen war. Lefuet begrüßte ihn ungewöhnlich höflich. Unter dem Verbeugen flüsterte er dem Jungen zu: »Er ist ein großer Kaufherr und das Oberhaupt der Yeziden. Er hat in Ihrer Heimatstadt studiert. Gleich wird er anfangen, deutsch mit uns zu reden. Behandeln Sie ihn ehrerbietig und verneigen Sie sich tief.«

Selek Bei wandte sich jetzt an Timm, der nicht wenig verwirrt war. Der bärtige Greis trug eine Kleidung, deren einzelne Teile der Junge erst nach und nach erkannte. Er sah ein Hemd, ein Wams, einen Rock und einen Überrock, dazu ein farbiges Tuch, das um den Bauch geschlungen war, und schließlich einen Rock, wie ihn Frauen tragen, unter dem geschlungene Beinkleider sichtbar waren. Das alles war von prächtigster Farbigkeit, in der das Rostrot vorherrschte. Das dunkle Gesicht Selek Beis war eckig, aber fast ohne Falten. Unter schwarzen Brauen saßen blaue Augen.

»Ich nehme an, junger Herr, Sie sind der berühmte Erbe, von dem die Zeitungen berichten«, sagte er in erstaunlich gutem Hochdeutsch. »Ich begrüße Sie und wünsche Ihnen Gottes Segen.«

Der Greis verbeugte sich und Timm tat das Gleiche. Seine Verwirrung steigerte sich; denn dieser Mann, der ihm Gottes Segen wünschte, war das Oberhaupt der sagenhaften Teufelsanbeter. Obendrein schien sich hinter dieser Gestalt, die für Timms Augen beinahe eine Figur aus dem Panoptikum war, ein sehr gebildeter

Herr zu verbergen. Der Augenschein und die Wirklichkeit unterschieden sich. Das war es auch, was Timm verwirrte. Aber der Junge hatte längst gelernt, seine Gefühle zu verbergen. Höflich antwortete er dem alten Selek Bei: »Ich freue mich, Ihre Bekanntschaft zu machen. Der Baron hat mir schon viel von Ihnen erzählt.« (Das stimmte zwar nicht; aber Timm hatte solche höflichen Schwindeleien jetzt oft gehört und machte sie nach.)

Eine offene vierrädrige Kutsche, die von zwei Pferden gezogen wurde, brachte sie zum Schloss. Selek Bei ritt nebenher und unterhielt sich dabei mit dem Baron.

Als die Kutsche um das Olivenwäldchen bog, lag das Schloss vor ihnen, das einen sanften Abhang krönte.

Es war ein Monstrum, ein backsteinernes Spektakel mit Zinnentürmchen und Regenwasser speienden Drachenköpfen am Ende der Dachrinnen.

»Glauben Sie, bitte, nicht, ich hätte diese Scheußlichkeit gebaut«, wandte der Baron sich an Timm. »Ich habe das Ding einer verschrobenen englischen Lady abgekauft, weil dieser Winkel der Welt mir gefällt. Nur der Park wurde von mir angelegt.«

Dieser Park, der in Terrassen den Abhang hinabstieg, war auf französische Art angelegt. Die zu Kegeln, Würfeln und Kugeln geschnittenen Bäume und Büsche mussten mit Zirkel und Lineal gepflanzt worden sein, so schnurgerade waren die Alleen, so peinlich gezirkelt die Rondells. Jede Terrasse bildete ein anderes Ornament. Die Wege schienen mit einer Art rotem Kies bestreut zu sein.

»Wie gefällt Ihnen der Park, Herr Thaler?«

Timm, der so viel beschnittene Natur einfach blödsinnig fand, antwortete: »Er ist eine gut gelöste Rechenaufgabe, Baron!«

Lefuet lachte. »Sie umschreiben Ihre Abneigung sehr höflich, Herr Thaler. Ich muss sagen, Sie entwickeln sich vortrefflich.«

»Wenn ein so junger Mensch nicht sagt, was er meint, entwickelt er sich schlecht«, mischte sich Selek Bei vom Pferde aus ins Gespräch. Er sagte es ziemlich laut, um das Räderrasseln zu übertönen.

Lefuet antwortete ihm in scharfem Ton in einer Timm unbekannten Sprache. Der Reiter aber reagierte darauf nicht. Er sah den Jungen nur mit einem langen, nachdenklichen Blick an. Kurz darauf verabschiedete er sich und ritt in scharfem Trab um den Hügel herum auf ein fernes Gebirge zu.

Der Baron sah ihm nach und sagte: »Ein kluger Kopf, aber schrecklich moralisch. Er hat in den ausländischen Zeitungen gelesen, dass ich das Grab des Hirten Ali für mein eigenes ausgegeben und mich kurzerhand in meinen Zwillingsbruder verwandelt habe. Er wird darüber schweigen, aber er verlangt, dass ich als Buße seinen Gläubigen einen neuen Tempel baue. Es wird mir wohl nichts anderes übrig bleiben.«

»Wenn ich könnte, würde ich jetzt darüber lachen«, erwiderte Timm ernst.

An seiner Stelle lachte der Baron. Er lachte kullernd und mit einem Schlucker am Schluss. Und diesmal bedrückte es Timm nicht. Der Junge war sogar zufrieden darüber, dass er sein Lachen fortan stets in greifbarer Nähe haben werde. Er meinte, so könne er bei passender Gelegenheit schnell danach greifen. Er merkte nicht, dass das ein Irrtum war. Timm richtete sich darauf ein, den Baron bis auf weiteres zu begleiten.

Die Kutsche hielt jetzt unterhalb der Treppe, die von Terrasse zu Terrasse bis hinauf zum Schloss führte. Von hier unten sah sie riesenhaft aus, fast so, als ob sie kein Ende nähme. Das Seltsamste an ihr waren aber die Hunde: steinerne Hundestandbilder, die links und rechts auf den einzelnen Stufen standen und starr und stumm ins Tal hinausglotzten. Es mussten Hunderte von Hunden sein, die da standen: Pinscher, Dackel, Setter, Foxe, afghanische Windhunde, Chow-Chows, Spaniels, Boxer und Spitze und Möpse. Sie alle bestanden aus glasierter, heftig bemalter Keramik, sodass sich ein buntes Gewimmel links und rechts der Treppe bis zum Schloss hinaufzog.

»Die alte Lady war eine Hundeliebhaberin«, erklärte der Baron.

Und Timm antwortete: »Das sieht man.«

Lefuet wollte dem Kutscher gerade Anweisung geben, auf dem Serpentinenweg links der Treppe zum Schloss hinaufzufahren, als hinter einer Bulldogge aus Keramik auf halber Höhe der Treppe ein Mann erschien und ihnen zuwinkte.

»Das ist Senhor van der Tholen«, sagte Lefuet. »Steigen wir aus und hinauf zu ihm. Ich möchte ihn mit meinen Margarineplänen überraschen. Der wird staunen.«

Sie stiegen aus und der Baron rannte fast die Stufen hinauf. Timm kam langsam hinterher und betrachtete dabei die glasierten Hunde. Ihn interessierten Margarinegespräche nicht. Er konnte nicht ahnen, eine wie wichtige Rolle die Margarine in seinem Leben noch spielen würde.

Zweiundzwanzigster Bogen

Senhor van der Tholen

Die Inneneinrichtung des Schlosses bewies, dass der Baron, der so gern Kunstausstellungen besuchte, wirklich Geschmack besaß. Alle Einrichtungsgegenstände bis hinab zu Türklinken, Aschenbechern und Badematten waren einfach und schön und vermutlich sehr teuer. Timms Zimmer war ein behaglicher, halbrunder Raum in einem Turm. Vom Fenster aus übersah man den Park und das Tal mit dem Olivenwäldchen. Auch den kleinen Flugplatz konnte man sehen. Er war vorschriftsmäßig mit einer lampengesäumten Rollbahn, mehreren Hangars für die Flugzeuge und einem lang gezogenen Flachbau für Funker, Wetterfrösche und übriges Personal ausgestattet.

Als der Junge aus dem Fenster blickte, sah er zwei Flugzeuge auf dem Platz. Ein drittes landete gerade, und ein bunt gekleideter Reiter stand unbeweglich vor der weißen Stirnwand des Flugplatzgebäudes. Es musste Selek Bei sein.

Plötzlich hörte der Junge halblaut seinen Namen rufen: »Herr Thaler!«

Timm wandte sich vom Fenster ab und öffnete die Tür. Draußen stand Senhor van der Tholen, mit dem er am Tage zuvor nur kurz auf der Hundetreppe gesprochen hatte, weil der Baron fast ohne Atempause von Margarine geschwatzt hatte.

»Kann ich mit Ihnen sprechen, ohne dass der Baron etwas davon erfährt, Herr Thaler?«

»Ich werde dem Baron nichts sagen, wenn Sie es wünschen. Aber wo ist er jetzt?«

»Er fährt gerade zum Flugplatz, um Mister Penny abzuholen.«

Senhor van der Tholen war inzwischen ins Zimmer getreten und hatte sich in einen Schaukelstuhl aus Rohr gelegt. Timm schloss die Tür und setzte sich auf eine Eckbank, die es ihm erlaubte, gleichzeitig aus dem Fenster und ins Zimmer zu blicken.

Van der Tholen, das hatte Timm schon bei der ersten Begegnung gemerkt, war kein redseliger Mann. Man sah das seinem Mund an: Er war ein Strich, dessen Enden kaum sichtbar nach oben gebogen waren, ein geschlossenes Haifischmaul.

»Ich komme zu Ihnen, weil der Erbschaftsvertrag noch nicht ausgefertigt ist«, sagte der Portugiese mit dem holländischen Namen. »Es handelt sich um die Stimm-Aktien des Barons. Kennen Sie sich mit Aktien aus?«

»Nein«, antwortete der Junge am Fenster. (Er sah gerade, wie die Kutsche des Barons zum Flugplatz rollte.)

Senhor van der Tholen schaukelte jetzt in seinem Rohrstuhl langsam vor und zurück. Seine wasserblauen Augen hinter den Brillengläsern sahen Timm ruhig an. Es war ein kühler, aber kein stechender Blick.

»Also mit den Aktien ist es so ...« (Der Baron in der Kutsche hatte sich umgedreht und winkte Timm zu. Der Junge winkte zurück.)

»Aktien sind Kapitalanteile, die ...« (Jetzt kam in den Reiter vor der weißen Wand Bewegung. Selek Bei ritt Lefuets Kutsche entgegen.)

»Nein, ich will es Ihnen mit einem Bild erklären. Hören Sie mir auch zu?«

»Ja«, sagte Timm und wandte den Blick vom Fenster ab.

»Also stellen Sie sich vor, Herr Thaler, es wird ein Obstgarten angelegt.« (Kopfnicken des Jungen.) »Weil nun der Mann, der ihn anlegen will, nicht genug Geld hat, um all die jungen Bäume zu kaufen, lässt er selber nur einen Teil des Gartens bepflanzen; die übrigen Baumpflanzen werden von anderen Leuten gekauft und eingepflanzt. Wenn nun die Bäume wachsen und Früchte tragen, bekommt jeder, der Bäume gepflanzt hat, so viel von den Früchten ab, wie es seinem Anteil an den Bäumen entspricht, und zwar in jedem Jahr neu.«

Timm begann laut zu rechnen: »Wenn ich also von hundert Bäumen zwanzig gepflanzt habe und es werden hundert Zentner Äpfel geerntet, dann bekomme ich zwanzig Zentner davon ab. Ist das richtig?«

»Nicht ganz!« Senhor van der Tholen lächelte kaum merklich. »Es müssen ja auch die Gärtner und Arbeiter bezahlt werden. Und Bäume, die nicht angegangen sind, müssen durch neue ersetzt werden. Aber ich denke, Sie haben jetzt ungefähr verstanden, was Aktien sind.«

Timm nickte. »Aktien sind die Bäume des Gartens, die ich gepflanzt habe. Sie sind mein Anteil am Garten und an den Früchten.«

»Sehr gut, Herr Thaler.«

Senhor van der Tholen schaukelte schweigend, und Timm blickte wieder aus dem Fenster.

Die Kutsche kehrte bereits vom Flugplatz zum Schloss zurück. Selek Bei ritt wie am Tage zuvor nebenher. An Lefuets Seite saß ein großer, fülliger Herr mit einer Glatze.

»Der Baron kommt schon zum Schloss zurück, Senhor van der Tholen.«

»Dann will ich Ihnen kurz meine Bitte vortragen, Herr Thaler. Der Erbschaftsvertrag ist so abgefasst, dass der neue Baron ...«

»Wieso der neue Baron?«, unterbrach ihn Timm. Dann aber merkte er am Gesicht des Händlers, dass der vom Geheimnis des Barons nichts wusste. Also fügte der Junge hinzu: »Entschuldigung, dass ich Sie unterbrochen habe.«

Obwohl van der Tholen ihn mit angehobenen Brauen musterte, als erwarte er eine Erklärung für die seltsame Frage, sagte Timm nichts mehr. So fing Senhor van der Tholen noch einmal von vorn an: »Der Erbschaftsvertrag ist so geschickt abgefasst, dass der neue Baron Ihnen den gesamten Besitz wieder streitig machen kann, wenn er will. Nun, das ist seine und Ihre Sache. Mich interessieren dabei nur die Stimm-Aktien.«

Timm sah durchs Fenster, wie Kutsche und Reiter am Fuß der Treppe verhielten. Die Herren schienen ein lebhaftes Gespräch miteinander zu führen.

»Was sind Stimm-Aktien?«, fragte der Junge.

»In unserer Gesellschaft, Herr Thaler, gibt es ein paar Aktien im Wert von etwa zwanzig Millionen portugiesischen Escudos. Wer die besitzt, hat Stimmrecht im Verwaltungsrat. Er allein entscheidet, was geschieht, und sonst niemand.«

»Und erbe ich diese Stimm-Aktien, Senhor van der Tholen?«

»Einen Teil, junger Herr. Die übrigen gehören Selek Bei, Mister Penny und mir.«

(Mister Penny war offensichtlich der füllige Glatzkopf, der jetzt mit Lefuet und Selek Bei langsam die Schlosstreppe hinaufschritt.)

»Und Sie wollen mir meine Stimm-Aktien abkaufen?«

»Das könnte ich gar nicht, weil der Baron darüber verfügt, bis Sie einundzwanzig sind. Aber sollten Sie das einundzwanzigste Lebensjahr erreichen und die Erbschaft in aller Form antreten, dann würde ich Ihnen die Aktien gern abkaufen. Dafür biete ich Ihnen heute schon eine beliebige Firma unseres Unternehmens an. Diese Firma würde Ihnen auch dann gehören, wenn die Erbschaft aus irgendeinem Grunde für ungültig erklärt werden würde.«

Der Portugiese erhob sich aus dem Schaukelstuhl. Sein Mund war wieder das geschlossene Haifischmaul. Er hatte für seine Verhältnisse ungewöhnlich viel geredet. Nun war es an Timm, etwas zu sagen.

Er sagte: »Ich werde mir Ihren Vorschlag überlegen, Senhor van der Tholen.«

»Tun Sie das, junger Herr. Sie haben drei Tage Zeit.« Damit verließ der Kaufmann den Jungen.

Als Timm aus dem Fenster blickte, war die Schlosstreppe leer.

Hier saß nun im Turmzimmer eines Schlosses im hohen Mesopotamien ein Junge namens Timm Thaler, vierzehn Jahre alt und aufgewachsen in einer Großstadtgasse, ein Knabe ohne Lächeln, aber an Macht und Reichtum ein künftiger König, falls ihm an dieser Krone etwas lag.

Obwohl Timm das Ausmaß seines Reichtums noch gar nicht kannte, wusste er doch schon, dass eine riesige Flotte von Schiffen unter dem Namen des Barons die Meere befuhr. Er ahnte, dass die großen Märkte der Welt – wie jener in Athen – seinem Reichtum tagtäglich neue Reichtümer hinzufügten; und er sah eine ganze Armee von Direktoren, Unterdirektoren, Angestellten und Arbeitern,

Hunderte, Tausende, vielleicht Zehntausende, die ausführten, was er befahl. Diese Vorstellung war ein Kitzel. Wenn Timm daran dachte, dass er einmal einen lächerlichen Kampf um den Platz für seine Schularbeiten hatte kämpfen müssen, wenn er daran dachte, wie klein und unbedeutend Präsidents vom Wasserwerk ihm gegenüber geworden waren, dann kam er sich hier oberhalb des seltsamen, aber doch prächtigen Parks wie jener einsame bayerische Märchenkönig vor, von dem eine ältliche Lehrerin in der Geschichtsstunde geschwärmt hatte. Timm träumte, dass er in einer goldenen Kutsche, begleitet von Selek Bei zu Pferde, vor Frau Bebbers Bäckerladen vorführe – unter den Augen einer maulaufsperrenden Nachbarschaft.

Der Junge im Turmzimmer vergaß für eine Weile sein verlorenes Lachen und träumte den Traum vom Königsein.

Die Wirklichkeit sah anders aus. Die Wirklichkeit hieß Margarine und sollte ihn an sein verlorenes Lachen deutlich genug erinnern.

Dreiundzwanzigster Bogen

Die Sitzung

Es gab im Schloss einen holzgetäfelten Beratungsraum, in dem ein langer Tisch stand, der von schweren Armsesseln umgeben war. Wenn man in die Tür trat, fiel der Blick auf ein Gemälde in breitem Goldrahmen, das an der Stirnwand des Raumes hing. Es war ein berühmtes Selbstbildnis des Malers Rembrandt, von dem die Welt glaubte, es sei in einem Kriege verloren gegangen.

Unter diesem Bildnis, am Kopf des Tisches, saß der Baron. Links von ihm saßen Selek Bei und Timm Thaler, rechts von ihm Mister Penny und Senhor van der Tholen. Man sprach – diesmal ganz offiziell – über »die Lage auf dem Buttermarkt«. Und Timms wegen sprach man deutsch. (Obwohl Mister Penny Schwierigkeiten mit der deutschen Sprache hatte.)

Am Anfang der Sitzung (denn eine Besprechung dieser Art nennt man Sitzung, so als ob das Sitzen dabei die Hauptsache wäre), am Anfang der Sitzung also hatte Mister Penny nüchtern und geschäftsmäßig gefragt, ob Timm Thaler zukünftig an allen geheimen Beratungen teilnehmen solle. Selek Bei war dafür gewesen; aber die übrigen Herren hatten sich dagegen ausgesprochen. Der Junge sollte nur an dieser Sitzung teilnehmen; erstens, um ein wenig mit dem Unternehmen vertraut zu werden, zweitens, weil er über den Verbrauch von Margarine in seiner Gasse berichten sollte.

Aber zunächst sprach man über die Scherenschleifer von Afghanistan, und das war seltsam genug. Timm erfuhr aus dem Hin und Her des Gesprächs das Folgende: Die Baron-Lefuet-Gesellschaft hatte in Afghanistan etwa zwei Millionen sehr billiger Messer und Scheren verschenkt, aber nicht aus purer Menschenliebe, sondern um dabei etwas zu verdienen. Diese Messer und Scheren kosteten die Gesellschaft nämlich höchstens fünfzehn Pfennig. Das Schleifen aber kostete zwanzig Pfennig, und da es keine guten Messer und Scheren waren, mussten sie mindestens zweimal im Jahr geschliffen werden. Nun waren aber alle Scherenschleifer in Afghanistan

Angestellte der Gesellschaft des Barons, und ein gewisser Ramadulla, ehemals ein gefürchteter Räuber und Wegelagerer, hielt sie in strenger Zucht. Er versorgte sie mit Schleifsteinen und Kunden, verlangte dafür aber so viel von ihren Einnahmen, dass er die Hälfte dessen, was die Scherenschleifer verdienten, an die Gesellschaft des Barons abgeben konnte. Was dabei noch für die Scherenschleifer übrig blieb, kann man sich leicht vorstellen.

Demnächst sollte nun in Afghanistan auch noch für die Scherenschleifer geworben werden. Und das konnte man in einem so armen Lande nicht mit Radios oder Zeitungen oder Plakaten tun; denn die wenigsten Afghanen konnten lesen, und Radios gab es kaum. Deshalb hatte man Straßensänger bezahlt, die das Lied vom Scherenschleifer singen mussten. In diesem Lied, über das die Herren sich lange unterhielten, wurde nicht etwa die Kunstfertigkeit der Schleifer gelobt, sondern es wurde ihre Armut besungen, damit die Leute bei ihnen aus Mitleid ihre Messer und Scheren schleifen ließen. In Deutsch hatte das Lied etwa folgenden Wortlaut:

Er dreht und dreht den Schleifstein,
Der arme Scherenschleifer,
Er dreht und dreht und dreht ihn
Für zwanzig Pfennig nur.

Er zieht und zieht durchs Städtchen,
Der arme Scherenschleifer,
Bringt Messer her, ihr Mädchen,
Damit er schleifen kann.

Die letzte Strophe sollte zeigen, wie glücklich der Schleifer ist, wenn man ihm Scheren und Messer bringt:

Nun schleift und schleift und schleift er,
Der frohe Scherenschleifer.
Habt Dank, ihr guten Leute!
Nun kauft er Brot und Wein.

Dass die armen Scherenschleifer ihren Hauptgewinn an Ramadulla abgaben und dass dieser wiederum den größten Teil des Geldes in dieses Schloss schaffte, verschwieg das Lied.

Timm dachte an den alten Mann mit der taubstummen Tochter, der in seiner Gasse die Messer und Scheren geschliffen hatte, und fragte sich im Stillen, ob dieser Alte wohl auch seinen Gewinn mit irgendeiner Gesellschaft teilen musste.

Der Junge war bedrückt bei dem Gedanken an dieses schmutzige Königreich, das er erben sollte; und Selek Bei schien die Gedanken des Jungen zu erraten. Er sagte:

»Der junge Herr scheint die Methoden der Gesellschaft nicht zu billigen. Er ist vermutlich der Meinung, dass der Räuber Ramadulla sein Gewerbe nicht gewechselt hat, sondern nur etwas zivilisierter räubert als vorher. Nun, meine Herren, dieser Meinung bin ich auch.«

»Uir kennen Ihre Meinung«, sagte Mister Penny trocken. Aber der Baron ergänzte lebhaft: »Wenn man in einem von Räubern geplagten Lande die Räuber zivilisiert, Selek Bei, hat man schon einen großen Fortschritt erzielt. Später, wenn das Land dank unserer Mithilfe zu einem Lande mit Recht und Ordnung geworden ist, werden natürlich auch unsere Verkaufsmethoden absolut gesetzlich.«

»Dasselbe«, antwortete Selek Bei ruhig, »erklärten Sie mir, als wir über die menschenunwürdigen Löhne in den Zuckerrohrplantagen eines gewissen südamerikanischen Landes sprachen. Jetzt hat dieses Land mit Hilfe unseres Geldes einen Dieb und Mörder zum Präsidenten und die Verhältnisse sind noch schlimmer geworden!«

»Aber diese President achten die Religion«, warf Mister Penny ein.

»Dann ist mir ein menschlicher Präsident ohne Religion lieber«, brummte Selek Bei.

Jetzt ergriff Senhor van der Tholen zum ersten Mal das Wort: »Meine Herren, wir sind doch einfache Kaufleute, die mit der Politik nichts zu tun haben. Hoffen wir, dass die Welt sich bessert, damit wir alle wie gute Freunde Handel treiben können. Und kommen wir zur Hauptsache: zur Butter.«

»Vielmehr zur Margarine«, verbesserte der Baron lachend und fing sofort an, einen langen Vortrag zu halten, der seinen Reden im Flugzeug glich. Er sprach nicht wie ein freundlicher Händler, sondern wie ein Kriegsherr, der seine Feinde, die anderen Butterhändler, in den Staub schmettern will.

Timm hörte nur mit halbem Ohre zu. Ihm schwirrte der Kopf. Er fragte sich, warum man in Afghanistan oder Südamerika überhaupt Geschäfte machen musste, wenn es nur auf so hässliche Weise möglich war. Er wünschte sich das Königreich des Barons nicht mehr. Er bekam Angst vor Geschäften. Selbst der Bäckerladen der dicken Frau Bebber war ihm jetzt nicht mehr ganz geheuer.

Aber der Junge musste noch eine Weile mit den Wölfen heulen; denn jetzt fiel ihm zum Glück wieder sein eigenes wichtiges Geschäft ein: der Handel um sein Lachen.

Der Baron forderte den Jungen auf, alles zu wiederholen, was er ihm im Flugzeug über den Verbrauch von Margarine in seiner Gasse erzählt hatte.

Timm tat es, und dann herrschte eine Weile Schweigen im Beratungszimmer.

»Uir haben uirklich su uenig auf Margarine geachtet«, murmelte Mister Penny.

»Dabei ist unser Geschäft groß geworden durch die Kleinigkeiten, die die armen Leute brauchen«, ergänzte Senhor van der Tholen. »Wir haben den Margarinemarkt sträflich vernachlässigt. Man müsste ihn irgendwie völlig neu organisieren.«

Timm, der wieder ruhiger geworden war, sagte jetzt: »Ich habe mich immer darüber geärgert, dass die Leute ihre Butter schön verpackt in Silberpapier bekamen, während man unsere Margarine aus dem Fass kratzte und in billiges Papier klatschte. Wir könnten doch den armen Leuten die Margarine auch schön verpackt verkaufen. Geld haben wir ja genug.«

Die vier Herren starrten den Jungen verblüfft an und brachen plötzlich wie auf Kommando in schallendes Gelächter aus.

»Herr Thaler, Sie sind unbesahlbar!«, rief Mister Penny.

»Wir hatten die Lösung vor Augen und sahen sie nicht«, lachte der Baron. Sogar Senhor van der Tholen war aufgesprungen und starrte Timm wie ein Wundertier an.

Der alte Selek Bei war noch am ruhigsten. Deshalb fragte Timm ihn, was denn an seinem Vorschlag so Besonderes gewesen sei.

»Mein lieber junger Herr«, sagte der Greis feierlich, »Sie haben soeben die Marken-Margarine erfunden.«

Vierundzwanzigster Bogen

Ein vergessener Geburtstag

Was es mit der Marken-Margarine auf sich hatte, begriff Timm langsam an den beiden folgenden Tagen; denn man sprach im Schloss über fast nichts anderes mehr. Selbst die Dienerschaft schien auf Kurdisch von Margarine zu flüstern.

Die Sache war so: Butter wurde seit langer Zeit schon hübsch verpackt und mit einem Namen verkauft. In Deutschland gab es zum Beispiel die »Deutsche Landbutter« und die »Deutsche Markenbutter«, in Holland gab es die »Nederlandse Botter«. Ein Kaufmann, der damit ein Geschäft machen wollte, musste sich mit den Molkerei-Genossenschaften gut stellen. Und die Baron-Lefuet-Gesellschaft hatte leider mit den drei größten Molkerei-Genossenschaften Krach bekommen. Nun gaben Tausende kleiner Molkereien ihre Butter nur noch an eine andere Gesellschaft ab, die Butter überdies billiger verkaufte als der Baron.

Mit der Margarine war es anders. Die gab es nicht verpackt und mit einem Namen. Sie war kein »Markenartikel«, sondern wurde in Fässern und Bottichen an die Händler geliefert, und die Händler holten mit flachen Holzlöffeln jeweils so viel Margarine heraus, wie der Kunde verlangte. Weil nun die Margarine keinen Markennamen hatte und weil die Fabriken, in denen sie hergestellt wurde, den Kunden unbekannt blieben, kam oft billige, aber schlechte Margarine von kleinen Fabriken auf den Markt; und die großen Händler hatten es schwer, »den Margarinemarkt in die Hand zu bekommen«, wie Senhor van der Tholen es nannte.

Das sollte sich nun ändern. Eine Margarinesorte mit einem Namen und in einer hübschen Verpackung sollte nach dem Willen der Baron-Lefuet-Gesellschaft »auf den Markt gebracht« werden. Und die Einführung dieser Margarine wurde wie ein Feldzug im Kriege geplant. Alle wichtigen Margarinefabriken mussten heimlich aufgekauft werden; alle Sorten mussten im Laboratorium untersucht werden; die beste Sorte musste auf die billigste Art in jeder dieser

Fabriken hergestellt werden; und nicht zuletzt musste man eine große Reklame vorbereiten, damit die Hausfrauen statt der teuren Butter die »fast ebenso gute«, aber viel billigere Margarine mit dem Namen kauften. (Die namenlose, schlechte Margarine würde sozusagen von selbst verdrängt werden.)

Natürlich mussten all diese Vorbereitungen so schnell wie möglich und ganz und gar geheim getroffen werden, damit eine andere Handelsgesellschaft der Baron-Lefuet-Gesellschaft nicht zuvorkam. Es wurden in diesen beiden Tagen Telefongespräche mit fast allen größeren Städten Europas geführt; Telegramme kamen und gingen; und manchmal brachte ein Flugzeug einen Herrn, der sich für ein paar Stunden mit dem Baron und den anderen drei Herren im Beratungszimmer einschloss und noch am selben Tage wieder abflog.

Timm hatte jetzt viel Zeit für sich. Er verbrachte einen halben Tag in seinem Turmzimmer über dem verhängnisvollen Vertrag, den er als kleiner dummer Junge im Schatten einer dicken Kastanie unterschrieben hatte. Aber er sah keinen Weg, wieder zu seinem Lachen zu kommen. Zudem hatten all die Gespräche über große Geschäfte ihn so konfus gemacht, dass er den kurzen Weg nicht sah, der zu seinem verlorenen Lachen führte.

Aber drei Leute in Hamburg hatten den Weg entdeckt und ein seltsamer Zufall brachte den Jungen mit diesen Leuten in Verbindung. Der Zufall bediente sich des Telefons.

Der kleine Apparat in Timms Turmzimmer schrillte, und als der Junge den Hörer abhob, hörte er eine ferne Stimme, die sagte: »Hier Hamburg. Spreche ich mit dem Baron?«

Timm verschlug es für einen kurzen Augenblick die Sprache. Dann schrie er: »Sind Sie es, Herr Rickert? Hier Timm!«

Die ferne Stimme wurde nun etwas lauter und deutlicher. Sie rief: »Ja, ich bin's! Mein Gott, Junge, was haben wir für ein Glück! Kreschimir und Jonny waren bei mir. Kreschimir weiß ...«

Leider ließ Timm Herrn Rickert nicht ausreden. In seiner Aufregung schrie er dazwischen: »Grüßen Sie Jonny, Herr Rickert! Und Kreschimir auch! Und auch Ihre Mutter, bitte! Und überlegen Sie doch ...«

Über Timms Schulter langte eine Hand nach der Telefongabel und drückte sie nieder. Das Gespräch war unterbrochen. Der Junge fuhr in blassem Erschrecken herum. Hinter ihm stand der Baron. In seiner seligen Aufgeregtheit hatte Timm ihn nicht hereinkommen hören.

»Sie sollten Ihre alten Bekannten vergessen, Herr Thaler«, sagte Lefuet ruhig. »Bald werden Sie ein Königreich erben, ein Königreich des Rechenstifts. Dann regieren die Zahlen und nicht die Gefühle.«

Timm wollte sagen: »Ich will mir's merken, Baron«, wie er es schon so oft gesagt hatte. Aber diesmal war er nicht imstande, sich zu beherrschen. Er legte Arme und Kopf auf das Telefontischchen und weinte.

Ganz fern hörte er, wie jemand sagte: »Lassen Sie mich mit dem Jungen allein, Baron.« Dann Schritte und Türenschlagen. Und dann wurde es still. Nur Timms Schluchzen war zu hören.

Der alte Selek Bei war gekommen. Er setzte sich in die Eckbank am Fenster und ließ den Jungen sich ausweinen.

Nach einer langen Weile sagte er: »Ich glaube, junger Herr, Sie sind zu weich für das harte Erbe.«

Timm schluckte noch ein paarmal, wischte sich dann mit dem Kavaliers-Taschentuch aus der Brusttasche die Tränen ab und sagte: »Ich will das Erbe gar nicht, Selek Bei.«

»Was willst du dann, Junge?«

Es tat Timm gut, dass ihn wieder einmal jemand duzte. Es drängte ihn, Selek Bei von seinem verkauften Lachen zu erzählen. Aber dann wäre sein Lachen für ewig verloren gewesen. So schwieg Timm.

»Nun gut«, brummte der Alte. »Der Baron hat viele Geheimnisse. Und eines davon bist du. Es scheint ein hässliches Geheimnis zu sein.«

Timm nickte und sagte noch immer nichts. Selek Bei ließ das Thema fallen und erzählte dem Jungen, auf welche Weise er zu einem der wichtigsten Männer dieser reichen Gesellschaft geworden war.

»Man brauchte einen angesehenen Mann für das asiatische Geschäft. Hätte man einen Mohammedaner genommen, wären die buddhistischen Länder böse geworden; hätte man jemand aus dem buddhistischen Bereich gewählt, wären die Mohammedaner ärgerlich gewesen. Deshalb wählte man das Oberhaupt einer kleinen Sekte, die für seltsam, aber großmütig gilt. Und das bin ich. Meinetwegen hat der Baron sich auch dieses Schloss gekauft. Außerdem interessiert ihn unsere Religion.«

»Aber vieles, was diese Gesellschaft tut, gefällt Ihnen doch gar nicht«, sagte Timm. »Warum sind Sie dann in sie eingetreten?«

»Ich tat es nur unter der Bedingung, dass man mir Stimm-Aktien gäbe. Und das hat man getan, mein Junge. Nun habe ich mit zu entscheiden und kann manches verhindern, wenn auch nicht viel. Außerdem ...« Selek Bei begann zu kichern und fuhr im Flüsterton fort: »Außerdem arbeite ich mit all den Millionen, die ich verdiene, heimlich gegen die Gesellschaft. In Südamerika bezahle ich eine Armee, die jenen Dieb und Mörder stürzen wird, dem unsere Gesellschaft zum Präsidentensessel verhalf. Und in Afghanistan ...«

Es klopfte an die Tür, und sofort schwieg Selek Bei.

»Soll ich öffnen?«, fragte Timm leise.

Der Alte nickte, der Junge ging zur Tür und dann stürzte der sonst so ruhige und steife Mister Penny aufgeregt ins Zimmer.

»Uas bedeuten this damned ... äh ... dieser verfluchten ... äh ...«

»Sprechen Sie englisch«, sagte Selek Bei. »Ich werde es dem Jungen übersetzen.«

Nun sprudelte Mister Penny seine Aufregung englisch ins Zimmer. Dann schwieg er plötzlich, zeigte auf Timm und sagte zu Selek Bei: »Please, translate it to him!«

Der Alte bat den Engländer ruhig, Platz zu nehmen, und als Mister Penny erschöpft in den Schaukelstuhl fiel, sagte er zu Timm:

»Der Baron hat soeben den Direktor Rickert von unserer Hamburger Reederei entlassen. Da Mister Penny den größten Teil der Reederei-Aktien besitzt, verweigert er seine Zustimmung zu der Entlassung. Er behauptet, Rickert sei in Hamburg sehr beliebt und es werde einen großen Skandal geben, der der Reederei schadet. Die Entlassung soll Ihre Schuld sein, sagte Mister Penny.«

»Meine Schuld?«, fragte der sehr blasse Timm erstaunt.

»Yes, ja. Ihrer Schuld!« Mister Penny fuhr aus dem Schaukelstuhl wieder auf. »Die Baron ... äh ... der ... äh ... der die das Baron sagen es.«

Natürlich wusste Timm, dass die Entlassung des Herrn Rickert mit dem Telefongespräch zusammenhing; aber dass der Baron ihm die Schuld zuschob, war eine teuflische Gemeinheit; Timm wäre der Letzte gewesen, der Herrn Rickert aus seiner Stellung gejagt hätte.

Selek Bei verließ plötzlich das Zimmer und sagte im Abgehen zu Mister Penny: »Reden Sie ruhig ein wenig deutsch mit dem jungen Herrn; dann sind Sie gezwungen, langsam und ruhig zu sprechen.« Und fort war er.

Der schwere Mann aus London plumpste jetzt auf Selek Beis Platz in der Eckbank und stöhnte: »Ich kann nicht verstehen das!«

Timm hatte zuerst einfach sagen wollen, dass der Baron gelogen habe. Aber das Gespräch mit Senhor van der Tholen, über das er viel nachgedacht hatte, kam ihm in den Kopf. Und das brachte ihn auf einen Gedanken.

»Mister Penny«, sagte er, »Sie wissen doch sicher, dass ich eine Menge Stimm-Aktien erbe, wenn ich einundzwanzig bin.«

»Yes«, schnaufte es in der Eckbank.

»Wenn ich Ihnen nun in einem Vertrag verspreche, dass Sie diese Aktien bekommen, sobald ich einundzwanzig bin, würden Sie mir dann jetzt schon Ihre Aktien der Hamburger Reederei dafür geben?«

Mister Penny saß sehr still in der Ecke. Nur die Augen kniff er ein wenig zusammen. Timm hörte ihn schwer atmen. Die Frage, die der Engländer stellte, klang wie ein Keuchen: »Das ist kein Trick, Mister Thaler?«

»Nein, Mister Penny. Ich meine es genau so, wie ich es gesagt habe.«

»Dann schließen Sie ab der Tür!«

Das tat Timm. Und dann schloss er im verriegelten Zimmer mit

Mister Penny einen Vertrag, den er genauso geheim halten musste wie den Vertrag mit Lefuet, vielleicht sogar noch mehr, weil der Baron ihn unter keinen Umständen sehen durfte. Das einzig Ärgerliche war, dass es für den Besitzwechsel der Reederei-Aktien eine Sperrfrist gab. Timm konnte sie erst nach einem Jahr erhalten. Aber vielleicht war das ganz nützlich für die Pläne, die Timm in der darauf folgenden schlaflosen Nacht entwarf.

Es waren für einen Jungen von vierzehn Jahren gewaltige Pläne. Er beabsichtigte nicht mehr und nicht weniger, als die Gesellschaft des Barons, diese reichste und mächtigste Firma der Welt, mit der Hilfe Selek Beis in solche Konfusion zu bringen, dass Lefuet nur zwei Möglichkeiten blieben: entweder dem Jungen das Lachen zurückzugeben oder alle Macht und allen Reichtum mit einem Schlag zu verlieren.

Der Plan war wahnwitzig und selbst dann, wenn Selek Bei mitmachen würde, kaum durchzuführen. Timm, der eben erst in die Welt der großen Geschäfte hineingerochen hatte, unterschätzte bei weitem die Stabilität einer solchen nach tausend Seiten gesicherten Weltfirma. Er unterschätzte auch die Herren, mit denen er es zu tun hatte, und er unterschätzte den Zusammenhalt dieser Leute in Augenblicken der Gefahr. Jeder von ihnen würde in jedem Augenblick Frau, Kinder und Eltern ohne Zögern ins Elend stoßen, wenn er dadurch einen Zusammenbruch der Firma verhindern könnte. Lefuet würde sogar das Lachen zurückgeben.

Aber Timm war zu klein und zu wenig durchtrieben für einen solchen Plan. Sein Lachen war auf viel einfachere Art zurückzugewinnen, mit ein paar Worten nur. Doch in der Nähe des Barons hatte der Junge das Einfache verlernt. Er blickte um sieben Ecken statt geradeaus.

Als er um vier Uhr in der Frühe immer noch nicht schlief, las er noch einmal den Vertrag durch, den er mit Mister Penny geschlossen hatte. Dabei fiel sein Blick auf das Datum: Es war der dreißigste September.

Es war sein Geburtstag.

Timm war fünfzehn Jahre alt geworden. Der Tag, den andere

Jungen dieses Alters mit Kakao und Kuchen und Gelächter verbracht hätten, war für Timm ein Tag heimlicher Abmachungen und finsterer Pläne geworden. Verzweifelte Tränen machten aus einem Pläne schmiedenden Verschwörer wieder einen unglücklichen Jungen ohne Lachen und bescherten ihm, als ihm die Augen endlich zufielen, einen beinahe leichten Schlaf.

Fünfundzwanzigster Bogen

Im Roten Pavillon

Der Tagesablauf im Schloss war streng geregelt. Morgens Schlag acht Uhr klopfte es an Timms Zimmertür und ein junger freundlicher Diener, mit dem der Junge sich leider nicht unterhalten konnte, kam ohne Aufforderung herein, öffnete die Vorhänge und holte dann eine Kanne mit heißem Wasser, die er ins Waschbecken entleerte.

Wenn Timm sich gewaschen und angekleidet hatte, zog er an einer breiten bestickten Klingelschnur. Dann kam der Diener mit dem Frühstückstablett, stellte ein Tischchen vor das Fenster, verteilte darauf das Frühstücksgeschirr, goss Kakao in die Tasse, fügte Zucker und Rahm hinzu, rückte einen Stuhl an den Tisch, wartete mit den Händen an der Lehne, bis der Junge sich setzen wollte, und schob ihm den Stuhl unter. Dann verschwand er beinahe lautlos.

Am ersten Tag hatte der Diener den Jungen breit angelächelt. Aber schon vom zweiten Tage an lächelte er niemals mehr. Er machte ein eher trauriges Gesicht, als ob er Timms Kummer kenne.

Timm seinerseits ließ alles stumm geschehen. Obwohl er die Anteilnahme des Dieners spürte und ihn gern mochte, war er jedes Mal froh, wenn die Frühstücks-Zeremonie vorüber war und er allein am Fenster saß.

Am Morgen nach der halb durchwachten Nacht fiel es Timm schwer aufzustehen. Außerdem war es noch nicht sehr hell; denn draußen goss es in Strömen. Trotzdem erhob der Junge sich und das Zeremoniell mit dem Diener lief genauso ab wie an jedem Morgen. Timm hatte als Begleiter des Barons Beherrschung gelernt, Disziplin.

Beim Frühstück sah Timm durch das Fenster einen Teil der Schlosstreppe. Die glasierten bunten Hunde glänzten im Regen. Trotzdem sahen sie erbärmlich aus, wie sie da steif und hilflos unter den Wasserschauern ausharrten, in strenger, sinnloser Disziplin.

Timm hatte das Gefühl, einer dieser Hunde zu werden, wenn es ihm nicht bald gelänge, wieder ein lachender Junge zu sein.

Das Telefon läutete.

Lefuet war am Apparat. Er bat Timm, um fünf Uhr den Tee mit ihm einzunehmen. Im Roten Pavillon.

Timm sagte: »Gut, Baron!« Und frühstückte weiter. Dabei überlegte er, was Lefuet wohl für ein Anliegen haben möge. Bisher war der Baron einfach hinauf ins Turmzimmer gekommen, wenn er den Jungen hatte sprechen wollen. Es musste also einen ganz besonderen Grund für das Treffen im Pavillon geben.

Beim Mittagessen, das täglich um Punkt ein Uhr durch einen Gong angekündigt wurde und zu dem Timm über eine schön geschwungene geschnitzte Treppe zum Speisesaal ins Erdgeschoss hinunterging, beim Mittagessen also sagte der Baron nichts über die Einladung zum Tee, obwohl der Junge neben ihm saß.

Selek Bei, der gewöhnlich erst am Nachmittag in das Schloss kam, war diesmal schon da und aß mit. Timm hatte den Eindruck, dass an diesem Morgen eine wichtige Besprechung stattgefunden hatte. Aber die Herren schwiegen sich darüber aus. Es war überhaupt das schweigsamste aller Mittagessen im Schloss.

Den Nachmittag pflegte man auf den Zimmern zu verbringen. Timm, in dessen Zimmer eine kleine deutsche Bibliothek stand, las meistens. Am liebsten waren ihm die rotbraunen Leinenbände im untersten Regal, die Werke von Charles Dickens. Er verschlang die Romane über arme unglückliche Kinder wie die Bienenstiche von Frau Bebber. Aber vor dem glücklichen Ende einer Geschichte fürchtete er sich jedes Mal. Drei Romane hatte er einfach nicht weitergelesen, weil er merkte, dass die Handlung auf einen glücklichen Ausgang zusteuerte.

Dieser regnerische Nachmittag nun war wie geschaffen für das Lesen trauriger Romane. Aber Timm las diesmal nicht. Er saß in der Eckbank am Fenster, starrte in das graue Tal hinaus, über dem der Regen gleichmäßig niederrauschte, und versuchte die Pläne der Nacht in sein Gedächtnis zurückzurufen. Aber sein Kopf war wie entleert. Er konnte nicht denken. Er sah nur den Regen und die traurigen Hunde auf der Treppe und die geschlossene Kutsche, die jeden Nachmittag mit frischen Lebensmitteln von Mosul kam.

Kurz vor fünf Uhr kam der junge Diener mit einem Regenschirm ins Zimmer und machte Miene, Timm zum Roten Pavillon zu begleiten.

Aber der Junge nahm ihm den Schirm ab und machte durch Zeichen verständlich, dass er allein gehen werde.

Dann zog er einen leichten Regenmantel an (sie hatten ihn auf dem Markt von Athen gekauft) und verließ sein Turmzimmer.

Oberhalb der Treppe stand Selek Bei. Er begrüßte Timm mit einem Handschlag und drückte ihm dabei einen Füllfederhalter in die Hand. Obwohl niemand in der Nähe war, tat Selek Bei es sehr heimlich. Dabei flüsterte er: »Unterschreibe hiermit.«

Ehe Timm etwas fragen konnte, war der Alte wieder verschwunden. Der Junge ließ den Füllhalter in eine Tasche gleiten, stieg die Treppe hinunter und ging durch die Halle auf die große Schlosstür zu, die ein alter Angestellter ihm öffnete.

Aber bevor Timm hinaustreten konnte in den Regen, rief jemand: »Einen Augenblick, Herr Thaler!«

Hinter einer Säule trat Senhor van der Tholen vor. Er winkte dem alten Diener, sich zu entfernen, und fragte dann halblaut: »Haben Sie es sich überlegt, Herr Thaler? Sie versprechen mir Ihre Stimm-Aktien. Ich schenke Ihnen dafür ein großes Unternehmen.«

Fast hätte Timm gesagt: »Ich habe das Geschäft schon mit Mister Penny gemacht.« Aber dieser traurige regnerische Nachmittag hatte wenigstens den einen Vorteil, dass er die Gedanken träge machte. So überlegte Timm erst, ehe er eine Antwort gab; und diese Antwort lautete klugerweise: »Ich kann das Geschäft nicht mit Ihnen machen, Senhor van der Tholen.«

»Schade«, sagte der Portugiese mit unbewegtem Gesicht. Mehr nicht. Dann wollte er gehen, besann sich aber noch einmal und sagte: »Kommen Sie uns wenigstens bei den Margarineplänen entgegen, Herr Thaler.« Dann ging er endgültig.

Timm wusste sich keinen Reim auf die beiden Begegnungen zu machen. Zuerst der geheimnisvolle Füllfederhalter von Selek Bei und nun Senhor van der Tholens unerklärliche Bemerkung über Timms Mitwirkung an Margarineplänen.

»Fehlt nur noch, dass mir auch Mister Penny über den Weg läuft«, dachte Timm.

Und er tat es.

Als der Junge unter dem Regenschirm die Schlosstreppe hinabging, stand Mister Penny – ebenfalls regenbeschirmt – neben einem triefenden steinernen Windhund.

»Bitte absolute Stillschweigen über unsere kleine Vertrag von yesterday, ich meine: von gestern«, sagte er.

»Ich will mir's merken«, sagte Timm wie schon so oft.

Mister Penny schien noch etwas auf dem Herzen zu haben, konnte sich aber anscheinend nicht entschließen es zu sagen. Nach einem Nicken verließ er den Jungen und stieg die Treppe hinauf.

Timm war ratlos. Die Besprechung mit dem Baron musste für die Herren der Firma eine große Bedeutung haben; sonst hätten sie ihn kaum der Reihe nach abgepasst und angesprochen.

Sehr nachdenklich ging er zum Pavillon.

Dieser so genannte Rote Pavillon stand auf der mittleren der Parkterrassen. Sein Name musste wohl von dem feuerroten Hahn stammen, der das runde Dach krönte, denn der Pavillon selbst war weiß. Die beschnittenen Bäume und Büsche sahen aus wie feine Herrschaften, die vom Regen überrascht worden waren und frierend auf Hilfe warteten. Timm ging ziemlich rasch durch die Allee, die zum Pavillon führte. Der Baron stand schon in der halb geöffneten Glastür und blickte ihm entgegen.

»Sie haben sich um drei Minuten verspätet«, sagte er. »Wurden Sie aufgehalten?«

»Ja«, sagte Timm und der Baron fragte nicht weiter nach.

Im runden Pavillonzimmer standen leichte Möbel mit gestreifter Seidenbespannung in Gelb und hellem Braun. Eine Dienerin goss aus einem russischen Samowar den Tee in die Tassen und wollte den Pavillon dann verlassen. Timm sah, dass sie keinen Regenschirm bei sich hatte, und rief: »Moment!« Als die Frau sich umdrehte, gab der Junge ihr seinen Schirm.

Die Dienerin schien darüber beinahe erschrocken zu sein. Halb bestürzt, halb fragend blickte sie den Baron an. Aber der lachte und bedeutete ihr mit einer Handbewegung, samt Regenschirm zu verschwinden.

Und das tat sie sehr schnell.

»Ihre kleinen Freundlichkeiten, Herr Thaler, machen Eindruck auf die Leute. Bleiben Sie ruhig dabei; aber übertreiben Sie es nicht.«

Der Baron half dem Jungen aus dem Mantel und man setzte sich.

»Sehen Sie, Herr Thaler, die Menschen sind in zwei Hälften geteilt, in Herren und in Diener. Unsere Zeit möchte diese Grenze verwischen; aber das ist gefährlich. Es muss Leute geben, die denken und befehlen, und solche, die nicht denken und die nur Befehle ausführen.«

Timm trank ruhig seinen Tee, ehe er antwortete. »Als ich noch ein ziemlich kleiner Junge war, Baron, sagte mein Vater mir einmal: Glaube nicht an Herren und Diener, Junge! Glaube nur an kluge und dumme Leute und verabscheue die Dummheit, wenn sie nicht gutmütig ist. Ich habe mir das damals in ein Schulheft geschrieben, deshalb weiß ich es noch.«

»Ihr Vater sagt praktisch dasselbe wie ich, Herr Thaler. Denn die Klugen sind die Herren, die Dummen die Diener.«

Timm erwiderte: »Selek Bei hat mir erklärt, dass in Afghanistan und in Südamerika nur diejenigen die Herren sind, die zufällig dazu geboren wurden.«

»Geburt ist kein Zufall«, brummte Lefuet mürrisch. »Im Übrigen, Herr Thaler, ist Selek Bei ein Kommunist. Trotz seiner Religion. Er weiß es nur nicht. Ich aber weiß, dass er in Südamerika eine Armee bezahlt, die unseren Präsidenten stürzen soll. Und ich weiß auch, dass er in Afghanistan die Scherenschleifer gegen unseren Beauftragten, Ramadulla, aufwiegeln will.«

»Das wissen Sie?« Timm machte ein so entsetztes Gesicht, dass der Baron hell auflachte.

»Ich weiß mehr, als Sie ahnen«, rief er lachend. »Ich kenne auch

Ihren Vertrag mit Mister Penny, Herr Thaler. Und ich ahne, was für ein Angebot van der Tholen Ihnen gemacht hat.«

Diesmal verschluckte Timm sich am Tee. War denn Lefuet ein Gedankenleser?

Aber die Erklärung für die Weisheit des Barons war viel einfacher. Er selbst sagte es dem Jungen: »Jeder Diener in diesem Schloss ist zugleich mein Detektiv. Haben Sie nicht bemerkt, Herr Thaler, dass auf Ihrem Schreibtisch ein neues Löschblatt liegt?«

»Nein!«

»Nun, auf solche Kleinigkeiten sollten Sie achten. Wenn man das alte Löschblatt vor einen Spiegel hält, kann man Ihren Vertrag mit Mister Penny ziemlich deutlich lesen.«

In diesem Augenblick wusste Timm, dass er dem Baron, was Geschäfte anging, niemals gewachsen sein würde. Die Pläne der Nacht lösten sich auf wie der Dampf aus der Teetasse. Der Junge hatte eine Runde im Kampf um sein Lachen verloren.

»Werden Sie gegen Selek Bei und Mister Penny etwas unternehmen, Baron?«

Wieder lachte Lefuet und sagte: »Nein, mein Lieber! Es genügt mir, unterrichtet zu sein. Natürlich hat es mich geärgert, als ich erfuhr, was die beiden taten oder vorhatten. Aber um Ärgernisse leicht zu nehmen, dafür steht mir glücklicherweise Ihr Lachen zur Verfügung. Es erleichtert und befreit mich. Sie sehen, Herr Thaler, dass ich es zu nützlichen Zwecken verwende.«

»Sie scheinen alles in Ihrem Leben nur für nützliche Zwecke zu verwenden, Baron.«

»Mit zwei Ausnahmen, Herr Thaler: Mein Interesse für Bilder ist zwecklos und ebenso mein Interesse für Religi... Nein«, unterbrach er sich selbst. »Auch mein Interesse für Religion hat einen Zweck.«

Timm lenkte schnell von diesem Gespräch ab; denn er hatte keinen passenden Kronleuchter zur Hand. Er fragte: »Was ist mit dem Vertrag, den ich mit Mister Penny abgeschlossen habe?«

»Nun, Herr Thaler, ob Mister Penny die Stimm-Aktien bekommt, hängt davon ab, ob Sie mit einundzwanzig Jahren tatsächlich mein gesamtes Erbe samt Stimm-Aktien antreten. Der übrige Teil des Vertrages ist selbstverständlich gültig. Heute in einem Jahr werden die meisten Aktien unserer Reederei in Hamburg Ihnen gehören. Sie möchten wohl Herrn Rickert wieder in Amt und Würden einsetzen?«

»Ja«, sagte Timm ohne zu zögern.

»Nun, hoffentlich ist er nächstes Jahr noch gesund und munter.«

Die letzte Bemerkung, die Lefuet ziemlich beiläufig gesprochen hatte, erschreckte den Jungen.

Der Baron war ohne Zweifel zu allem fähig, auch dazu, Herrn Rickert auf irgendeine Weise umzubringen. Also musste Timm so tun, als liege ihm gar nicht viel an Herrn Rickert. Deshalb sagte er: »Es tat mir Leid, dass Herr Rickert wegen unseres kleinen Telefongesprächs seine Stellung verlor. Deshalb machte ich das Geschäft mit Mister Penny.«

Lefuet goss sich aus einer kleinen Kristallkaraffe Rum in den Tee und fragte: »Auch einen Schuss?«

Timm nickte, der Baron bediente ihn und sagte dann: »Ich mache Ihnen einen Vorschlag, Herr Thaler. Nehmen Sie ein Jahr lang keinerlei Verbindung mit Herrn Rickert oder Ihren anderen Freunden in Hamburg auf; dann sorge ich dafür, dass Ihnen in einem Jahr die Hamburger Reederei-Aktien wirklich gehören. Einverstanden?«

»Ja«, sagte Timm nach kurzem Überlegen. »Einverstanden!«

Er dachte bei sich: »Ein Jahr ohne Lachen ist lang, aber ein Leben ohne Lachen ist unerträglich. Ich muss dieses Jahr durchstehen. An seinem Ende werde ich vielleicht wissen, wie ich den Baron übertölpeln kann. Als Geschäftsmann kann ich ihm nicht beikommen; aber vielleicht komme ich dem privaten Baron Lefuet auf die Schliche.«

Als ob er Timms Gedanken erraten habe, sagte Lefuet nun: »Ich schlage Ihnen vor, Herr Thaler, dass wir dieses Jahr für eine Weltreise benutzen, die wir gemeinsam und privat unternehmen. Ich schenke Ihnen diese Weltreise zum Geburtstag. Übrigens nachträglich meinen herzlichen Glückwunsch!« Ein kullerndes Lachen und der Druck einer sehr kühlen Hand.

»Danke sehr«, sagte Timm. Dann trank er einen Schluck heißen Tee.

»Wissen Sie, dass Sie soeben den Rum des Steuermanns Jonny getrunken haben, Herr Thaler?«

»Wie bitte?«

»Sie haben in Genua die zwei Flaschen Rum vergessen, die Sie vom Steuermann gewonnen haben. Man brachte sie ins Hotel und ich ließ sie hierher schaffen, damit Sie auch tatsächlich in den Genuss der gewonnenen Wetten kämen. In Kleinigkeiten bin ich genau.«

Timm sagte darauf nichts. Er wiederholte in Gedanken wieder einmal Jonnys Spruch:

Lehre mich lachen; rette meine Seele, Steuermann!

Lefuet unterbrach die Gedanken des Jungen: »Kommen wir zum Geschäft, Herr Thaler. Sprechen wir von Margarine.«

»Gut, Baron, kommen wir zum Geschäft.«

Sechsundzwanzigster Bogen

Margarine

Der Baron war aufgestanden und ging – die Hände auf dem Rücken – im Pavillon auf und ab. Er hielt dabei eine kleine Rede.

»Sie wissen, Herr Thaler, dass die von uns geplante Marken-Margarine einen Namen haben muss, einen attraktiven, einprägsamen Namen, der am besten an etwas Bekanntes anknüpfen sollte. Wir haben lange über diesen Namen beraten; denn er ist sehr wichtig. Ein guter Warenname ist bares Geld.«

Timm nickte. Er begriff noch immer nicht, was das mit ihm zu tun hatte.

Aber er sollte es gleich erfahren.

»Nach allen möglichen Vorschlägen ...«, der Baron ging weiter auf und ab, »... machte Selek Bei einen Vorschlag, den wir sofort und einstimmig als den weitaus besten akzeptierten. Selek Bei ist – das möchte ich noch bemerken – trotz seiner merkwürdigen Ideen ein sehr nützlicher Mann für uns. Aber das nebenbei. Sein Vorschlag für den Margarinenamen lautete: Timm-Thaler-Margarine.«

Lefuet blieb stehen und blickte den Jungen durch die dunklen Brillengläser an, die er jetzt fast immer trug.

In Timms Gesicht zeigte sich keine Veränderung. Der Junge schien den Vorschlag mit Gleichmut, wenn nicht sogar verständnislos aufzunehmen. Deshalb malte der Baron die Folgen aus:

»Sie müssen begreifen, Herr Thaler, dass es noch nirgends auf der Welt Marken-Margarine gibt. Wenn wir schlagartig, überraschend und mit großem Angebot damit auf den Markt kommen, gelingt es uns vielleicht, den Weltmarkt für Margarine zu beherrschen. In einigen südamerikanischen Ländern werden wir uns sogar das Monopol für den Margarinehandel kaufen können. Das bedeutet, Herr Thaler, dass Ihr Name von New York bis Tokio, von Stockholm bis Kapstadt in aller Munde sein wird. Noch der kleinste Kramladen in einem abgelegenen persischen Dorf wird unter Ihrem Namen

Margarine verkaufen. Und überall wird blau auf gelb das Foto eines lachenden Jungen zu sehen sein: Ihr Foto!«

Jetzt war Timm ganz und gar gesammelte Aufmerksamkeit. Leise fragte er: »Wie soll ich lachen, wenn ich nicht lachen kann?«

»Das ist eine zweitrangige Frage, Herr Thaler, auf die ich gleich komme. Zunächst die Frage: Sind Sie mit dem Margarinenamen einverstanden?«

Timm ließ sich Zeit mit seiner Antwort.

Er hatte jetzt begriffen, warum dieser Markenname der Gesellschaft so nützlich war. Er, Timm Thaler, war der berühmte reiche Erbe, dessen Bild und Name in den Zeitungen der Welt immer wieder erschien. Sein Name würde also nicht durch die Margarine bekannt werden, sondern umgekehrt: Sein schon bekannter Name würde der Margarine nützen.

»Muss ich mich bald entscheiden, Baron?«

»Noch heute, Herr Thaler! In diesem Pavillon! Obwohl die Margarine erst in einem Jahr auf den Markt kommt, müssen die wichtigsten Entscheidungen bereits in diesen Tagen getroffen werden. Es muss unermesslich viel Geld in die Vorbereitungen gesteckt werden. Wir spielen um einen so hohen Einsatz, dass unsere Gesellschaft bei einem Misserfolg vor die Hunde gehen kann.«

Timm hatte eine Hand in die Jackett-Tasche gesteckt und fühlte plötzlich den Füllfederhalter Selek Beis. Die Bemerkung Lefuets, dass die ganze Gesellschaft durch Margarine vor die Hunde gehen könnte, klang in seinen Ohren nach. Wollte Selek Bei mit Hilfe dieses Füllfederhalters die Gesellschaft »vor die Hunde gehen« lassen? War Selek Bei sein heimlicher Verbündeter?

Wie in Gedanken nahm der Junge die Füllfeder aus der Tasche und spielte damit, um sie im rechten Augenblick zur Hand zu haben.

Timm konnte nicht viel verlieren, wenn eine Margarine seinen Namen trug; aber er konnte möglicherweise viel gewinnen, wenn Selek Bei auf seiner Seite war. Der Junge entschloss sich, auf Selek Bei zu vertrauen.

»Sagen Sie den Herren, Baron, dass ich einverstanden bin.«

Lefuet atmete hörbar erleichtert aus. Aber im Übrigen blieb er ruhig. »Dann«, sagte er, »wäre wieder einmal ein Vertrag zu unterschreiben. Da ist er!«

Die Teetasse wurde zur Seite gerückt und zwei gleich lautende Vertragsformulare vor Timm auf den Tisch gelegt. Der Baron erwartete, dass der Junge sie zuerst lesen würde.

Aber Timm, der fürchtete, Lefuet könne ihm eine andere Feder anbieten, unterschrieb sofort. Mit dem Füllfederhalter Selek Beis.

Dann unterschrieb der Baron jedes Blatt zweimal: einmal im Namen seiner Gesellschaft und einmal als Timms Vormund. Leider achtete der Junge nicht darauf.

»Trinken wir auf die Timm-Thaler-Margarine, Timm Thaler!« Der Baron nahm von einer kleinen Anrichte zwei geschliffene eckige Schnapsgläser und goss Rum hinein. Dann klirrten die Gläser aneinander. Der Junge wusste nicht, ob er auf sein Glück oder auf sein Unglück anstieß. (Dass es sich um Jonnys Rum handelte, schien ihm ein gutes Omen zu sein.)

Baron Lefuet setzte sich wieder und erklärte, wie man für die Timm-Thaler-Margarine Reklame machen würde:

»Wir werden den Leuten erzählen, wie ein armer kleiner Gassenjunge das Herz des reichen Barons gerührt hat, wie er von diesem zum Erben eingesetzt wurde und wie er dann dafür gesorgt hat, dass alle Leute in armen Gassen eine gute und billige Margarine aufs Brot streichen können.«

»Aber das sind doch fast lauter Lügen«, begehrte Timm auf.

»Sie reden wie Selek Bei«, seufzte Lefuet. »Im Übrigen ist Reklame niemals eine Lüge, sondern eine Beleuchtungsfrage.«

»Eine Beleuchtungsfrage, Baron?«

Lefuet nickte. »Sehen Sie, Herr Thaler, die Tatsachen stimmen doch alle: Sie sind als kleiner Junge in einer armen Gasse aufgewachsen; Sie haben das Erbe des Barons angetreten; und sogar die Marken-Margarine war Ihre Idee. Jetzt kommt es nur darauf an, diese Tatsachen ins rechte Licht zu drehen, und schon ist unser rührendes Margarinemärchen fertig. Es ist eine sehr gute Reklame.

Die Konkurrenz wird toben. Aber überlassen Sie das getrost uns, Herr Thaler. Sprechen wir jetzt von Ihrem Foto.«

»Von dem Foto des lachenden Jungen?«

»Eben davon, Herr Thaler. Ich selbst bin ein wenn auch bescheidener Jünger der fotografischen Kunst und werde diese Aufnahme machen. Es ist schon alles vorbereitet.«

Lefuet zog einen Vorhang zur Seite, hinter dem Timm eine Art kleiner Küche vermutet hatte. Aber dort stand auf einem Stativ ein Fotoapparat und daneben ein Stuhl, über dessen Lehne ein abgenützter Knabenpullover hing. Das Verblüffendste für Timm war jedoch der fotografische Prospekt im Hintergrund: ein riesenhaftes Foto seiner Gasse. Genau in der Mitte war die Tür zu seiner ehemaligen Wohnung zu sehen. Alles stimmte bis auf die geringsten Kleinigkeiten. Der Junge erkannte sogar die schmale Lücke im Mauerwerk des Nachbarhauses, in der er damals die fünf Mark versteckt hatte. Selbst den Geruch nach Pfeffer, Kümmel und Anis glaubte er zu spüren.

»Ziehen Sie, bitte, diesen Pullover über, und stellen Sie sich vor den Prospekt, Herr Thaler!« Lefuet trug inzwischen den Fotoapparat samt Stativ vorsichtig in die Mitte des Pavillons.

Timm tat alles, um was Lefuet ihn bat, wie im Traum. Bilder der Vergangenheit überschwemmten seine Gedanken: Der Vater. Die Stiefmutter. Der bleiche Erwin. Die Kuchenfreundin seiner Stiefmutter aus dem Hause ganz links. Frau Bebbers Laden rechter Hand. Die Sonntage. Die Wetten. Das Verhör am Abend. Ein karierter Herr. Ein Vertrag.

Der Junge musste sich für einen Augenblick auf den Stuhl setzen. Lefuet beschäftigte sich mit dem Fotoapparat.

Endlich war es so weit. Der Baron gab dem Pullover, den Timm jetzt trug, einen absichtlich schlampigen Sitz, brachte die Haare des Jungen ein wenig durcheinander und stellte ihn vor das Gassenfoto. Dann trat er zurück und hinter den Apparat.

»So ist es gut, Herr Thaler! Bleiben Sie dort stehen. Und nun sprechen Sie mir nach: Ich leihe mir mein Lachen nur für eine halbe Stunde. Dies verspreche ich bei meinem Leben.«

»Ich leihe mir mein Lachen …« Timms Stimme versagte.

Aber sofort kam der Baron ihm zu Hilfe: »Sprechen Sie es in Blöcken nach. Das ist einfacher. Also: Ich leihe mir mein Lachen …«

»Ich leihe mir mein Lachen …«

»… nur für eine halbe Stunde.«

»… nur für eine halbe Stunde.«

»Dies verspreche ich …«

»Dies verspreche ich …«

»… bei meinem Leben!«

»… bei meinem Leben!«

Kaum hatte Timm das letzte Wort gesagt, als Lefuet seinen Kopf wieselflink unter das schwarze Tuch steckte. Es war wie in der Kasperlkomödie. Timm fühlte eine unbezwingbare Lust zu lachen und – lachte. Das kullerte aus dem Bauch herauf, kitzelte in der Kehle und entlud sich in einem so fürchterlichen Gelächter, dass der Bauch schmerzte und die Augen sich mit Wasser füllten. Der Pavillon dröhnte von Timms Lachen, der Stuhl neben dem Jungen bebte, als lache er mit.

Die Welt schien sich wieder in ihr Gleichgewicht einzupendeln. Timm Thaler lachte.

Der Baron blieb unter dem schwarzen Tuch verborgen und wartete das Gelächter ab. Seine Hand, die sich am Blitzlicht zu schaffen machte, zitterte.

Timm, der sich nur langsam beruhigte, zog nun eine fröhliche Grimasse und fragte: »Ist dies das Margarine-Lächeln, das Sie brauchen, Baron?« Ihm war leicht, heiter, übermütig zumute. Der Baron kam ihm immer noch wie ein Kasperl vor. Er glaubte nicht an die halbe Stunde; er war überzeugt, sein Lachen für ewig wiederzuhaben. Für Lefuet unter dem schwarzen Tuch, für den Baron ohne Lachen, fühlte er fast eine Art Mitleid. Selbst die gequetschte Stimme, mit der Lefuet dem Jungen jetzt Anweisungen gab, erregte eher Timms Mitleid als seinen Spott. Gehorsam stellte er das rechte Bein vor, neigte den Kopf etwas zur Seite, lächelte, sagte auf Lefuets Bitte das Wort »Bienenstich« (in seinem Gedächtnis klingelte dabei eine Glocke), nahm den Fuß wieder zurück und lachte erleichtert auf, als das Blitzlicht flammte.

»Hoffentlich ist es ein gutes Foto geworden, Baron!« Timm streckte sich nach dem anstrengenden Stillstehen-Müssen ausgiebig und grinste fröhlich in die Optik des Fotoapparates. Lefuet blieb unter dem schwarzen Tuch verborgen. Er erklärte mit verdecktem Kopf, auf eine Aufnahme allein könne man sich nicht verlassen. Er müsse mindestens noch drei Aufnahmen machen.

»Und das alles für ein bisschen Margarine«, lachte Timm. Aber er sperrte sich nicht, sondern ließ sich gehorsam wie zuvor korrigieren und mit lachendem Mund fotografieren.

Nach der vierten und letzten Aufnahme war Timm so steif vom Posieren und Stillstehen, dass ihm schien, es müsse mindestens eine Stunde vergangen sein. Dass in Wirklichkeit immer noch zwei Minuten an der versprochenen halben Stunde fehlten, ahnte der Junge nicht. Er begriff auch nicht, warum Lefuet den Kopf immer noch unter dem Tuch verborgen hielt. Deshalb ging er hin, schlug das Tuch zurück und fragte unter Lachen: »Stellen Sie etwa im Verborgenen schon Margarine her, Baron?«

Aber das Lachen verging ihm, als das enthüllte Gesicht ihn von unten herauf ansah, ein böses, schmallippiges Gesicht mit schwarzen Gläsern, das Gesicht des karierten Herrn.

Timm begriff, dass sein eigenes Lachen ihn getäuscht hatte: Dieser Mann gab ihm die lachende Freiheit nicht zurück. Dieser Mann war fürchterlich.

Aber noch einmal täuschte das Gelächter im Bauch den Jungen, drängte nach oben und ließ Timm spöttisch ausrufen: »Spielen Sie nicht den Teufel, Baron! Ihr Spiel ist ausgespielt. Sie sehen mich nicht wieder.«

Mit einem Sprung war der Junge an der Glastür. Er riss sie auf und rannte in einem alten Pullover unter strömendem Regen auf die Parkterrasse hinaus.

Obwohl ihm der Baron nicht folgte, stürzte Timm wie besessen in einen schmalen Gang hinein, den hohe Eibenhecken begrenzten. Dieser Gang lief in ein Gewirr anderer Gänge aus.

Timm lief einmal nach links, dann wieder nach rechts, stand plötzlich vor einer dicken, undurchdringlichen grünen Wand, rannte zurück, landete wieder in einer Sackgasse, stürzte abermals zurück, wischte sich den Regen aus den Augen und verlief sich hoffnungslos in diesen seltsamen Gängen, die nur einen einzigen Ausgang zu haben schienen: den Eingang.

Mit einem Male fühlte Timm sich schwer werden, als stiege schwarzes Wasser in seinen Gliedern auf. Er spürte körperlich, dass ihn sein Lachen verließ. Er stand, tropfend zwischen tropfenden grünen Gefängniswänden, wie ein Gelähmter. Der Regen rieselte in die Pfützen zu seinen Füßen. Rings ein einziges Rinnen, Platschen und Herunterfallen, ein großes, endloses Weinen. Und mitten darin der sehr kleine Timm mit seinem ernsten traurigen Gesicht.

Aber plötzlich war sein Lachen wieder da, das Lachen mit dem Schlucker, wie es sich gehörte. Der Junge wusste nicht: Hatte er selbst gelacht oder steckte sein Lachen zwischen den Eibenwänden?

Die Erklärung war viel einfacher: Lefuet stand hinter dem Jungen.

»Sie sind in ein so genanntes Labyrinth geraten, Herr Thaler, in einen Irrgarten. Kommen Sie, ich führe Sie hinaus.«

Willig ließ Timm dem Baron eine Hand, willig ließ er sich im Pavillon trockenreiben und umkleiden, willig ließ er sich von einem Bedienten unter einem Regenschirm ins Schloss geleiten.

Erst im Turmzimmer kam er langsam wieder zu sich. Und diesmal erleichterten keine Tränen den Jungen. Diesmal packte ihn eine kalte Wut. Ein hochstieliges rotes Glas, das auf einem Regal stand, zerdrückte er mit solchem Ingrimm, dass die Hand zu bluten begann.

Timm ließ die Scherben einfach auf den Boden fallen, zog an der gestickten Klingelschnur und zeigte, als der Diener erschien, stumm mit der blutenden Hand auf die roten Glasscherben.

Der Diener räumte die Scherben fort, wusch und verband die Hand und sagte dann zum ersten Mal vier Wörter: »Ich nix Detektiv, bitte!«

»Vielleicht! Vielleicht auch nicht«, antwortete Timm. »Aber ich danke Ihnen, dass Sie so freundlich zu mir sind.«

Selek Bei erschien und schickte den Diener hinaus. Dann starrte er auf Timms Hand: »Hast du nicht unterschrieben? Ist etwas geschehen?«

»Nichts von Bedeutung, Selek Bei. Ich habe unterschrieben.«

»Wo ist der Füllfederhalter?«

»Hier in der Tasche. Würden Sie ihn, bitte, herausholen.«

Der Alte tat es und Timm fragte: »Was bedeutet dieser Füllfederhalter?«

»Er ist mit einer Tinte gefüllt, die langsam verblasst und nach und nach ganz verschwindet. Wenn unsere Gesellschaft in einem Jahr die Timm-Thaler-Margarine ankündigt, wird unter dem Vertrag im Safe Ihre Unterschrift fehlen. Dann können Sie verhindern, dass die Margarine auf den Markt kommt. Tun Sie es aber erst dann, wenn alle Welt schon über die Marken-Margarine unterrichtet ist.«

»Wird die Gesellschaft dadurch vor die Hunde gehen, Selek Bei?«

Der Alte lachte über die Frage. »Nein, mein Junge, dafür ist sie trotz allem zu stabil. Aber die Gesellschaft wird gewaltige Verluste erleiden. Bis eine neue Sorte da ist, werden die Konkurrenten nicht müßig sein. Unsere Gesellschaft wird mit der Zeit trotzdem enorm an der Markenmargarine verdienen; aber sie wird niemals den Markt beherrschen.«

Selek Bei setzte sich nun in die Eckbank am Fenster und sah in den Regen hinaus. Abgewandten Gesichts sagte er: »Ich weiß nicht, ob du und ich den Baron jemals überlisten werden. Er ist klüger als wir beide zusammen. Trotzdem will ich versuchen, dir zu helfen. Unter den Händen des Barons scheint dir das Lachen vergangen zu sein; und ich möchte, dass du wieder lachen lernst.«

Als Timm erschrocken etwas sagen wollte, winkte Selek Bei ab: »Sag lieber nichts, mein Junge. Aber setze auch keine allzu großen Hoffnungen in meinen Versuch. Lachen, Timm, ist keine Handelsware wie Margarine. Wer damit handelt, handelt irrig. Um Lachen feilscht man nicht. Lachen verdient man.«

Das Telefon läutete. Da die rechte Hand des Jungen verbunden war, ging Selek Bei zum Apparat, hob den Hörer ab, meldete sich, lauschte, verdeckte dann die Sprechmuschel und sagte halblaut: »Ein Herr aus Hamburg wünscht dich dringend zu sprechen.«

Timm überlegte blitzschnell. Er hatte versprochen, mit seinen Hamburger Freunden ein Jahr lang keine Verbindung aufzunehmen. Andernfalls würde Herrn Rickert vermutlich etwas zustoßen. Also musste der Junge seinen alten Freund zu dessen eigenem Wohl verleugnen. Er legte deshalb einen Finger auf die Lippen und Selek Bei sagte: »Herr Thaler ist bereits abgereist.« Und legte den Hörer auf, aber merkwürdig zögernd.

Kurz darauf verließ der alte Mann den Jungen, der sich ans Fenster stellte und in den gleichmäßig weiterrinnenden Regen hinaussah.

In einem Jahr würde Timm die Hamburger Reederei besitzen und Herrn Rickert schenken; in einem Jahr würde seine fehlende Unterschrift ein Königreich aus Margarine in Verwirrung stürzen; in einem Jahr würde er Kreschimir und Jonny, Herrn Rickert und dessen Mutter wiedersehen; in einem Jahr …

Der Junge wagte nicht, sich das mögliche Glück auszumalen. Aber er hoffte darauf. Auch hoffte er, dieses Weltreise-Jahr in Begleitung Lefuets ruhig und mit Anstand zu überstehen.

Und Hoffnung hisst Fahnen der Freiheit.

Hiermit endete die Erzählung des fünften Tages, und ich begab mich, um sie aufzuschreiben, in mein Hotel.

Der sechste Tag,

an dem erzählt wird, wie Timm Thaler die Welt bereist und sich dabei ans Reichsein fast gewöhnt, wie er im Hamburger Hafen jemanden erkennt, ohne es sich anmerken zu lassen, wie er zwei Leuten begegnet, an die er überhaupt nicht mehr gedacht hat, wie er Schiffe und ein Marionettentheater kauft und wie sich all seine Hoffnung auf einen winzig kleinen Zettel konzentriert.

Am sechsten Tag, an dem ich mich mit Timm im Korrektorenzimmer traf, fragte ich ihn: »Wie lange muss der arme Timm Thaler denn noch zappeln an den Fäden des Barons?«
»Bis ihm oder jemand anders etwas ganz Einfaches einfällt«, sagte Timm. »Aber lass dir erzählen, wie es ihm weiter erging.«
Wir setzten uns wieder in die alten Sessel und Timm erzählte:

Siebenundzwanzigster Bogen

Ein Jahr im Fluge

Das Weltreise-Jahr, das der Baron, wie ich dir gestern erzählt habe, für Timm vorbereitet hatte, wurde ein Jahr im Fluge. Es begann in der kleinen zweimotorigen Privatmaschine, die den Jungen und den Baron nach Istanbul flog. Wieder sah Timm dabei Frauen und Männer, die ihre Esel durch das Gebirge trieben. Aber sie waren ihm nicht mehr fremd wie beim ersten Mal, als er sie gesehen hatte. Ihre Kleidung glich derjenigen Selek Beis und einiger Schlossbediensteter. Er fühlte, obwohl er die Leute da unten nicht kannte, dass er sie gern hatte. Er empfand für sie Wohlwollen und Mitleid. So wie für die Scherenschleifer von Afghanistan.

In Istanbul blieben die beiden eine Woche lang. Timm begleitete den Baron in Moscheen und Bildergalerien und fand fast eine Art Gefallen an der Reise. Er war durch die Ereignisse im Schloss für eine Weile entmutigt worden, seinem Lachen nachzujagen.

Zugleich aber nährte er die Hoffnung, in einem Jahr werde alles anders werden. Im Gedanken an Selek Bei und seine Freunde in Hamburg fühlte er eine so ruhige Zuversicht, dass er allen Ernstes glaubte, sein Lachen werde ihm nach dieser Reise von selbst in den Schoß fallen. Diese Hoffnung war gefährlich. Sie hielt ihn davon ab, dem Lachen weiter nachzujagen.

Aber zugleich hatte Timms äußerlicher Gleichmut einen Vorteil: Der Baron wiegte sich in Sicherheit. Lefuet glaubte, Timm habe sich mit seinem Los abgefunden, und wurde nachlässig in der Überwachung des Jungen. Von Woche zu Woche, von Monat zu Monat wurde er sicherer, dass Timm Thaler wachsenden Gefallen an der Rolle des reichen Erben fände und dass er das Leben eines milliardenschweren Weltenbummlers gegen nichts mehr eintauschen werde, nicht einmal gegen sein Lachen.

Tatsächlich wurde Timm auf dieser Reise seltener an sein verlorenes Lachen erinnert als je zuvor. Auf die sehr reichen Leute nimmt man in den sehr feinen Hotels große Rücksicht. Wenn ein

Hoteldirektor spürt, dass ein solcher Gast nicht lachen mag, weiß im Handumdrehen das ganze Personal, vom Chefportier bis zum Zimmermädchen, dass in der Nähe dieses Gastes nicht gelacht werden darf. Und die Folge: Es lacht wirklich niemand in seiner Nähe.

Aber die Welt besteht – auch für sehr reiche Leute – nicht nur aus feinen Hotels. Selbst Milliardäre brauchen manchmal frische Luft. Und bei allen Spaziergängen, die Timm allein oder in Begleitung des Barons unternahm, merkte der Junge, wie sehr die Welt voll Lachen steckt.

Nach Istanbul sah Timm ein zweites Mal Athen. Auf Athen folgte Rom, auf Rom Rio de Janeiro, auf Rio folgten Honolulu, San Francisco, Los Angeles, Chicago und New York. Es ging nach Paris, Amsterdam, Kopenhagen und Stockholm, nach Capri, Neapel, Teneriffa, Kairo und Kapstadt. Man flog nach Tokio, Hongkong, Singapur und Bombay; Timm sah den Kreml in Moskau und die Brücken von Leningrad, er sah Warschau und Prag, Belgrad und Budapest. Und überall, wo ihr Flugzeug landete, hörte Timm auf den Straßen das Gelächter der Welt: Er hörte das Lachen der Schuhputzer von Belgrad und der Zeitungsjungen in Rio; die Blumenhändler von Honolulu lachten wie die Tulpenfrauen in Amsterdam; es lächelte der Kesselschmied von Istanbul wie der Wasserverkäufer in Bagdad; man kicherte und scherzte auf den Brücken von Prag genauso wie auf den Brücken von Leningrad; und im Theater von Tokio klatschte und lachte man nicht anders als im Theater auf dem Broadway in New York.

Der Mensch braucht das Lachen wie die Blume den Sonnenschein. Gesetzt den Fall, das Lachen stürbe aus: Die Menschheit würde ein zoologischer Garten oder eine Gesellschaft von Engeln: langweilig, ernst und von erhabener Gleichgültigkeit.

Timm bewahrte, so ernst er auch erscheinen mochte, den Wunsch und die Sehnsucht, lachen zu können. Wenn er auch äußerlich zufrieden schien: Er wäre mit Freuden ein Bettler in New York geworden, hätte er dadurch einstimmen dürfen in das Gelächter der Welt.

Aber über sein Lachen verfügte ein anderer. Jemand neben ihm, manchmal nur wenige Schritte von ihm entfernt, besaß sein kullerndes Bubenlachen. Und Timm – so schlimm das ist – gewöhnte sich in diesem Jahr beinah daran. Er nahm es hin und kümmerte sich um andere Dinge. Er lernte.

Er lernte alles, was ein so genannter Herr von Welt können oder wissen muss. Er konnte auf die appetitlichste Weise Hummer, Fasan und Kaviar essen; er konnte Austern schlürfen und Champagnerflaschen entkorken; er kannte die geläufigsten Höflichkeitsfloskeln von »es hat mich gefreut« bis zu »es war mir eine Ehre und ein Vergnügen« in dreizehn Sprachen; er kannte die Höhe der Trinkgelder in allen berühmten Hotels der Welt; er konnte kleine Reden aus dem Stegreif halten und Grafen, Herzöge und Prinzen auf vorgeschriebene Weise anreden und behandeln; er wusste, welche Socken und Krawatten zusammenpassen und dass man nach sechs Uhr abends keine braunen Schuhe mehr trägt (after six no brown, sagt der Engländer); er lernte, beim Heben einer Tasse niemals den kleinen Finger abzuspreizen; er lernte ein wenig Französisch, Englisch und Italienisch unterwegs und ohne Wörterbuch; er lernte, wie man interessiert aussehen kann, wenn man sich langweilt; er lernte Tennis, Segeln, Autofahren und sogar, wie man ein Auto repariert; er lernte so gut, sich zu verstellen, dass der Baron entzückt war.

Obwohl Lefuet in fast jeder Stadt heimliche Besprechungen über Margarine führte, wurde Timm davon verschont. Er durfte tun, was ihm Spaß machte. Nur manchmal musste er mit Leuten dinieren oder soupieren, die entweder sehr berühmt waren (dann machten die Zeitungsleute ein Foto davon) oder die der Gesellschaft nützlich waren. Auf diese Weise lernte Timm einen englischen Herzog kennen, der für die Scherenschleifer von Afghanistan eintrat, und einen argentinischen Cornedbeef-Fabrikanten, der die Vorrechte des britischen Adels verteidigte.

Über die Frage nach Herren und Dienern, die Timm in seiner neuen Lage sehr beschäftigte, schien in der Welt eine große Konfusion zu herrschen. Die hübscheste Antwort hatte er von einer Dolmetscherin in Moskau gehört.

Jekaterina Popowna – so hieß das Fräulein – hatte mit dem Baron und Timm im Hotel »Moskwa« Hähnchen gegessen. Unter dem Essen bemerkte der Baron spöttisch: »Ihr Kommunisten, Jekaterina Popowna, glaubt an die Gleichheit aller Menschen. Das ist ein großer Unsinn. Über diese Dummheit werden Sie stolpern und sich das Genick brechen.«

Fräulein Popowna lächelte, zeigte auf das gebratene Hähnchen vor sich und sagte: »Wenn dieser Hahn noch lebte, würde ich niemals von ihm verlangen, dass er Eier legt. Ich würde von ihm verlangen, dass er im Hühnerhof regiert; denn nur dazu ist er tauglich.«

Das war ebenso hübsch wie klug geantwortet. Lefuet lachte laut und rief: »Sie glauben also an geborene Herren, Jekaterina Popowna!«

»Ein bisschen, Baron. Es gibt, glaube ich, eine Art Talent zum Regieren, zum Führen, zum Leiten oder wie Sie es nennen wollen. Nur glaube ich nicht, Baron, dass dieses Talent auf Könige, Herzöge oder reiche Erben beschränkt ist. Es wächst auch in meiner Vorstadt, und auf manchen Schlössern wächst es nicht. Dieser junge Mann zum Beispiel ...«, Jekaterina Popowna zeigte auf Timm, »... dieser junge Mann, Baron, soll einmal Ihr Königreich aus Schiffen, Rosinen und Butter regieren; aber ich glaube, sein Herz ist dafür ein bisschen zu groß geraten.«

»Mag sein«, brummte Lefuet und brach das Gespräch ab. Timm aber ging es noch lange durch den Kopf. Er war Jekaterina Popowna nicht böse; denn er gab ihr Recht, weil er klug und ohne Eitelkeit war. (Und weil er in dem Alter war, in dem man sich selbst langsam kennen lernt.)

Nach dem Kalender wurde Timm während all dieser Reisen ein Jahr älter. Er näherte sich seinem sechzehnten Geburtstag. Aber sein Geist war fünf oder sechs Jahre älter geworden. Auch war er erstaunlich gewachsen und sein Gesicht glich dem eines Zwanzigjährigen.

Das Flugzeug, in dem er und der Baron in diesen Monaten fast dreimal die Welt umkreisten, war ein hübsches Sinnbild für Timms Lage: Er war immer oben, stand immer auf Gipfeln, auf denen die Luft leichter und der Blick weiter ist als in den Tälern. Wenn er einem Gespräch Lefuets über die Kirche lauschte, dann saß ein Kardinal bei ihnen, der frei und heiter plauderte und ohne den Zorn und Eifer eines Dorfpfarrers, der seinen Bauern die Zehn Gebote in die harten Schädel rammen muss. Wenn über den Kommunismus gesprochen wurde, dann saß ein gebildetes Fräulein wie Jekaterina Popowna bei ihnen, das mit Leuten aus der ganzen Welt Gespräche führte und viel hübscher und leichter zu reden wusste als der Parteisekretär eines Dorfes, dessen Gedanken von Mais und Hirse angefüllt sind. Selbst über eine scheinbar so unbedeutende Sache wie Margarine hatte Timm Gespräche gehört, in denen es um südamerikanische Staatspräsidenten und um Kontinente voller Kramläden ging, zwischen denen Frau Bebbers Bäckerladen nur ein kaum sichtbares Sandkorn war.

Es wäre einfach gelogen, wollte man behaupten, Timm hätte sich unbehaglich gefühlt in dieser Wolkenhöhe über der Welt. Hier war ja das Leben leicht. (Zumal für jemanden, der am Lachen krankte.) Überdies konnte ein Junge mit flinken Gedanken hier viel erfahren und lernen.

Aber der Bäckerladen von Frau Bebber, in dem es nach Brot und frischen Krapfen roch, diese kleine Pfennigwelt der Nachbarn, diese Klatschgeschichten-Schatulle, gepolstert mit braunen Broten, sie erschien dem Jungen unendlich viel liebenswerter als ein Hotel Palmaro oder ein mesopotamisches Schloss.

Es war übrigens merkwürdig, dass der Baron die Geburtsstadt des Jungen wie ein heißes Eisen mied. Mehrere Male hatte Timm den Wunsch geäußert, sie zu besuchen; aber Lefuet, der niemals direkt nein gesagt hatte, überhörte den Wunsch oder schützte dringende Besprechungen in anderen Städten vor.

Als das Reisejahr sich seinem Ende näherte, hatte Timm alle Mühe, äußerlich gleichmütig zu bleiben und dem Baron weiter die Rolle des zufriedenen reichen Erben vorzuspielen. Je näher sein Geburtstag rückte, umso unruhiger wurde er. Wenn Lefuet jetzt in Timms Gegenwart lachte, zitterte der Junge. Eines Nachts in einem Hotel in Brüssel hatte er im Traum das kleine Telefongespräch wiederholt, das er in Lefuets Schloss mit Herrn Rickert geführt hatte.

Als er aufwachte, hatte er es noch im Kopf und er erinnerte sich deutlich, dass Herr Rickert gesagt hatte: »Kreschimir weiß ...«

Was wusste Kreschimir? Einen Weg, der zu seinem Lachen führte?

Der Junge hielt sich strikt an sein Versprechen, auf keine Weise mit seinen Hamburger Freunden in Verbindung zu treten. Aber er sehnte jetzt das Ende des Jahres herbei, an dem die Abmachung ungültig wurde.

Einige Tage vor Timms Geburtstag flogen sie nach London, wo Timm in Gegenwart des Barons aus der Hand Mister Pennys ein Aktienpaket entgegennahm. Es war der weitaus größte Teil der Hamburger Reederei-Aktien.

Mister Penny hatte inzwischen bereits erfahren, dass Lefuet seinen heimlichen Vertrag mit Timm Thaler auf dem Löschblatt nachgelesen hatte, und nach einer anfänglichen Bestürzung war ihm das ganz lieb gewesen. Vor der Übertragung der Aktien hätte der Baron es überdies erfahren müssen.

Im Flugzeug, das den Jungen endlich, endlich nach Hamburg zurückbrachte, sagte Timm zum Baron: »Sie waren genauso nett und höflich zu Mister Penny wie gewöhnlich. Sind Sie ihm nicht böse, weil er mir hinter Ihrem Rücken die Stimm-Aktien abgekauft hat, die ich erbe?«

Lefuet lachte schallend. »Mein lieber Herr Thaler, ich hätte an Pennys Stelle nicht anders gehandelt. Warum also sollte ich ihm böse sein? Der Kampf um die Stimm-Aktien, von denen ich im Augenblick die größte Anzahl besitze, wird ständig im Geheimen geführt. Aber deshalb kratzen wir einander doch die Augen nicht aus. Wir sind wie eine Löwenfamilie: Wenn große Beute gemacht wird, gibt es einen kurzen Streit um die Anteile, bei dem der alte Löwe das meiste bekommt, und das bin ich. Aber kaum ist die Beute verteilt, dann sind wir wieder die einige Familie, die niemand auseinander reißen kann.«

»Auch Selek Bei nicht?«, fragte Timm leise.

»Selek Bei«, antwortete Lefuet bedächtig, »bildet vielleicht eine Ausnahme, Herr Thaler. Er hält sich für unglaublich gerissen und ist es gar nicht. Das macht uns manchmal Ärger, ist aber in den meisten Fällen eher belustigend für uns. Wir mögen ihn eigentlich recht gern.«

»Aber die Armee in Südamerika ...«, konnte Timm sich nicht enthalten einzuwerfen.

»Diese so genannte Armee, Herr Thaler, besteht zu einem Teil aus unseren Leuten. Und die Waffen, die Selek Bei mit seinem privaten Geld für diese Leute kauft, stammen von einem Depot, das uns gehört. So fließt Selek Beis Geld wieder in unsere Firma zurück. Ein Kreislauf. Wie beim Wasser. Auch die Gelder, die Selek Bei in Afghanistan gegen uns einsetzt, fließen zum größten Teil in unsere Kassen zurück.«

»Warum haben Sie Selek Bei dann in die Firma aufgenommen? Nur, weil er sich mit den Buddhisten und den Mohammedanern gleich gut versteht?«

»Nicht nur darum, Herr Thaler. Er ist in der ganzen Welt ein hoch geschätzter Mann. Die einen schätzen ihn, weil er für die Armen und Unterdrückten der Erde eintritt, die anderen, weil er das Oberhaupt einer religiösen Sekte und ein frommer Herr ist. Ich zum Beispiel schätze ihn wegen seiner außerordentlich intelligenten Ansichten über den Teufel.«

»Was ist eigentlich mit der Marken-Margarine?«, fragte Timm jetzt scheinbar zusammenhanglos.

Aber der Baron begriff den Zusammenhang sofort. Er sagte: »Der Versuch von Selek Bei, unsere Margarinepläne zu stören, war auch so ein alberner Einfall.«

Timms Herz schlug schneller. Wusste der Baron, dass der Junge den Vertrag mit der unsichtbaren Tinte Selek Beis unterschrieben hatte? Er wagte nicht, danach zu fragen. Aber die Frage wurde ihm trotzdem von Lefuet beantwortet.

»Es war natürlich ganz gewöhnliche Tinte in dem Füllfederhalter, mit dem Sie unterschrieben haben, Herr Thaler. Ein Diener im Hause Selek Beis ist mein Mann. Er hat die Tinte rechtzeitig ausgewechselt. Aber selbst wenn Ihr Name verschwunden wäre, hätte der Name des Vormunds dort gestanden. Ich unterschrieb nämlich jeden Vertrag zweimal, Herr Thaler: einmal für die Firma, einmal als Ihr Vormund.«

Timm sagte nichts. Er blickte durch das kleine Fenster des Flugzeugs auf die Erde hinunter. Die Türme, die er dort sah, schienen bereits die Türme Hamburgs zu sein.

Der Junge sehnte sich danach, irgendwo in den Straßen dort unten ein unbekannter, ganz gewöhnlicher Junge zu sein. Die Welt der großen Geschäfte ging über seine Kraft.

Timm wusste, dass er von seiner Wolkenhöhe herabsteigen musste, um zu seinem Lachen zu kommen. Er dachte an Jonny, Kreschimir und Herrn Rickert. Übermorgen, einen Tag nach seinem Geburtstag, durfte er sie wieder sprechen.

Falls sie in Hamburg waren. Und falls sie noch lebten.

Achtundzwanzigster Bogen

Ein Wiedersehen ohne Willkommen

Wenn der Baron mit Timm irgendwo auf der Welt ein Flugzeug verließ, pflegte Lefuet dem Jungen den Vortritt zu lassen; denn meistens wurden sie von Fotoreportern erwartet. Aber hier, auf dem Hamburger Flugplatz Fuhlsbüttel, verließ der Baron das Flugzeug als Erster. Es stand auch niemand da, der die beiden erwartete, kein Fotoreporter und niemand von der Zeitung; nicht einmal ein Direktor der Gesellschaft empfing sie. Aber ein Willkommen der Firma entbot ihnen ein riesiges Plakat auf der Wand des Zollgebäudes:

PALMARO

Die erste Marken-Margarine der Welt
Schmackhaft wie Butter, billig wie Margarine
Zum Braten, Backen, Kochen und aufs Brot

Timm betrachtete zuerst das Plakat und dann den Baron, der lächelte.

»Sie wundern sich über den Namen der Margarine, Herr Thaler? Nun, wir haben im Laufe dieses Jahres feststellen müssen, dass die Timm-Thaler-Margarine im Ausland manche Nachteile hätte. In vielen Ländern wäre Ihr Name schwer zu schreiben. Außerdem sieht man in Afrika lieber das Gesicht eines lachenden schwarzen Knaben auf Plakaten als das eines weißen. Auch das rührende Arme-Junge-Märchen war etwas ungeschickt; denn unsere Margarine soll ja nicht nur von armen Leuten gekauft werden.«

Sie hatten inzwischen den Zoll passiert, wo man Timms und Lefuets Handgepäck ohne weitere Fragen mit den üblichen Kreidekreuzen versehen hatte.

Draußen winkte der Baron einem Taxi, was Timm wunderte. Kein Auto der Gesellschaft stand für sie bereit. Aber als das Taxi anfuhr, sah der Junge im Rückspiegel einen der Detektive aus Genua, der sich – anscheinend vergeblich – nach einem anderen Taxi umsah.

Im Auto setzte Lefuet das Gespräch fort: »Wir haben unsere Margarine Palmaro genannt, weil es dieses Wort in fast allen Sprachen der Welt in ähnlicher Form gibt. Auch ist die Palme jedermann bekannt. Im Norden sehnt man sich nach ihr, im Süden wächst sie vor der Tür.«

»Dann wäre Selek Beis Füllfederhalter in jedem Falle sinnlos gewesen, Baron?«

Lefuet nickte. Dann beugte er sich zu dem Taxifahrer vor und sagte: »Vermeiden Sie die Innenstadt, solange es geht!«

Der Fahrer nickte.

Der Baron lehnte sich wieder zurück und fragte: »Was fangen Sie mit Ihren Reederei-Aktien an, Herr Thaler?«

»Ich werde die Reederei Herrn Rickert schenken, Baron.« Wieder fügte der Junge bemüht ruhig und kühl eine Erklärung hinzu: »Dann brauche ich kein schlechtes Gewissen mehr zu haben, weil er meinetwegen seine Stellung verlor.«

Der Taxifahrer schien einem Bordstein zu nahe gekommen zu sein. Das Auto schlitterte leicht.

»Geben Sie doch Acht, zum Teufel!«, schrie Lefuet erregt.

»Schuldigung«, brummte der Fahrer. Timm war es plötzlich, als ob er diese Stimme schon gehört habe. Er versuchte, im Spiegel das Gesicht des Taxifahrers zu erkennen. Aber ein Bart, eine dunkle Brille und eine tief in die Stirn gezogene Schirmmütze verdeckten es fast vollständig.

Neben dem Jungen erklang plötzlich das kullernde Lachen. Sogar der Schlucker fehlte nicht.

»Sie haben von unserer Gesellschaft noch immer nicht die richtige Vorstellung«, lachte der Baron. »Sie können unsere Hamburger Reederei nicht einfach – mir nichts, dir nichts – an Herrn Rickert verschenken, Herr Thaler.«

»Warum nicht?«

»Mit Ihrem Aktienpaket sind Sie nur so genannter stiller Teilhaber. Der Reingewinn aus der Firma fließt Ihnen zwar zum größten

Teil zu; aber das Kommando über die Reederei führt weiterhin der Verwaltungsrat mit den Stimm-Aktien: ich, Mister Penny, Senhor van der Tholen und Selek Bei.«

»Wenn Herr Rickert wieder Direktor wird, können Sie ihn also später jederzeit wieder entlassen, Baron?«

»Jederzeit!«

Der Taxifahrer fuhr jetzt langsamer, weil er husten musste. Er schien erkältet zu sein.

Timm sah mit sehr nachdenklichem Gesicht aus dem Fenster. Das Auto fuhr eine ruhige Straße an der Alster entlang. Aber der Junge bemerkte es nicht.

»Baron?«

»Ja, bitte?«

»Liegt Ihnen etwas an den Reederei-Aktien?«

Lefuet blickte Timm forschend an. Der Junge verzog keine Miene. Das Rauschen einer verkehrsreichen Straße näherte sich ihnen.

Endlich sagte der Baron mit jener Beiläufigkeit, die Timm seine Erregung verriet: »Diese Reederei ist die kleine Perle, die in der Krone meines Königreichs der Meere noch fehlt; sie ist, alles in allem, keine sehr bedeutende Sache; aber, wie gesagt, sie wäre eine hübsche Abrundung.«

Wenn der Baron, so wie jetzt, kleine, an sich überflüssige Wendungen in seine Rede flocht, sprach er über Dinge, die ihm wichtig waren. Timm wusste das. Er sagte deshalb nichts, sondern wartete auf die Frage, die kommen musste. Und sie kam.

»Was verlangen Sie für die Aktien, Herr Thaler?«

Timm hatte sich seine Antwort längst überlegt. Trotzdem tat er so, als müsste er sie erst finden. Schließlich sagte er: »Geben Sie mir dafür eine kleine, solide Reederei in Hamburg, die nicht Ihrer Gesellschaft gehört.«

»Sie wollen mir doch keine Konkurrenz machen, Herr Thaler? Dann schnitten Sie sich ja ins eigene Fleisch.«

»Ich denke mehr an ein Schifffahrtsgeschäft, mit dem sich unsere Gesellschaft nicht befasst, Baron. Vielleicht Küstenschifffahrt.«

Der Baron beugte sich zu dem Taxifahrer vor: »Welches ist nach Ihrer Meinung die einträglichste Reederei der Küstenschifffahrt in Hamburg?«

Der Fahrer überlegte eine Weile und erwiderte schließlich: »Der HHD, Hamburg-Helgoland-Gästedienst. Sechs Schiffe. Sommer- und Winterverkehr. Im Besitz der Familie Denker.«

»Wo finde ich Herrn Denker?«

Der Fahrer blickte auf seine Armbanduhr und sagte: »Jetzt ist er in seinem Hauptkontor. Am Hafen. Brücke sechs.«

»Fahren Sie uns zur Brücke sechs und warten Sie dort auf uns. Wenn ich schon bezahlen soll ...«

»Nicht nötig«, brummte der Taxifahrer, und wieder hatte Timm das unbestimmte Gefühl, diese Stimme schon einmal gehört zu haben.

Kurz vor dem Hafen musste das Auto längere Zeit an einer Verkehrsampel warten. Timm sah vor sich Kräne und Mastspitzen, eine Zeichnung aus senkrechten Linien vor dem taubenblauen Septemberhimmel. Obwohl das Fenster geschlossen war, vermeinte er den Geruch des Hafens zu spüren: nach Salz und Teer und mildem Moder.

Dieser Geruch, den seine Einbildungskraft schon beschwor, ehe er überhaupt da war, überspülte sein Gedächtnis mit Erinnerungen: In diesem Hafen hatte er sich dem Baron an die Fersen geheftet; hier hatte seine Jagd begonnen, eine Jagd durch verwirrendes Dickicht, eine Jagd ohne Beute.

Jetzt war der Junge an den Ausgangspunkt zurückgekehrt. Was er allein nicht hatte erjagen können, hoffte er hier mit seinen Freunden zu erjagen.

Ein Kran schwenkte eine große Kiste durch die Luft, auf deren Bretter eine Palme gemalt war. Timm nahm sie nur flüchtig wahr; er betrachtete die Vorübergehenden. Er hoffte, dass Jonny oder Kreschimir oder Herr Rickert darunter sei. Sie gehörten ja zu diesem Bild vor ihm. Zu den Kränen und Masten, zu diesem Wald, in dem die Wimpel blühten. Aber er entdeckte keinen der drei. Er wusste nicht einmal, ob er sie überhaupt finden würde. Ihm war beklommen zumute. Als das Auto wieder anfuhr, erleichterte ihn die bloße Bewegung.

Auch der Baron hatte während des Wartens an der Ampel stumm den Hafen betrachtet. Aber geträumt hatte er nicht; die große Kiste mit der aufgemalten Palme hatte er mit wachen Augen gesehen. Er wusste, dass Palmaro-Margarine verladen wurde.

Unter dem Weiterfahren wanderten die Gedanken beider Fahrgäste zu der Reederei, die sie jetzt zu kaufen beabsichtigten, zum Hamburg-Helgoland-Gästedienst. Lefuets Gedanken konnte man in drei Wörter zusammenfassen: ein gutes Geschäft.

Die Gedanken und Empfindungen Timms waren weitläufiger. Ihm selber lag nichts an dieser Reederei; ihm lag nur an einem auf der Welt: an seinem Lachen, an seiner Freiheit. Aber er musste dieses papierene Spiel um Reichtümer, das man Geschäft nennt, durchstehen. Wenn er selber schon von all seinem Reichtum nichts hinüberretten konnte in das neue Leben, sollten doch wenigstens seine Freunde einigen Nutzen davon haben. Diese Reederei sollte ein Teil seines Dankes sein – sofern er das zurückbekam, wofür er danken wollte.

Das Auto hielt jetzt vor der Brücke sechs. Lefuet und Timm stiegen aus und begaben sich in das Hauptkontor des HHD, wo der alte Herr Denker, der Eigentümer, sie zu ihrem großen Erstaunen mit offenen Armen empfing.

»Das ’s würklich ein sehr merkwürdiger Zufall, meine Herren«, sagte er. »Ich s-piel grode mit ’n Gedanken, meine Reederei zu verkaufen, und da komm’ Sie ins Kontor und wolln sie kaufen. Würklich merkwürdig.«

Herr Denker hätte die Sache vermutlich weniger merkwürdig gefunden, wenn er den Taxifahrer erkannt hätte, der vor der Brücke auf Timm und den Baron wartete. Aber er sah ihn zum Glück nicht. Und selbst wenn er ihn gesehen hätte: Erkannt hätte er ihn vermutlich ebenso wenig, wie Timm ihn erkannte.

Dieser Taxifahrer nestelte jetzt übrigens mit sehr behutsamen Fingern an seinem Bart herum. Manchmal blickte er verstohlen in den Rückspiegel. Dann sah er ein anderes Taxi, das etwa hundert

Meter hinter ihm gehalten hatte, dessen Fahrgast aber nicht ausstieg.

Als der Baron und Timm nach einer knappen Stunde das Kontor des Herrn Denker verließen, hatten sie jeder drei Schnäpse getrunken und einen so genannten Vorvertrag in der Tasche. Am folgenden Tag schon sollte ein gültiger Vertrag ausgefertigt werden.

Der Fahrer des Taxis tat, als schliefe er. Lefuet, der gut gelaunt war, öffnete sich selbst den Schlag. Timm stieg von der anderen Seite ins Auto.

Erst jetzt schien der Chauffeur zu erwachen. Er spielte den Aufgeschreckten sehr gut. Als der Baron ihm Anweisung gab, zum Hotel »Vier Jahreszeiten« zu fahren, stotterte er sogar auf durchaus glaubwürdige Weise.

»Wussten Sie übrigens«, fragte ihn Lefuet während der Fahrt, »dass der Hamburg-Helgoland-Gästedienst gerade verkauft werden sollte?«

»Nein«, sagte der Fahrer. »Aber wundern tut's mich nicht. Der alte Herr Denker ist nicht mehr der Kräftigste und seine Töchter haben sich ja wohl auszahlen lassen. Die Seefahrt scheint denen zu schmutzig zu sein. Sind Sie am HHD interessiert, wenn ich fragen darf?«

Der Baron, immer noch in strahlender Laune, sagte: »Ich besitze ihn bereits.«

»Donnerwetter, das ging aber mal schnell. Fast so schnell wie bei Schwan-kleb-an, wenn Sie die Geschichte kennen: Man braucht nur hinzulangen und schon klebt man dran.«

Ein sehr flüchtiger Blick des Fahrers streifte im Rückspiegel Timms Gesicht, das bei der Bemerkung des Chauffeurs zuerst gezuckt hatte und dann starr, beinahe steinern geworden war. Wie so oft verbarg Timm hinter der starren Miene eine ungeheure Aufgeregtheit.

Diese Aufregung war begreiflich: Endlich hatte der Fahrer sich zu erkennen gegeben. Durch einen Hinweis, der dem Baron völlig harmlos erscheinen musste. Durch eine Anspielung auf das Märchen Schwan-kleb-an, in dem eine Prinzessin das Lachen lernte. Es war das Zeichen, das Timm im Geheimen erwartet hatte, das Zeichen dafür, dass seine Freunde wachsam waren.

Schwan-kleb-an! Das erste Signal für die beginnende Jagd.

Timm wusste jetzt genau, wer der Fahrer vor ihm war. Es kroch ihm etwas aus dem Bauch die Kehle herauf, aber kein Kullern, das lachen wollte, sondern so ein Gefühl, das einen unfähig zum Sprechen macht. Man nennt es auch einen Kloß in der Kehle.

Das Taxi war inzwischen zur Alster eingebogen und hielt vor dem Hotel. Der Fahrer stieg aus und öffnete die Türen. Er zeigte sich zum ersten Mal in seiner ganzen stattlichen Größe.

Jetzt konnte für Timm kein Zweifel mehr sein, um wen es sich handelte.

Als der Baron bezahlt hatte und sich dem Hoteleingang zuwandte, konnte Timm sich nur mit Mühe zurückhalten, den Riesen zu umarmen. Heiser vor Aufregung flüsterte er: »Jonny.«

Der Fahrer nahm die entstellende Brille ab, sah den Jungen an und sagte laut: »Auf Wiedersehen, junger Herr!«

Dabei gab er ihm die Hand. Dann setzte er die Brille wieder auf, stieg ins Auto und fuhr davon.

Timm fühlte ein kleines Papier in seiner Hand, einen winzigen Zettel, einen Fetzen, ein Nichts genau genommen. Und doch fühlte er sich mit diesem Fetzen Papier reicher als mit allen Aktien der Baron-Lefuet-Gesellschaft, einschließlich der Stimm-Aktien.

Beinahe glücklich folgte er Lefuet ins Hotel, in dessen Vestibül ihnen bereits der Direktor entgegenkam, mit weit geöffneten Armen.

»Herr Baron, welche Ehre!«, schienen seine Hände zu sagen, die sich zu Schalen des Entzückens geöffnet hatten. Aber bevor der Direktor sein Willkommen auch aussprechen konnte, legte der Baron einen Finger auf die Lippen: »Bitte, kein Aufsehen. Wir sind inkognito hier. Mister Brown und Sohn, Kaufmann aus London.«

Die Direktorenarme fielen herunter. Der Mann machte eine korrekte Verbeugung: »As you like it, Mister Brown! Your luggage is already here!«

Timm fand das Ganze ungeheuer belustigend. Er hätte jetzt den

Direktor umarmen mögen, so sehr hatte ein kleiner Zettel die ganze Welt für ihn mit einem Schlage verändert.

Aber Timm umarmte niemanden, er lachte auch nicht. Wie sollte er auch? Er sagte ernst und höflich, wie es ihm in langen traurigen Jahren zur Gewohnheit geworden war: »Thank you very much!«

Neunundzwanzigster Bogen

Vergessene Gesichter

Während der Weltreise hatte Timm sich an die ständige Beschattung durch Detektive gewöhnt. Die Leute hatten ihre Aufgabe unauffällig und zurückhaltend erfüllt. Einige Male hatte der Junge die beiden Herren aus Genua wieder erkannt. Beunruhigt hatten sie ihn nie mehr, da er auf der Reise den gehorsamen Begleiter Lefuets gespielt hatte.

Jetzt aber, mit dem kostbaren Zettel in der Jackett-Tasche, witterte Timm hinter jeder Vorhangfalte einen Detektiv. Er wagte nicht, den Zettel herauszunehmen und zu lesen. Auch ließ Jonnys Maskerade und seine gespielte Zurückhaltung vermuten, dass Timms Freunde genauso beschattet würden wie er selber.

Schließlich – der Baron hatte sich für eine Stunde niedergelegt – ging der Junge in das Bad, das zu seinem Appartement gehörte, riegelte hinter sich ab, setzte sich auf die Kante der blau gekachelten Wanne und zog hier den Zettel aus der Tasche.

Das Papierchen war nicht größer, als vier Briefmarken sind. Eine Seite war mit einer winzigen Schrift bedeckt. Aber diese Schrift konnte der Junge mit bloßem Auge nicht lesen. Er brauchte eine Lupe.

Wie aber kam Timm zu einer Lupe? Während er den Zettel wieder in die Tasche steckte, überlegte er: Wenn er von einem Hotelangestellten eine Lupe erbat, würden es die Detektive erfahren. Wenn er eine kaufte, würde der Detektiv im Laden fragen, was der Junge gekauft habe. Wie also unauffällig zu einer Lupe kommen?

Timm hörte, wie jemand klopfte und anscheinend sein Appartement betrat. Er glaubte, es sei Lefuet, ließ vorsichtshalber das Spülwasser der Toilette rauschen, ließ den Riegel der Tür möglichst leise zurückschnappen und ging in den Salon zurück.

In diesem Salon stand ein runder Tisch mit vier Sesseln. In dem Sessel, der Timm beim Eintreten genau gegenüberstand, hockte vornübergebeugt eine ältere, stark geschminkte Frau, die sich lächerlich bunt und jung gekleidet hatte. Die etwas strohigen Haare waren zu Löckchen gerollt. Im Sessel neben ihr saß ein blasser, lang aufgeschossener Jüngling, der statt einer Krawatte eine grellbunte, übermäßig lange Fliege trug. Timm war es plötzlich, als röche das Zimmer nach Pfeffer, Kümmel und Anis.

Mit der Stiefmutter und Erwin hatten die beiden Besucher nur entfernte Ähnlichkeit. Aber sie waren es.

Timm stand stumm in der Tür. Auf diese Gesichter war er nicht gefasst gewesen. Er hatte nur einen Atemzug lang gebraucht, um sie wieder zu erkennen. Aber es brauchte einige Zeit, ehe er aus den veränderten Gesichtern die alten Züge hervortreten sah. Und da sah er zum ersten Mal in seinem Leben, dass es dumme Gesichter waren.

Er hörte seinen Vater sagen: »Verachte die Dummheit, wenn sie nicht gutmütig ist.« Er sah jetzt, was er als kleiner Junge nur dumpf und unklar geahnt hatte. Er begriff, dass sein Vater die beiden da vor ihm durchschaut hatte. Er begriff auch, dass er als Kind sein Lachen bewahrt hatte, weil es den Vater gab.

Timms Augen waren feucht geworden, nicht vor Rührung, sondern vor erstauntem Starren. Das Gesicht der Stiefmutter verschwamm und das Gesicht der Spenderin seines Lachens schob sich davor: das Gesicht seiner Mutter. Schwarze Haare und glänzende schwarze Augensterne, eine haselnussbraune Hautfarbe und Kringel in den Mundwinkeln.

Und auch das begriff Timm in diesem Augenblick: dass seine Zuneigung zu den Bildern des Palazzo Candido in Genua ein Wiedererkennen gewesen war. Aus jedem der italienischen Porträts hatte ihn das Gesicht seiner Mutter angeblickt. Jedes dieser Bilder war das Gesicht seiner Herkunft und – hoffentlich auch das seiner Zukunft.

Die Stiefmutter war bei Timms Erscheinen in die Höhe geschnellt, auf den Jungen zugestöckelt und ihm ganz einfach um den Hals gefallen. Timm – von Erinnerungen an seine Mutter überschwemmt – hätte fast in einer Verwirrung seiner Gefühle die Stiefmutter umarmt. Aber er war nicht mehr der arme kleine Junge. Er hatte gelernt, Unbegreiflichkeiten und Verworrenheiten zu meistern. Er schob die Stiefmutter sanft und schweigsam von sich. Und sie ließ es geschehen. Sie schluchzte ein bisschen, trippelte zum Tisch, auf dem ihre Handtasche lag, nestelte ein Taschentuch heraus und betupfte sich die falschen Augenwimpern.

Erwin war nun auch aufgestanden. Er schlenkerte auf seinen Stiefbruder zu, gab ihm eine sehr weiche Hand und sagte: »Tag, Timm!«

»Tag, Erwin!«

Mehr konnten sie einstweilen nicht sagen; denn die Tür wurde aufgerissen und der Baron kam atemlos ins Zimmer.

»Was sind das für Leute?«

Natürlich ahnte der Baron, um wen es sich handelte; und Timm wusste das. Dennoch stellte er seine ungebetenen Gäste höflich vor:

»Darf ich Sie mit meiner Stiefmutter, Frau Thaler, bekannt machen, Baron? Der junge Herr ist mein Stiefbruder Erwin.«

Dann stellte er, betont förmlich und mit der eingelernten hübschen Handbewegung, seinen Widersacher vor: »Baron Lefuet.«

Die Stiefmutter hob ihre rechte Hand bis beinahe unter das Kinn Lefuets (anscheinend erwartete sie einen Handkuss) und zwitscherte: »Sehr angenehm, Herr Baron!«

Lefuet ließ die Hand unbeachtet.

»Spielen wir kein Theater, Frau Thaler. Damit haben Sie, wie es scheint, sowieso kein Glück gehabt.«

Die Stiefmutter, die schon den Mund geöffnet hatte, um dem Baron aufgeregt zu antworten, änderte plötzlich ihre Taktik. Sie wandte sich Timm zu, betrachtete ihn mit süßem Entzücken im säuerlichen Gesicht, trat einen Schritt zurück und sagte: »Du siehst wie ein richtiger Herr von Welt aus, mein Junge. Ich bin sehr stolz auf dich. In den Zeitungen haben wir alles über dich gelesen, nicht wahr, Erwin?«

Ihr Sohn murmelte – mit deutlichem Unbehagen – eine Art »mja«. Das Verhältnis zu seiner Mutter schien immer noch dasselbe zu sein. Er nutzte ihre Affenliebe aus; aber er ertrug sie schwer.

Timm war jetzt froh, dass die Stiefmutter ihn von dieser Liebe ausgeschlossen hatte. Sie hätte seine Kraft gebrochen; sie hätte ihn außerstande gesetzt, widerstandsfähig zu bleiben in der Hölle der verflossenen Jahre. Im Übrigen war diese Frau ihm fremd geworden. Obwohl sie hier im Appartement des Hotels »Vier Jahreszeiten« dicht neben ihm stand, war sie so fern von ihm, dass er kaum ihre Stimme hörte.

Sie sagte gerade: »Wir werden jetzt immer bei dir bleiben und für dich sorgen, Timm. Du bist ja der reguläre Erbe des Ganzen und morgen wirst du sechzehn und ...«

»... und keineswegs volljährig!«, belehrte sie der Baron.

Frau Thaler wandte mit einem Ruck den Kopf. In ihre Augen kam das falsche Feuer, das man »hektischen Glanz« nennt und an das Timm sich gut erinnerte. (Aber er erinnerte sich daran wie an das feuchte Glänzen von Kuhaugen, die man einmal gefürchtet hat und die man beim Wiedererkennen ein bisschen dumm und völlig ungefährlich findet. Wie dumm, unter der Dummheit zu leiden, dachte Timm heute.)

Lefuet erklärte jetzt mit belustigt zuckendem Munde, warum Timm mit seinem sechzehnten Jahr noch nicht volljährig war: »In diesem Lande, Frau Thaler, wird der Mann erst mit einundzwanzig Jahren mündig, kommt also dann erst in den vollen Genuss einer Erbschaft. Sie haben vermutlich erfahren, dass ich die Staatsbürgerschaft eines Landes besitze, in dem der Mann mit sechzehn Jahren volljährig wird; aber das hat nichts mit Ihrem Stiefsohn Timm zu tun. Er untersteht nach wie vor den Gesetzen dieses Landes. Erst wenn er einundzwanzig ist, kann er die Erbschaft regulär antreten.«

Die Stiefmutter hatte den Baron mit keinem Wort unterbrochen. Nur ihre Lider hatten ein wenig geflattert und eine Hand hatte unruhig mit dem Taschentuch gespielt. Sie wandte sich jetzt wieder an ihren Stiefsohn und fragte mit mühsam unterdrückter Aufregung: »Hast du denn nicht die Staatsbürgerschaft des Barons?«

Timm, der sie ohne Teilnahme gemustert hatte, hörte ihre Frage nicht, weil er in Gedanken war. Er bemerkte nur, dass sie irgendetwas gesagt hatte. Um nicht unhöflich zu sein, zeigte er nun auf die Sessel.

»Setzen wir uns doch, dann redet es sich besser.«

Schweigend verteilte man sich um den Tisch.

Timm schlug ein Bein über das andere und sagte: »Ich habe noch nie darüber nachgedacht, wer jetzt eigentlich mein Vormund ist. Als der Baron ...«, er machte eine kurze Pause, »... starb, hieß es, der neue Baron sei mein Vormund. Erst jetzt fällt mir ein, dass meine Stiefmutter dazu ihre Einwilligung geben musste. Ist das geschehen oder ...«

Frau Thaler wirkte plötzlich hilflos. Sie murmelte: »Weißt du, Timm, es ging uns nicht gut, als du fort warst. Wir hatten viel Pech, und da ...«

»... da hat Frau Thaler mir die Vormundschaft schriftlich und amtlich übertragen«, ergänzte Lefuet für Timm. »Gegen einen ansehnlichen Betrag, den sie für den Kauf eines Varieté-Theaters verwendet hat. Und dieses Theater scheint Pleite gegangen zu sein.«

»Aber das lag nicht an mir, sondern an den Zeitumständen«, schluchzte Frau Thaler, und dann begann sie wieder ihr altes atemloses Geplapper: »Ichweißja, dassgerichtlichallesinordnungist, abereristdochmein Kind, undwirsitzendochjetztaufderstraße, meinsohnundich, und ...«

Diesmal unterbrach Timm sie. Er sagte: »Wenn du meine Vormundschaft verkauft hast, kann man nichts mehr daran ändern.«

»Verkauft! Verkauft! Seidochnichtsohart, Timm! Wirwarendochin Not!«

»Und wie viel Geld braucht ihr jetzt?«

»Werredetdenn von Geld? Wir bleibendochjetzt zusammen, Timm!«

»Nein«, antwortete der Junge. »Wir bleiben nicht zusammen. Ich hoffe, wir sehen uns heute zum letzten Mal. Aber wenn ich euch mit Geld helfen kann, will ich es gerne tun. Wie viel benötigt ihr?«

»Meine Zustimmung vorausgesetzt«, sagte der Baron. Aber Timm tat so, als habe er es nicht gehört.

»Ach Timm!« (Schon wieder dieses falsche Schluchzen.) »Du bist doch jetzt so unermesslich reich und wir als deine Verwandten können doch nicht als Hungerleider leben!«

Der Baron setzte zum Lachen an, schlug sich aber auf den Mund, ehe das verräterische Kullern und Glucksen vernehmbar wurde. Er hatte spotten wollen; doch rechtzeitig fiel ihm ein, dass er ein Lachen besaß, das diese beiden Leute kannten. Er musste dafür sorgen, dass sie ihm nie wieder über den Weg liefen; und folglich musste er zahlen. Deshalb machte jetzt er einen Vorschlag:

»Auf Jamaica, Frau Thaler, besitze ich ein gut gehendes Strandbad. Hauptsächlich für amerikanische Touristen. 60 000 Dollar Jahresumsatz. Sie wissen, Jamaica ist die Insel des ewigen Frühlings. Ihr Bungalow steht unter Palmen am Meer.«

Timm dachte verwundert: Der Baron redet wie ein Reiseprospekt. Das kann er also auch. Im Übrigen wusste der Junge, der das im Entstehen abgebrochene Lachen deutlich genug bemerkt hatte, warum Lefuet diese Leute so weit fortschickte. Er wunderte sich nicht einmal, als der Baron den beiden eine Dampferreise erster Klasse dazuschenkte.

Die Stiefmutter schluchzte schon wieder oder noch immer, als sie sagte: »Sie sind zu gütig, Herr Baron.«

Erwin hatte heiße Augen bekommen bei dem Gedanken an Jamaica. Er zuckte – ebenso wie seine Mutter – mit den Lidern.

»Kommen Sie, bitte, mit in mein Appartement, damit wir das Geschäft gleich erledigen«, sagte der Baron jetzt. Er erhob sich und ging zur Tür, die er mit ironischer Höflichkeit offen hielt.

Frau Thaler stöckelte hinter ihm her, erinnerte sich aber rechtzeitig noch einmal an Timm, drehte sich zu dem Jungen um und fragte: »Wirst du uns auch nicht vergessen, Timm?«

»Ich glaube, ich habe euch schon vergessen«, sagte Timm. Aber nicht sehr laut. Dann gab er ihr die Hand und sagte ernst: »Viel Glück auf Jamaica!«

»Danke, danke, mein Junge!« Ihr Gesicht begann sich auf ein Lächeln umzustellen. Aber ehe es da war, stand sie schon auf dem Flur.

Erwin gab Timm ebenfalls die Hand und wollte seiner Mutter folgen. Aber Timm hielt ihn zurück und flüsterte: »Besorge mir eine Lupe und leg sie unter die rot gestrichene Bank an der Alster

– dem Hoteleingang gegenüber. Hier!« Er klaubte die Geldscheine heraus, die er in der Tasche hatte, und gab sie seinem Stiefbruder.

Erwin betrachtete die Scheine und fragte: »Was soll dieser kleine Zettel?«

»Ach, den brauch ich noch!« Fast hätte Timm es geschrien. Aber es wurde zum Glück ein Flüstern daraus.

Der Zettel wanderte in die Tasche zurück und Erwin ging. »Ich halte die Klappe!«, flüsterte er zurück.

Timm nickte und drückte hinter dem Stiefbruder und einer abgelegten Vergangenheit die Tür ins Schloss.

Dreißigster Bogen

Papiere

Es ist erstaunlich, wie rasch reiche und einflussreiche Leute Formalitäten erledigen können, für die ein so genannter kleiner Mann oft Monate benötigt. Auch die Bürokratie ist von der Wolkenhöhe der Gesellschaft aus leicht zu handhaben.

Ein einziges Büro der Baron-Lefuet-Gesellschaft, ein Teil der so genannten Rechtsabteilung, erledigte am nächsten Tage folgende Angelegenheiten für Timm und den Baron:

Das Strandbad von Jamaica wurde Frau Thaler und ihrem Sohn Erwin zu gleichen Teilen überschrieben. (Timm sah die beiden auf diese Weise noch einmal, aber nur kurz. Erwin flüsterte ihm zu, dass die Lupe unter der Bank liege.)

Die Reederei Hamburg-Helgoland-Gästedienst, genannt HHD, ging mit Wirkung vom selben Tage in den Besitz Timm Thalers über. (Der bisherige Besitzer, der alte Herr Denker, drückte Timm nach der Unterzeichnung warm die Hand und sagte »toi, toi, toi«, während er ihm dreimal über die linke Schulter spuckte.)

Das Aktienpaket der Hamburger Reederei, das Timm kurz vorher erst von Mister Penny in London übernommen hatte, wechselte – ebenfalls mit Wirkung vom selben Tage – in den Besitz des Barons über. (Die Sperrfrist von einem Jahr fiel fort, weil Lefuet Besitzer von Stimm-Aktien war.)

Als letzter Vertrag sollte endlich auch der Erbschaftsvertrag ausgestellt werden, den Lefuet bisher mit Erfolg hatte hinauszögern können und nach dem Timm nie gefragt hatte.

Warum der Baron jetzt plötzlich zu diesem Vertrag bereit war, wusste der Junge nicht; aber es kümmerte ihn auch wenig. Die großen Geschäfte waren ihm gleichgültig geworden wie die großen Reichtümer. Das einzige für ihn wichtige Geschäft war der Handel um sein Lachen.

Er ahnte, dass der winzige Zettel in seiner Tasche (den er während der Nacht unter dem Kopfkissen verborgen hatte) der Schlüssel zu seinem versperrten Lachen war; und deshalb drängte es den Jungen, die Lupe unter der Bank hervorzuholen. Die Erschöpfung, die Timm nach all den Umständlichkeiten dreier Vertragsabschlüsse fühlte, übertrieb er absichtlich, indem er sich ständig an die Stirn fasste.

»Wenn Sie Kopfschmerzen haben, verschieben wir den Erbschaftsvertrag auf morgen«, sagte der Baron darauf. »Recht so, Herr Thaler?«

Timm sagte nicht sofort ja. Dazu war er zu klug. Er erklärte vielmehr, dass es besser wäre, den Vertrag sogleich abzuschließen, dass er aber leider ganz schreckliche Kopfschmerzen habe; und wenn man Verträge mit klarem Kopf unterzeichnen müsse, dann sei es vielleicht tatsächlich besser, lieber bis morgen zu warten.

Diese List hatte den gewünschten Erfolg. Die Lesung und Unterzeichnung wurde auf den nächsten Tag verschoben und Timm konnte obendrein (nachdem er folgsam zwei Tabletten geschluckt hatte) an der Alster vor dem Hotel spazieren gehen. (»Frische Luft wirkt Wunder«, hatte einer der Rechtsanwälte zu ihm gesagt.)

Da Timm wusste, dass irgendwo in seiner Nähe ein Detektiv auf ihn Acht gab, holte er die Lupe nicht sofort und auffällig unter der roten Bank hervor. Er kaufte sich vielmehr zunächst eine Zeitung und damit setzte er sich auf die Bank. (Wo die Lupe lag, hatte er bereits entdeckt.)

Beim Lesen hielt er die Zeitung so, dass der Innenteil herausrutschte und über eines seiner Knie unter die Bank flatterte. Nun bückte sich der Junge und hob zusammen mit den Zeitungsblättern die Lupe auf. Hinter der Zeitung versteckt, ließ er sie in eine Brusttasche seiner Anzugjacke gleiten. (Timm trug jetzt meistens Anzüge aus grauem Flanell oder mit winzig kleinen Karos.)

Eine Viertelstunde später faltete der Junge die Zeitung zusammen, ließ sie für irgendeinen Vorübergehenden auf der Bank liegen und ging ins Hotel.

Als er beim Empfang seinen Schlüssel holte, gab der Portier ihm ein zusammengefaltetes Papier. Es war eine kurze Nachricht des Barons:

»Sollten Sie sich wohler fühlen, kommen Sie doch, bitte, in mein Appartement. Lefuet«

Timm ging hinauf zum Baron. Aber zuvor suchte er kurz sein eigenes Appartement auf, legte die Lupe in die kleine Hausapotheke an der Wand des Badezimmers und steckte das winzige Papier Jonnys zusammengerollt in ein fast leeres Glasröhrchen für Kopfschmerztabletten. Dann erst begab er sich zum Baron.

Lefuet pflegte bei wichtigen Gesprächen einen Notizzettel mit Stichworten in der Hand zu haben. Auch diesmal sah Timm ein solches Zettelchen. Es standen drei Wörter darauf, die untereinander geschrieben waren. Der Junge konnte sie nicht genau entziffern; zweifellos handelte es sich bei dem ersten Wort jedoch um den Namen »Rickert«.

»Morgen, Herr Thaler«, begann der Baron das Gespräch, »morgen läuft die Frist für unsere kleine Abmachung über Herrn Rickert ab. Wenn Sie bis morgen keine Verbindung mit Ihren Hamburger Freunden aufnehmen, wird Herr Rickert wieder als Reedereidirektor eingesetzt werden. Er kann aber seines Alters wegen sofort ehrenvoll pensioniert werden. Mit einem hohen monatlichen Ruhegehalt. Leider müssen wir morgen nach Kairo fliegen, weil eine ägyptische Firma auf den Markennamen Palmaro Anspruch erhebt. Wenn Sie also mit Ihren Hamburger Freunden sprechen möchten, müssten Sie es heute tun. Dann wäre aber unsere Abmachung nicht erfüllt und Herr Rickert müsste weiter Hafenarbeiter bleiben.«

»Hafenarbeiter?«, fragte Timm erschrocken.

»Ja, Herr Thaler: Hafenarbeiter. Er ist übel dran. Es geht ihm gar nicht gut in seinem Alter. Ich denke daher, dass Sie ihn aus seiner traurigen Lage befreien und keine Verbindung mit Herrn Kreschimir, Herrn Jonny und Herrn Rickert aufnehmen werden, oder?«

Lefuet sah den Jungen mit beinahe ängstlicher Aufmerksamkeit an. Und Timm wusste, warum: Einer seiner Freunde musste den Schlüssel zu seinem Lachen in der Hand haben, und der Baron schien das zu ahnen. (Er vermied diesmal auch jede Andeutung eines Lachens.)

»Herr Rickert soll wieder Reedereidirektor werden!«, sagte Timm fest.

»Dann bleibt es also bei unserer Abmachung, Herr Thaler?«

Der Junge nickte. Aber sein Nicken war eine Lüge. Er dachte gar nicht daran, seine Freunde zu meiden. Im Gegenteil: Er musste sie noch an diesem Tage treffen, da es morgen zu spät war. Trotzdem würde Herr Rickert Reedereidirektor werden; aber nicht bei dem Baron, sondern in Timms eigener Reederei, die ihm heute Morgen überschrieben worden war, beim HHD.

Lefuet blickte auf seinen Notizzettel (er schien sichtlich erleichtert) und sagte: »Punkt zwei, Herr Thaler, betrifft …« Der Baron zögerte, sprach das Wort aber dann doch aus: »Punkt zwei betrifft Ihr Lachen.«

Wieder ein forschender Blick auf Timm. Aber der Junge hatte durch den Baron selber gelernt, Gemütsregungen hinter der Maske des Gleichmuts zu verbergen. Sogar seine Stimme hatte er in der Gewalt, als er fragte: »Was ist mit meinem Lachen, Baron?«

»Vor einem Jahr, Herr Thaler, habe ich im Roten Pavillon meines Schlosses erprobt, ob und wie viel Ihnen noch an Ihrem Lachen liegt. Ich lieh es Ihnen damals für eine halbe Stunde; und ich erfuhr bei diesem kleinen Experiment, dass Sie immer noch heftig nach Ihrem Lachen verlangten. Eben habe ich, ohne dass Sie es bemerkt haben, wieder eine kleine Probe angestellt. Diesmal ist das Ergebnis erfreulich. Sie verzichten freiwillig auf eine Begegnung mit den drei einzigen Leuten, die von unserem Vertrag wissen und die Ihnen notfalls Ratschläge geben könnten.«

Der Baron lehnte sich zufrieden in seinen Sessel zurück. »Offenbar haben Sie im letzten Jahr gelernt, Macht, Reichtum und ein angenehmes Leben höher einzuschätzen als ein kleines Lachen.«

Timm nickte nur. Und diesmal war es eine halbe Lüge. Er hatte tatsächlich Gefallen daran gefunden, immer gut gekleidet zu sein und jederzeit behagliche Zimmer, ein Bad und reichlich Kleingeld zur Verfügung zu haben. Aber so groß war sein Gefallen an diesen Dingen nicht, dass er dafür auf ewig ein Mensch ohne Lachen bleiben wollte.

»Ich schlage Ihnen nun ...«, Lefuet beugte sich wieder vor, »... einen Zusatzvertrag vor.«

»Welchen, Baron?«

»Folgenden, Herr Thaler: Ich verpflichte mich, Ihnen die Staatsbürgerschaft eines Landes zu besorgen, in dem Sie mit dem heutigen Tage volljährig sind und sofort Ihr Erbe antreten können.«

»Und wozu muss ich mich verpflichten, Baron?«

»Zu zweierlei, Herr Thaler: erstens niemals Ihr Lachen zurückzufordern, zweitens mir die Hälfte des Erbes, einschließlich der Stimm-Aktien, abzutreten.«

»Ein bemerkenswerter Vorschlag«, sagte Timm langsam, um Zeit zu gewinnen. Natürlich dachte er nicht im Traume daran, amtlich und mit Stempel und Siegel auf sein Lachen für alle Zeit zu verzichten; aber das durfte Lefuet nicht wissen.

Dem Baron musste gerade heute Sand in die Augen gestreut werden, damit Timm möglichst unbelästigt von Lefuets Detektiven seine Freunde besuchen konnte. Ein Zettelchen und eine Lupe sollten ihm den Weg zu ihnen verraten.

Dem Jungen kam jetzt ein guter Gedanke: Wenn er mit dem Baron feilschen würde, müsste Lefuet noch fester davon überzeugt sein, dass Timm endgültig auf sein Lachen verzichtet und eingesehen habe, dass Macht und Reichtum wichtiger seien als so ein kleines Kullern aus dem Bauch herauf.

Also fing Timm zu feilschen an. Er wisse, so sagte er, dass der Baron bis zu seinem einundzwanzigsten Geburtstag mancherlei unternehmen könne um zu verhindern, dass er das Erbe antrete. Senhor van der Tholen habe ihn bereits darauf aufmerksam gemacht. Er sei deshalb durchaus bereit, diesen Zusatzvertrag zu unterzeichnen; aber er müsse drei Viertel des Erbes verlangen, einschließlich drei Viertel der Stimm-Aktien.

Dem Jungen entging das flinke Lächeln nicht, das bei diesen Worten über Lefuets Gesicht huschte. Offenbar schien der Baron jetzt ganz sicher zu sein, dass Timm auf sein Lachen verzichten werde. Und das hatte der Junge ja beabsichtigt.

Sie feilschten eine halbe Stunde lang. Zum Schluss lauteten

Timms Forderungen: drei Viertel des Erbes und die Hälfte der Stimm-Aktien.

»Erfüllen Sie mir diese Forderungen, Baron, dann können wir morgen in Kairo den Zusatzvertrag unterzeichnen.«

»Das muss ich erst überschlafen, Herr Thaler. Morgen, wenn wir in Kairo sind, gebe ich Ihnen darüber endgültigen Bescheid.«

»Und nun ...«, der Baron lächelte, »... komme ich zu meinem letzten Punkt.« Er erhob sich, gab Timm die Hand und sagte: »Herzlichen Glückwunsch zu Ihrem sechzehnten Geburtstag! Wenn Sie einen Wunsch haben, Herr Thaler ...«

Einen Wunsch? Timm überlegte. Wenn dieser Tag ihm das schönste Geschenk, sein Lachen, bescheren würde, besäße er wahrscheinlich keine Reichtümer mehr; denn die Reederei wollte er seinen Freunden geben. Was also sollte er sich schenken lassen?

Schließlich kam ihm ein hübscher Einfall: »Kaufen Sie mir ein Marionettentheater, Baron.«

»Ein Marionettentheater?«

»Ja, Baron. So ein Puppentheater, in dem man die Kinder zum Lachen bringen kann.«

Jetzt hatte Timm sich doch verraten. Aber der Baron verstand ihn falsch.

»Ah«, rief Lefuet. »Ich verstehe! Sie wollen sich ein kleines Lachen kaufen und brauchen das Theater, um es sich aussuchen zu können. Kein schlechter Gedanke. Darauf bin ich noch gar nicht gekommen.«

Timm war es, als habe jemand ihn auf den Kopf geschlagen. Der Baron glaubte also allen Ernstes, er, Timm Thaler, würde nach all seinen schrecklichen Erfahrungen einem kleinen Kind das Lachen stehlen.

Dieser Mensch, dachte der Junge, muss ein Teufel sein.

Diesmal hätte der Baron dem Jungen die Bestürzung ansehen müssen.

Aber Lefuet hatte sich abgewandt. Er telefonierte bereits wegen eines Marionettentheaters; und schon nach einer halben Stunde hatte er Glück: Ein kleines Theater in der Nähe des Hauptbahnhofs, das seit Jahren nur noch dahinkränkelte, war für den ansehnlichen Preis, den der Baron bot, zu haben.

»Fahren wir gleich hin, Herr Thaler«, sagte Lefuet. »Ich werde einen Notar und einen Barscheck mitnehmen. Geburtstagsgeschenke muss man bar bezahlen.«

In einem kleinen, schmutzigen Zimmer, das dem Theater wohl als Büro diente, wurde wieder einmal ein Vertrag unterzeichnet. Timm Thaler war Besitzer eines Marionettentheaters geworden. Es war alles noch unwirklicher als im Marionettentheater selbst.

Ausnahmsweise wanderten der Baron und der junge Mann zu Fuß ins Hotel zurück. Dabei fragte Timm zum ersten Mal: »Warum liegt Ihnen gerade an meinem Lachen so viel, dass Sie dafür ein halbes Königreich verschenken, Baron?«

»Mich wundert«, sagte Lefuet, »dass Sie diese Frage vorher niemals gestellt haben, Herr Thaler. Die Antwort ist nicht ganz einfach. In wenigen Worten könnte ich etwa Folgendes sagen: Als Sie ein kleiner Gassenjunge waren, Herr Thaler, haben Sie Ihr Lachen durch so viele böse Unbegreiflichkeiten hindurchgerettet, dass es gehärtet wurde wie ein Diamant. Ihr Lachen ist unzerstörbar, Herr Thaler.«

»Aber ich bin zerstörbar, Baron«, entgegnete Timm sehr ernst.

»Eben«, sagte Lefuet. (Ehe der junge Mann den hässlichen Sinn dieses Wörtchens »eben« begriffen hatte, waren sie im Hotel angekommen.)

Der Direktor sagte: »Hallo, Mr Brown.«

Der Baron nickte zerstreut einen Gruß.

Oben, vor Timms Appartementtür, sagte Lefuet: »Was wollen Sie eigentlich mit den Stimm-Aktien, Herr Thaler? Die müssten Sie doch laut Vertrag an Mister Penny abtreten.«

Timm dachte verzweifelt: Schon wieder spricht er von Verträgen. Ein ganzer Geburtstag voller Papiere! Ihn zog es jetzt zu einem winzig kleinen Papier, einem eingerollten Zettel in einem Glasröhrchen. Es fiel ihm schwer, dem Baron eine Antwort zu geben. Aber er brachte es über sich zu sagen: »Vielleicht liegt mir daran, dass Mister Penny mehr Stimm-Aktien bekommt, Baron.«

»Hm«, machte Lefuet nachdenklich. Dann sagte er: »Ich habe heute noch einige wichtige Besprechungen. Was werden Sie tun?«

Timm fasste sich an die Stirn. »Die Kopfschmerzen lassen nicht nach, Baron. Ich werde mich hinlegen.«

»Tun Sie das«, lachte Lefuet. »Schlaf ist die beste Medizin.« Dann ging er.

Timm aber schloss ungeduldig die Tür auf, trat ein in den Salon, schloss hinter sich wieder ab und stürzte in das Badezimmer.

Hiermit endete die Erzählung des sechsten Tages, und ich begab mich, um sie aufzuschreiben, in mein Hotel.

Der siebente Tag,

an dem erzählt wird, wie Timm Thaler den geheimnisvollen Zettel entziffert, wie dem Baron etwas zustößt, wie Timm sich als Seemann verkleidet, wie er eine steile Stiege hinuntergezerrt wird, wie ihm am Fuß der Stiege etwas Verwirrendes passiert und wie zum Schluss im Bäckerladen der Frau Bebber ein junger Herr erscheint, der Kringel in den Mundwinkeln hat.

Am siebenten Tage sagte ich zu Timm, als wir es uns in den alten Sesseln wieder bequem gemacht hatten: »In Hamburg findet Timm Thaler wohl endlich doch die Lösung seines Problems. Stimmt's?«
»Es wäre unklug, dir das vorher zu verraten«, sagte Timm. »Lass dich überraschen.«
Dann erzählte er:

Einunddreißigster Bogen

Ein geheimnisvoller Zettel

Timm, der, wie ich dir gestern erzählt habe, in das Badezimmer gestürzt war, schaltete hier nur die Lampe über dem Waschbecken und dem Spiegel an. Dann holte er die Lupe aus der kleinen Hausapotheke und den Zettel aus dem Glasröhrchen für Kopfwehtabletten. Sein Herz schien in der Gurgel zu sitzen, so stark war dort das Schlagen zu spüren.

Ehe der junge Herr im eleganten grauen Flanellanzug aber den Zettel las, vergewisserte er sich noch einmal, dass die Tür das Badezimmers verschlossen war. Dann stellte er sich neben das Waschbecken, blickte durch die Lupe auf das kleine Papier und war – Flanell hin, Flanell her – nur noch ein maßlos aufgeregter Junge.

Die Lupe in der Hand zitterte; dennoch vermochte Timm die Schrift zu entziffern. Er las mit wachsendem Erstaunen:

Besuche Schwan-kleb-an. Gewinne, was die Prinzessin gewann. Der Weg ist einfacher, als du denkst. Der Herr, der von Südwind abriet, zeigt ihn dir. Nimm einen Taxichauffeur, den du kennst. Er bewacht das Haus der Räte. Wähle die (schwarze!) Stunde der Straßenbahnen. Fürchte die Ratte und täusche sie. Der Weg ist einfach. Aber wähle Hintertreppen, um zu ihm zu gelangen. Vertrau uns und komm.

Timm ließ Zettel und Lupe sinken und setzte sich auf den Rand der Wanne. Er zitterte immer noch vor Erregung, aber sein Kopf war klar. Er wusste: Diese Nachricht war verschlüsselt für den Fall, dass Lefuet sie in die Finger bekäme. Jetzt galt es, die versteckten Hinweise und Anspielungen zu entschlüsseln.

Wieder stellte er sich neben dem Waschbecken unter die Lampe und las die Nachricht langsam zum zweiten Male:

Besuche Schwan-kleb-an.

Das war einfach zu begreifen: Timm sollte dorthin kommen, wo er das Marionettenspiel gesehen hatte. Nach Övelgönne.

Gewinne, was die Prinzessin gewann.

Das war noch einfacher zu verstehen. Es war die wichtigste und köstlichste Nachricht des Papierchens. Sie hieß ganz einfach: Gewinne dein Lachen zurück! Und dass das möglich war, zeigte der nächste Satz:

Der Weg ist einfacher, als du denkst.

Aber was bedeutete das Folgende?

Der Herr, der von Südwind abriet, zeigt ihn dir.

Timm musste in seinem Gedächtnis nachgraben. Doch dann kam er darauf: Südwind war ein Pferd gewesen. Das letzte Pferd, auf das er gewettet hatte. Und ein Herr, der ihm damals noch unbekannt gewesen war, hatte ihm abgeraten, auf das Pferd zu setzen: Kreschimir.

Kreschimir also wusste, wie Timm zu seinem Lachen kommen konnte! Der Junge hatte es geahnt. Aber die Gewissheit überwältigte ihn. Er musste sich wieder auf den Rand der Wanne setzen. Das Licht war hell genug, um hier den Zettel weiterlesen zu können:

Nimm einen Taxichauffeur, den du kennst. Er bewacht das Haus der Räte.

Der Taxichauffeur war Jonny. Daran zweifelte Timm keine Sekunde. Aber »das Haus der Räte«?

Über dieser ziemlich einfachen Verschlüsselung brütete Timm eine ganze Weile, ehe ihm klar wurde, was gemeint war: natürlich das Rathaus. Es war ja in unmittelbarer Nähe seines Hotels. Dort also würde Jonny in einem Auto auf ihn warten und ihn dann nach Övelgönne fahren.

Aber der Zeitpunkt war ihm noch unklar.

Wähle die (schwarze!) Stunde der Straßenbahnen.

Zweierlei Straßenbahnerlebnisse standen mit seinen Freunden in Verbindung: die umgeleitete Straßenbahn, in der er mit Herrn Rickert gesessen hatte, und die fliegende Straßenbahn in Genua, die er mit Jonny gesehen hatte. Beide Erlebnisse mussten gemeint sein; denn das Wort »Straßenbahn« stand in der Mehrzahl.

Die Stunde der Straßenbahnen? Um welche Zeit hatte er denn die Erlebnisse gehabt? Die fliegende Straßenbahn hatte er um die Mittagszeit gesehen, gegen zwölf Uhr also. Und als er Herrn

Rickert in der Straßenbahn zum ersten Mal gesehen hatte, war es auch Mittag gewesen.

Also zwölf Uhr mittags. Und jetzt war es – Timm blickte auf seine Armbanduhr – fünf Uhr nachmittags. Sollte er also erst morgen kommen? Oder hätte er schon heute Mittag kommen sollen?

Aber da war noch das Wort »schwarze«, das vor »Stunde« stand. In Klammern und mit einem Ausrufezeichen. Was aber ist eine schwarze Mittagsstunde?

Wieder ging ihm der Sinn einer ziemlich einfachen Verschlüsselung nicht sogleich auf.

Aber dann war auch dieses Rätsel gelöst: Gemeint war die schwarze Zeit um zwölf Uhr. Also Mitternacht. (Und bis dahin waren es noch sieben lange Stunden.)

Der Rest der Nachricht war wieder einfach zu begreifen:

Fürchte die Ratte und täusche sie. Der Weg ist einfach. Aber wähle Hintertreppen, um zu ihm zu gelangen. Vertrau uns und komm!

Timm sollte sich also vor Lefuet in Acht nehmen und heimlich das Hotel verlassen, vielleicht sogar in einer Verkleidung; denn in dem Wort »Hintertreppen« steckte (wie in Hintertreppenromanen) die Romantik der Schurken und verkleideten Helden: Hintertreppen-Romantik.

Der Junge fühlte sich, als er den geheimnisvollen Zettel entschlüsselt hatte, leicht wie ein Vogel. Ein Drang zu lachen stieg in ihm auf. Und das Seltsame war, dass seine Lippen sich dabei nicht wie sonst hart aufeinander pressten. Im Gegenteil: Ihm war, als lächele sein Mund.

In freudigem Erschrecken sprang Timm auf und betrachtete sein Gesicht im Spiegel: Es hatte Kringel in den Mundwinkeln wie die italienischen Porträts des Palazzo Candido in Genua. Es war kein Lachen, nicht einmal ein Lächeln, wenn man es genau nahm; aber die Kringel in den Mundwinkeln waren sichtbar da. Und seit dem Vertragsabschluss unter dem Kastanienbaum waren sie nie mehr da gewesen.

Es hatte sich also schon etwas geändert an diesem Tage. Die

Hoffnung hatte wie der Pinsel eines Malers etwas auf sein Gesicht gezaubert: den Anflug eines Lächelns.

Timm steckte das Zettelchen wieder in eine Tasche seiner Anzugjacke, löschte das Licht, verließ das Bad und setzte sich mit übereinander geschlagenen Beinen in einen Sessel des Salons um nachzudenken.

Der Baron saß während dieser Zeit – nicht weit von Timm entfernt – im Alsterpavillon. Er hatte eine Besprechung mit einem Vertreter jener ägyptischen Firma, die auf den Markennamen »Palmaro« Anspruch erhob. Die Firma verlangte, dass Lefuets Margarine einen anderen Namen bekäme.

Der Baron zeigte bei diesem Gespräch nicht die Gelassenheit und Überlegenheit, die ihm zur zweiten Natur geworden war, seit er das Lachen besaß. Gewiss, es hing sehr viel davon ab, dass die Marken-Margarine sich jetzt unter dem vorbereiteten Namen möglichst schnell Legionen von Käufern eroberte. Aber der Baron durfte nicht merken lassen, wie wichtig ihm die Sache war. Er musste lächelnde Gelassenheit zeigen. Ebendeshalb und für solche Zwecke hatte er ja das Lachen gekauft.

Als Lefuet an einer passenden Stelle das Lachen ertönen ließ, samt dem Kullern und dem Schlucker, wie es sich gehörte, kam es ihm so vor, als fehle etwas daran. Auf seinen Gesprächspartner schien es eher peinlich zu wirken.

Der Baron entschuldigte sich für einen Moment und begab sich in den Waschraum des Alsterpavillons. Hier stellte er sich vor den Spiegel, produzierte das Lachen Timms und beobachtete dabei sein Gesicht genau.

Auf den ersten Blick schien alles unverändert. Aber bei genauerem Hinsehen – der Baron lachte zum zweiten Mal für den Spiegel –, bei genauerem Hinsehen fehlten die hübschen Kringel in den Mundwinkeln. Das Lachen wirkte gezwungen, künstlich: ein Lachen aus zweiter Hand.

In Lefuet stieg ein Gefühl auf, das ihm in den letzten Jahren fremd geworden war: Erschrecken. Und zum ersten Mal seit Jahren fühlte er wieder so etwas wie Gewissensbisse. Nicht etwa, weil er etwas Böses getan hatte (für Gut und Böse fehlte ihm das Organ), sondern weil er sah, dass er eine Dummheit gemacht hatte.

Dieses kostbare Gassenjungen-Lachen, blank und gehärtet wie ein Diamant, dieses Kullern mit dem Schlucker dran hätte er auf andere, einfachere Weise in seinen Besitz bringen müssen: nicht Punkt für Punkt mit einem feilschenden Vertragspapier; nicht aus Geiz mit der Hokuspokus-Fähigkeit, Wetten zu gewinnen; sondern …

Der Gesprächspartner Lefuets betrat plötzlich den Waschraum und sah das blass gewordene, leicht verzerrte Gesicht des Barons. Er musste annehmen, dass Lefuet wegen des Markennamens »Palmaro« so verstört war, und Lefuet musste annehmen, dass der ägyptische Vertreter ebendies annahm. Es war eine verteufelte Lage. Der Baron wagte nicht einmal, das Lachen ins Spiel zu bringen, weil er sich dieses Lachens plötzlich nicht mehr sicher war. Er sagte deshalb, indem er sehr unglaubwürdig eine Übelkeit vortäuschte: »Ich werde morgen alles in Kairo besprechen. Mir ist nicht wohl. Die Hummermajonäse …«

Dann verließ er den Waschraum und den Alsterpavillon und rannte mit langen Schritten – ein fliegender Heuschreck – zu seinem Hotel. Die Spaziergänger auf dem eleganten Jungfernstieg – dezent gepuderte Damen und gemessen schreitende Herren – bemerkten bei seinem Anblick mit gehobenen Brauen: »So s-türzt man doch nicht über den Jungferns-tieg, wie ungebüldet!«

Lefuet hörte und sah nichts davon. Er spürte, dass ihm das Lachen zu entgleiten drohte, und er ahnte, auf welche Weise. Deshalb wollte er retten, was zu retten war, es festhalten mit Zähnen und Klauen. Deshalb rannte er jetzt über den Neuen Jungfernstieg, sprang beinahe, ohne auf die Menschen und den Verkehr zu achten, stürzte blindlings vorwärts, einem Wahnsinnigen ähnlich, strauchelte mitten auf dem Fahrweg vor dem Hotel, hörte Bremsen quietschen und Leute schreien, fühlte es heiß die Hüften entlangrinnen und schrie, bevor er ohnmächtig wurde: »Timm Thaler!«

Dieser Verkehrsunfall kam ebenso plötzlich wie folgerichtig. Furcht erzeugt Unsicherheit. Unsicherheit verwirrt. Verwirrung erzeugt Unfälle. Es war folgerichtig, dass der Baron vor ein Auto geriet, als er um das Lachen zu fürchten begann. Im Übrigen war der Baron körperlich zäher, als es auf den ersten Blick den Anschein haben mochte. Auch hatte das Auto in letzter Sekunde bremsen können. Lefuet war nicht unter die Räder gekommen. Seine Bewusstlosigkeit war nur eine Folge des Sturzes.

Zwei Detektive, die hinter ihm hergekeucht waren, hoben ihn ins Krankenauto, das schon fünf oder sechs Minuten später an Ort und Stelle war. Die Detektive begleiteten den Baron auch ins Hospital, wo er ziemlich bald aus der Ohnmacht erwachte. Seine ersten Worte waren allen Leuten im Krankenzimmer völlig unverständlich. Er sagte: »Wer zuletzt lacht, lacht am besten.« Dann kam der Arzt herein und Lefuet sagte seinen Detektiven mit müder Stimme, er könne sie jetzt entbehren. »In Hospitälern«, fügte er scherzend hinzu, »ist man durch die Pietät am besten geschützt.« Er lachte dabei ein wenig und das kleine Gelächter schien ihm gut zu tun.

Die Detektive verließen das Krankenzimmer, und Lefuet wurde eingehend untersucht. Er hatte einige Prellungen davongetragen und eine leichte Gehirnerschütterung. Man verordnete leichte Kost und Bettruhe für einige Tage. Außerdem wurde ihm geraten, möglichst keine Besuche zu empfangen.

Trotzdem erhielt Lefuet noch am selben Tage merkwürdigen Besuch. Es war ein kleiner mickriger Mann mit Nickelbrille. Er hatte ein zerknittertes Gesicht und einen zerknitterten Anzug. Die Stationsschwester wunderte sich, dass ihr Patient, der ein feiner Herr zu sein schien, mit solchen Leuten verkehrte.

Lefuet stellte dem Mann ein paar Fragen und gab einige Anweisungen.

»Haben Sie den Jungen seit der Geschichte auf dem Rennplatz wieder gesehen?«

»Nein, Herr Baron.«

»Leiser, mein Lieber. Ich bin Mister Brown.«

»Jawohl, Herr ... Mister Brown. Ich wollte Ihnen noch sagen, dass ich den Jungen von Zeitungsbildern kenne.«

»Das ist wenigstens etwas. Aber sehen Sie ihn sich trotzdem

noch einmal an, wenn's möglich ist. Aber unauffällig. Möglicherweise erkennt er Sie wieder. Die Nickelbrille verändert Sie kaum.«

»Jawohl, Herr ... Brown.«

»Also nochmals, mein Lieber: äußerste Zurückhaltung. Er darf nicht merken, dass ihn außer unseren Hausdetektiven noch jemand beschattet. Klar?«

»Jawohl.«

»Eine andere Frage ...«

»Bitte sehr, Mister Brown?«

»Es ist eine mehr private Frage: Kennen Sie das Märchen Schwan-kleb-an?«

»Na und ob! Das musste ich mir doch ansehen, als ich den Jungen vor zwei Jahren hier in Hamburg beobachtet habe, Herr Ba ... rown. Da ist er doch mit diesen Rickerts ins Marionettentheater gegangen. Und das Stück hieß Schwan-kleb-an.«

»Ah so! Das erklärt einiges.« Der Baron schloss für einen Moment die Augen. Er sah sich selbst im Taxi sitzen, Timm neben sich, und er hörte den Fahrer sagen: »Das ging aber mal schnell. Fast so schnell wie bei Schwan-kleb-an.« Dann sah der Baron Timms Gesicht vor sich. Erst zuckte es, dann wurde es steinern. Vor die Erregung wurde ein Vorhang gezogen. (Lefuet kannte das längst.) Jetzt wusste er, warum der Fahrer Schwan-kleb-an erwähnt hatte. Und als er sich von dem Mann mit der Nickelbrille das Märchen erzählen ließ, wusste er noch viel mehr.

Zu Lefuets erstaunlichsten Talenten gehörte ein Zahlengedächtnis, das ihn selten im Stich ließ. Es bediente ihn auch diesmal mit der Nummer des Taxis, die er auf ein abgerissenes Stück Zeitungspapier schrieb.

Das Papier gab er dem Besucher. »Wenn der Junge in ein Taxi mit dieser Nummer steigt, will ich sofort benachrichtigt werden. Fragen Sie die Schwester nach meiner Telefonnummer, und schreiben Sie sie darunter. Klar?«

»Jawohl, Mister Brown!«

»Mein Chauffeur soll mit fahrbereitem Wagen vor dem Krankenhaus warten. Benachrichtigen Sie ihn. Er soll sich einen Mietwagen nehmen. Auf keinen Fall ein Firmenauto. Und Sie rufen mich auf der Stelle an, wenn der Junge in das angegebene Taxi steigt. Auf-der-Stel-le! Es könnte um Minuten gehen.«

»Jawohl.«

»Dann können Sie gehen.«

Der Mann wandte sich der Tür zu, aber Lefuet hielt ihn noch einmal zurück. »Die Leute scheinen verkleidet zu arbeiten. Könnte sein, dass sich auch der Junge verkleidet. Ich erwähne das sicherheitshalber.«

»Ist gut, Baron ... Brown.«

Der Mann ging. Lefuet erhob sich, hinkte zur Tür, schloss sie leise ab, kleidete sich bis auf die Schuhe vollständig an, schloss leise die Tür wieder auf und legte sich im Anzug ins Bett zurück, als das Telefon läutete. Es war Timm Thaler.

»Wie geht es Ihnen, Baron?«

Lefuet stöhnte: »Miserabel, Herr Thaler. Brüche und eine schwere Gehirnerschütterung. Ich kann mich kaum bewegen.« Er lauschte mit angehaltenem Atem in den Hörer. Aber er hörte nichts als die ruhige Stimme des jungen Mannes: »Dann will ich Sie nicht länger anstrengen. Gute Besserung, Baron, und seien Sie vorsichtig.«

»Darauf können Sie sich verlassen, Herr Thaler!«

Behutsam legte Lefuet den Hörer in die Gabel zurück. Dann lehnte er sich gegen die Kissen und blickte aus dem Fenster hinaus. Draußen umspielten zwei Schwalben einander im Fluge.

Zweiunddreißigster Bogen

Hintertreppen

Timms Appartement lag auf der Rückseite des Hotels. So hatte er den Schrei des verunglückten Barons nicht hören können. Er war in der allgemeinen Verwirrung auch erst sehr spät von dem Unfall unterrichtet worden. Nach dem kurzen Telefongespräch mit Lefuet überkam ihn so ein Gefühl, als ob auch dieser Verkehrsunfall Hintertreppen-Romantik sei – wie alles an diesem Tage. Er schämte sich dieses Gefühls, wenn er an den scheinbar so schwer kranken Baron dachte; aber er konnte nicht hindern, dass es sein Mitleid fast verdrängte.

Auch Timms nächster Schritt war Hintertreppen-Romantik. Was der geheimnisvolle Zettel empfohlen hatte (»Wähle Hintertreppen!«) und was Lefuet vermutet hatte (»Könnte sein, dass sich auch der Junge verkleidet«), das zu tun bereitete Timm sich jetzt vor. Dabei kam ihm zustatten, dass der Baron ihn im letzten Jahr reichlicher mit Taschengeld versehen hatte als vorher.

Timm läutete dem Zimmermädchen und bot ihr dreihundert Mark für den Fall, dass sie ihm bald und heimlich gebrauchte Schifferkleidung besorge: eine blaue Tuchhose, einen dunkelblauen Rollkragenpullover und eine Schirmmütze.

Das Mädchen – wahrscheinlich las sie Groschenromane – fand den geheimnisvollen Auftrag prickelnd und spannend. Sie sagte, sie habe einen Verehrer bei der christlichen Seefahrt, den sie um acht Uhr treffen werde. Von dem könne sie die Sachen bekommen.

»Gut«, sagte Timm. »Dann wickeln Sie die Sachen in frische Bettwäsche und bringen Sie sie bis neun Uhr zu mir!«

»Aber Mister Brown«, sagte das Mädchen (Lefuet und Timm waren ja als Vater und Sohn Brown hier abgestiegen), »um neun Uhr wechseln wir doch keine Bettwäsche! Höchstens ein Badetuch!«

»Also dann tun Sie die Sachen meinetwegen in ein Badetuch. Hauptsache, ich bekomme sie.«

»Aber was soll ich dem Herrn draußen sagen, Mister Brown?«

»Welchem Herrn?«, fragte Timm.

»Dem, der mir hundert Mark gegeben hat, damit ich ausspioniere, was Sie tun.«

»Ah, der Herr Detektiv. Sagen Sie ihm, dass ich jetzt eine Kopfschmerztablette verlangt hätte und dass Sie mich auf die Tabletten im Badezimmer aufmerksam gemacht hätten.«

»Ist gut, Mister Brown.«

»Und noch etwas: Wenn Sie heute Abend um neun Uhr kommen, sind Sie wohl außer Dienst?«

»Ja.«

»Könnten Sie dann für kurze Zeit Ihre Dienstkleidung wieder anziehen?«

»Das hätte ich sowieso getan, Mister Brown. Ich habe eine zu Haus. Die ziehe ich unter dem Mantel an. Und über das Häubchen binde ich ein Kopftuch. Dann brauche ich mich hier nicht groß umzuziehen.«

»Ausgezeichnet«, sagte Timm mit zwei deutlichen Kringeln in den Mundwinkeln. »Dann kann ich also bestimmt mit Ihnen rechnen?«

»Ganz bestimmt, Mister Brown. Und – kann ich auch ganz bestimmt mit dem Geld rechnen?«

»Sie können es jetzt schon haben.«

Der junge Mann entnahm seiner Brieftasche drei Hundertmarkscheine und gab sie ihr.

»Sie sind aber leichtsinnig«, lachte das Mädchen. »So was zahlt man doch nicht im Voraus. Na, ich werde Sie nicht enttäuschen. Danke schön einstweilen! Und tschüs so lang!«

»Bis neun«, sagte Timm. Dann schloss er ab und legte sich nieder. Wenn er auch nicht schlafen konnte, wollte er doch wenigstens den Körper ausruhen lassen.

Kurz nach neun Uhr kam das Zimmermädchen wie verabredet. Mit schwarzem kunstseidenem Kittel und weißem Häubchen. Das Badetuch trug sie vor der Brust.

»Der Herr hat mich gefragt, was ich bei Ihnen will«, flüsterte sie.

»Ich habe gesagt. Sie hätten heute Nachmittag für neun Uhr ein frisches Badetuch bestellt.«

»Nett von Ihnen«, erwiderte Timm möglichst laut. Dann flüsterte er: »Grüßen Sie Ihren Verehrer von der christlichen Seefahrt.«

Diesmal antwortete das Mädchen laut: »Danke, Mister Brown! Herzlichen Dank!« Dann verließ sie das Appartement und blinzelte Timm unter der Tür noch einmal zu. Der junge Mann blinzelte zurück.

Der Verehrer des Fräuleins hatte zum Glück nicht die Ausmaße Jonnys. Er schien ein kleines bisschen größer als Timm zu sein; aber die Hose ließ sich durch Träger heraufziehen, und bei Pullovern ist ein lockerer Sitz ja nicht weiter schlimm.

Im Spiegel kannte Timm sich – vor allem mit der Schirmmütze – kaum selbst wieder. Nur die zarte Haut seines Gesichts verriet ihn. Also wurde auch das geändert: Er rieb sich die Wangen mit dem Bimsstein ein, der im Badezimmer lag, und schmierte danach Erde aus einem Blumentopf darüber. Dann wusch er das Ganze ab und machte das Gleiche noch einmal. Und dann noch einmal und noch einmal. Das Ergebnis war zufrieden stellend: Timm Thalers Gesicht sah aus, als habe er gerade die Masern überstanden. Von Kopf bis Fuß roch der ganze Timm förmlich nach christlicher Seefahrt.

Jetzt musste er genau überlegen, was er mitnehmen sollte; denn vermutlich würde er ja in dieses Appartement nicht zurückkehren. Er wusste, dass mit seinem wiedergefundenen Lachen die Rolle des reichen Erben ausgespielt war; aber das bedrückte ihn nicht. Was also mitnehmen?

Er entschloss sich, nur ein paar Papiere mitzunehmen, sonst nichts: seinen Pass, den Vertrag über das verkaufte Lachen, den Vertrag über den Kauf der Reederei HHD, den dritten Vertrag über den Erwerb des Marionettentheaters und den winzigen geheimnisvollen Zettel mit der Kritzelschrift. Diese fünf Schriftstücke steckte Timm, säuberlich gefaltet, in eine geräumige Hintertasche der Seemannshose, die er sorgfältig zuknöpfte.

Timm war für die wichtigste Unternehmung seines Lebens gerüstet. (Es war mittlerweile schon fast elf Uhr geworden.) Er tat jetzt noch ein Übriges, indem er rasch nacheinander drei Zigaretten rauchte. So roch er nach Tabak und bekam eine leicht heisere Stimme. (Er rauchte nämlich sonst nicht, hatte für Besucher aber stets ein gefülltes Zigarettenkästchen aus Palisanderholz bereitstehen.)

Nun galt es, unbemerkt von den Detektiven das Hotel zu verlassen. (Unter dem Rauchen war es elf Uhr fünfzehn geworden.) Aus einem Fenster zu klettern wäre zu auffällig. Also blieb nur der Weg durch das Hotel. Zu diesem Zweck musste der Detektiv auf dem Flur abgelenkt werden. Timm wusste schon, auf welche Weise: Er schrieb einen kurzen Brief an den Baron, in dem er ihm gute Genesung wünschte, und läutete dem Boy. (Es war elf Uhr dreißig.)

Der Hotelpage, der erschien, war etwa in Timms Alter, wirkte aber bedeutend jünger. Er war rothaarig und hatte ein verwegenes Stupsnasengesicht, was Timm nur recht sein konnte.

»Würden Sie ein bisschen Theater für mich spielen, wenn ich Ihnen zweihundert Mark gebe?« (Es war Timms Taschengeld-Rest.)

Der Page grinste: »Um was handelt es sich denn?«

»Vor meiner Tür steht ein Detektiv ...«

»Weiß ich«, sagte der Knabe, immer noch grinsend.

»Nun, den sollen Sie ablenken. Nehmen Sie diesen Brief und stecken Sie ihn so in den Ärmelaufschlag Ihrer Jacke, dass ein Streifen herausguckt. Wenn der Detektiv nach dem Brief fragt – und das wird er, wie ich ihn kenne –, tun Sie verstört, als ob Sie den Brief nicht zeigen dürften. Gehen Sie im Geschwindschritt um die Flurecke. Der Detektiv wird Ihnen folgen und Ihnen Geld bieten, um den Brief ansehen zu dürfen.«

»Darauf können Sie Gift nehmen, Mister Brown.«

»Eben. Das weiß ich. Nun bitte ich Sie, so lange mit dem Detektiv zu zanken, dass ich mein Appartement verlassen und durch den Hintereingang des Hotels entwischen kann. Den Brief darf er natürlich lesen.«

Die Stupsnase unter dem roten Schopf zuckte belustigt. »Ich muss ihn also vier bis fünf Minuten aufhalten. Das klappt. Dann kann ich auch den Preis ein bisschen höher treiben und Sie brauchen mir nur hundert Mark zu geben.«

Timm wollte etwas sagen, aber der Page winkte ab: »Nee, nee, lassen Sie man. Hundert Mark genügen. So, wie Sie sich verpuppt haben, kommen Sie ja bestimmt nicht unter reiche Leute. Ist also ganz gut, wenn Sie Kleingeld bei sich haben.«

»Vielleicht haben Sie Recht«, erwiderte Timm. »Also schönen Dank. Hier ist der Brief, hier sind hundert Mark. Und wenn Sie den Detektiv um die Ecke gelockt haben, könnten Sie vielleicht einen Hustenanfall markieren.«

»Wird prompt erledigt, Mister!« Der Page steckte das Geld in eine Brusttasche und den Brief in einen Ärmelaufschlag. Dann steckte er – seinen Anweisungen zum Trotz – Timm die Hand hin und sagte: »Viel Glück!«

»Glück kann ich brauchen«, erwiderte Timm ernst und drückte die Hand des Pagen.

Als der Boy gegangen war, legte Timm ein Ohr an die Tür. Sein Herz schien wieder einmal im Halse zu klopfen.

Jetzt hörte er ein bellendes Husten. (Es war elf Uhr fünfundvierzig.) Vorsichtig öffnete er die Tür. Der Flur war leer.

Als er die Tür leise wieder ins Schloss gedrückt hatte, nahm er sich nicht die Zeit abzuschließen. Mit wenigen Schritten war er an der Treppe, die zum Hinterausgang des Hotels führte. (»Benutze Hintertreppen.« Er tat es.)

Ungehindert konnte er entwischen. Ein Zimmermädchen, dem er einen gemurmelten »guten Abend« wünschte, schien ihn nicht erkannt zu haben.

Draußen glänzte das Straßenpflaster unter den Bogenlampen. Es hatte über Hamburg zu nieseln angefangen. Ein Mann stand mit einem Regenschirm auf der anderen Straßenseite, hatte aber den Kopf abgewandt. Im Laternenschein blitzte der Bügel einer Nickelbrille auf.

Jetzt nur nicht rennen! Schlendern, pfeifen und den Seemann spielen. Timm blickte sich um, als wisse er noch nicht, wohin er sich wenden wolle, pfiff und wandte sich dann in Richtung des Rathauses. Keine Schritte folgten ihm. Umzudrehen wagte er sich nicht. Betont gemütlich, aber innerlich fast berstend vor Aufregung, setzte er Schritt vor Schritt, bog in eine Gasse ein und – fing zu rennen an.

Erst kurz vor dem Rathausmarkt – eine Turmuhr begann gerade zu schlagen – hielt er an. Er sah auf dem Platz eine Reihe Taxis stehen; aber nur eines stand mit laufendem Motor da. Als der verkleidete Junge langsam auf dieses Auto zuging, erkannte er Jonny – ebenfalls verkleidet.

Die Turmuhr hatte ausgeschlagen. Es war Mitternacht, »die schwarze Stunde der Straßenbahnen«. Timm öffnete den Schlag und setzte sich neben den Steuermann.

Jonny sagte: »Entschuldigen Sie, ich bin bestellt. Nehmen Sie das nächste Taxi.« Dabei sah er seinen Fahrgast nicht an, sondern ließ seine Augen suchend über den Markt wandern.

»Besuche Schwan-kleb-an. Gewinne, was die Prinzessin gewann«, erwiderte Timm halblaut.

Jetzt fuhr Jonnys Kopf zur Seite: »Menschenskind, Timm, wie siehst du denn aus?«

»Mein Zimmermädchen hat einen Verehrer bei der christlichen Seefahrt, Jonny.«

»Ist jemand hinter dir her?«

»Ich glaube nicht.«

Das Auto fuhr zwischen einzelnen erleuchteten Schaufenstern zum Rödingsmarkt hinauf, bog dort scharf rechts ein und nahm Richtung auf das Hafenviertel.

»Ist dir jemand auf den Fersen, Jonny?«

»Könnte sein, Timm. Seit einer Stunde hab ich so ein Gefühl, als würde ich beschattet. Aber es ist nur so ein Gefühl, verstehst du? Einen bestimmten Wagen oder eine bestimmte Person, die mich verfolgt, konnte ich bis jetzt nicht ausmachen. Wir werden Seitenstraßen benutzen.«

Neben dem Steuermann ließ Timms Erregung etwas nach. Er hatte sich diese Taxifahrt um Mitternacht viel dramatischer vorgestellt. Obwohl sie jetzt ständig durch geheimnisvolle dunkle

Nebenstraßen fuhren, waren dies die ruhigsten Augenblicke eines Tages voller Hintertreppen.

Jonny fuhr schnell, aber sicher. Manchmal warf er einen Blick in den Rückspiegel. Aber niemand schien ihnen zu folgen.

Das Auto, das ihnen bald darauf dennoch folgte, fuhr ohne Licht.

Mehrere Male setzte Timm zu Fragen über Kreschimir an; aber Jonny fuhr ihm dazwischen: »Wart's ab, bis du ihn siehst, Timm. Ich bitte dich darum.«

»Darf ich dich etwas fragen, was nichts mit Kreschimir zu tun hat, Jonny?«

»Was willst du wissen?« (Sie fuhren jetzt bereits durch Altona.)

»Woher wusstest du, dass der Baron und ich mit dem Flugzeug kamen?«

Der Steuermann lachte. »Erinnerst du dich an einen Herrn namens Selek Bei?«

»Na und ob!«

»Der hat Verbindung mit uns aufgenommen und es uns mitgeteilt. Als euer Flugzeug kam, haben wir alle Taxis am Flugplatz wegengagiert. Ihr hättet gar kein anderes Taxi nehmen können als dieses. Gehört meinem Schwager.«

»Aber woher wusstet ihr denn, dass wir ein Taxi nehmen? Wir fahren normalerweise mit dem Wagen der Firma.«

»Selek Bei wusste, dass ihr inkognito kommt, Timm. Nicht einmal die Firma sollte etwas von eurer Ankunft wissen. Die Idee, dem Baron deine Stiefmutter auf den Hals zu hetzen, kam auch von Selek Bei. Hat es was genützt?«

»Nein, Jonny. Nichts hat genützt. Und wenn Kreschimir auch nicht helfen kann, dann ...«

»... dann will ich einen Besen fressen, Timm. Samt Stiel und Borsten. Aber red nicht mehr davon. Wart's ab!« (Sie waren jetzt nicht mehr weit von der Elbchaussee entfernt und Övelgönne nahe.)

Plötzlich lachte Jonny unvermittelt.

»Was hast du denn?«

»Ich muss an dein Geschäft mit dem Baron denken. Als du deine Aktien gegen eine Reederei getauscht hast. Hab natürlich sofort geschaltet und eine Reederei genannt, von der ich genau wusste, dass sie zu verkaufen ist. Hast du sie tatsächlich bekommen?«

»Ich hab den Kaufvertrag in der Tasche, Steuermann.«

»Alle Achtung, Timm! Der HHD ist ein Bombengeschäft! Wenn du einen Steuermann brauchst ...«

Jetzt fuhren sie in die Elbchaussee ein und Jonny sah im Rückspiegel das Auto ohne Licht, das ihnen folgte.

Er sagte dem Jungen nichts, erhöhte nur die Geschwindigkeit und schielte immer wieder in den Rückspiegel.

Timm sagte etwas, aber Jonny hörte nicht hin. Er sah, dass auch das Auto hinter ihnen die Geschwindigkeit erhöhte und langsam näher kam.

Die Bremsen quietschten wie Schweine unter dem Schlachtmesser. Jonnys Rechte bewahrte Timm davor, mit dem Kopf in die Windschutzscheibe zu stoßen. Das Taxi hatte hart gebremst. Das verdunkelte Auto schoss an ihnen vorbei.

»Raus!«, brüllte Jonny. Schon hörte man weiter vorn das Aufschreien anderer Bremsen.

Der Steuermann zerrte Timm hinter sich her. Über die Straße, eine steile, enge Stiege hinunter, in ein Gebüsch zur Rechten, über eine Mauer, in einen Bierkeller, auf der anderen Seite des Bierkellers wieder hinaus, abermals über eine Mauer und eine zweite, noch steilere Stiege hinunter.

»Was ist denn, Jonny? Hat uns doch jemand verfolgt?«

»Spar deinen Atem, Timm. Durch unser Manöver haben wir einen Vorsprung, den wir halten müssen. Unten steht Kreschimir.«

Timm strauchelte; Jonny fing ihn auf und trug ihn ganz einfach die letzten Stufen hinab. Timms Blick streifte ein beleuchtetes Schild: »Teufelsstiege«.

Als Jonny den Jungen absetzte, pfiff er. Irgendwo in der Nähe pfiff es wieder.

»Tu sofort, was Kreschimir sagt«, flüsterte Jonny.

Aus dem Dunkel tauchten zwei Gestalten auf: Kreschimir und

Herr Rickert. Der Kloß in Timms Kehle war diesmal mindestens apfelgroß.

»Gib mir die Hand, Timm, und wette mit mir, dass du dein Lachen wiederbekommst. Mach schnell!« Es war die vertraute Stimme Kreschimirs.

Trotz seiner Verwirrung gab Timm ihm die Hand. »Ich wette mit dir ...«

»Halt!«, schrie es hoch oben von der Treppe. »Halt!« Aber niemand war zu sehen.

Kreschimir sagte ruhig und fest: »Ich wette, dass du dein Lachen nicht zurückbekommst, Timm. Um einen Pfennig!«

»Dann wette ich ...«

»Halt!«, schrie es. Jonny flüsterte: »Weitermachen!«

»Dann wette ich mit dir, dass ich mein Lachen zurückbekomme, Kreschimir. Um einen Pfennig.«

Jonny schlug die Hände durch, wie es üblich war. Dann wurde es unheimlich still.

Timm hatte gewettet, wie man es von ihm verlangt hatte; aber er begriff nicht, was eigentlich geschehen war. Ratlos und stumm stand er da. Drei vertraute Gesichter, von der entfernten Laterne halb beleuchtet, hatten sich ihm zugewandt. Sein eigenes Gesicht war dem Licht abgekehrt. Nur ein Stück seiner Stirn glänzte weiß im Dunkel.

Herrn Rickerts Blick hing wie gebannt an dieser bleichen Stirn. So hatte er Timm schon einmal gesehen, in genau der gleichen Beleuchtung. In einem Gasthaus, das nur wenige Schritte von ihnen entfernt war: beim Marionettenspiel. *Und man erkennt den Menschen stets daran, dass er zur rechten Stunde lachen kann.* War dies, so fragte sich Herr Rickert bang, die rechte Stunde?

Auch die Blicke Kreschimirs und Jonnys hingen an dieser beleuchteten Stirn, dem Einzigen, was man von Timm in der Finsternis sah.

Der Junge im Dunkel sah zu Boden. Dennoch fühlte er die fragenden Blicke. Ihm war elend zumute, obwohl er etwas aus dem Bauch heraufsteigen fühlte, etwas Leises, Leichtes, Vogelhaftes, eine Art Lerchentriller, der ins Freie drängte. Aber Timm war noch zu schwer dafür; es machte ihn hilflos. Er ließ sich das Kullern mit dem Schlucker am Schluss geschehen, wie man sich einen Schluckauf geschehen lassen muss. Er ergriff nicht Besitz von seinem alten Lachen: Das Lachen ergriff von ihm Besitz. Jetzt, da der lang ersehnte, der durch Jahre erwartete Augenblick da war – jetzt war Timm ihm nicht gewachsen. Er lachte nicht: Ihm geschah das Lachen. Er war seinem Glück ausgeliefert. Und wenn er damals im Marionettentheater bemerkt hatte, wie ähnlich sich die Gebärden des Lachens und des Weinens sind, so erfuhr er jetzt, dass Lachen und Weinen auch im Wesen manchmal kaum voneinander zu unterscheiden sind. Timm lachte und weinte in einem. Er ließ sich durchschütteln; er ließ die Tränen rinnen und die Wangen feucht werden; er ließ die Arme willenlos herunterhängen und seine Freunde Freunde sein. Ihm war, als durchlitte er seine zweite Geburt.

Und dann geschah etwas Seltsames: Timm sah durch einen Schleier von Tränen drei helle Gesichter auf sich zukommen, und plötzlich vertauschten sich Gegenwart und Vergangenheit. Er war ein kleiner Junge vor dem Schalter eines Pferderennplatzes und er hatte Geld gewonnen, viel Geld. Er weinte vor Glück über den Gewinn und vor Trauer über den Vater, der dieses Glück nicht miterlebte. Und dann hörte er eine kehlige knarrende Männerstimme sagen: »He, Kleiner, wenn man so viel Glück hat wie du, dann weint man doch nicht.«

Timm sah auf. Aus irgendeiner Ecke seines Gedächtnisses musste jetzt ein Mann mit einem zerknitterten Gesicht und einem zerknitterten Anzug hervortreten. Aber das Bild dieses Mannes verschwamm. An seine Stelle trat eine andere Gestalt, eine große und leibhaftige: Jonny. Und mit dem Steuermann war plötzlich die Gegenwart wieder da, die Nacht vor dem Gasthaus in Övelgönne, das Licht an der Treppe, die hinauf in die Finsternis führte, und drei alte Freunde, deren Mienen unentschieden zwischen Lachen und Weinen zuckten.

Timm Thaler war von seinem wiedergekehrten Lachen überwältigt worden wie von einem Sturm. Jetzt aber war Windstille. Timm hatte wieder Gewalt über sein Lachen. Er wischte sich mit den Handrücken die Tränen aus dem Gesicht und fragte ruhig: »Wissen Sie noch, was ich Ihnen versprochen habe, als ich aus Hamburg abfuhr, Herr Rickert?«

»Nein, Timm.«

»Ich sagte damals: Wenn ich wiederkomme, werde ich lachen. Und ich kann's, Herr Rickert! Ich kann es, Kreschimir! Jonny, ich kann lachen. Nur ...«, ein Kullern und Glucksen hinderte ihn einen Augenblick am Weiterreden, »... nur begreife ich nicht, wie das zuging.«

Timms Freunde, die beinahe gefürchtet hatten, der Junge habe vor Glück den Verstand verloren, waren froh, wieder vernünftig mit ihm reden zu können.

»Du hättest längst wieder lachen können«, erklärte Kreschimir.

»Das verstehe ich nicht.«

»Wie lautet denn die Wette, die du mit mir abgeschlossen hast, Timm?«

»Ich habe mit dir gewettet, dass ich mein Lachen wiederbekomme.«

»Stimmt. Was wäre nun geschehen, wenn du die Wette gewonnen hättest?«

»Dann hätte ich mein Lachen wiederbekommen. Und das habe ich!«

»Aber du hättest es auch wiederbekommen, wenn du die Wette verloren hättest, Timm.«

Jetzt erst ging dem Jungen ein Licht auf. Er schlug sich lachend an die Stirn und rief: »Natürlich! Eine verlorene Wette hätte mir ebenfalls mein Lachen beschert. Ich hätte mit jedem beliebigen Menschen wetten können, dass ich mein Lachen zurückbekomme. Und so oder so: Ich hätte es in jedem Fall erhalten.«

»Ganz so einfach war es nicht, mein Junge«, sagte Jonny. »Du hättest keineswegs mit jedem beliebigen Menschen wetten können. Dann hättest du ja verraten, dass du dein Lachen nicht mehr besitzt, und das durftest du nicht. Du konntest nur mit demjenigen wetten, der deinen Vertrag mit Lefuet erraten hat: mit Kreschimir.«

»Aber mit mir«, ergänzte Kreschimir, »war die Wette todsicher.«

Da Timm nicht mehr am Lachen krankte, da er wieder heil und ganz war, sah er plötzlich, wie einfach alles gewesen war. Er hatte, verwirrt und verzweifelt, jahrelang Hintertreppen benutzt statt des kurzen, sicheren Weges. Er hatte komplizierte Pläne entworfen, in denen es um Millionen ging. Und er hatte das Lachen auf viel billigere Art wiederbekommen, für weniger, als ein Achtel Margarine kostet: für einen Pfennig.

Dreiunddreißigster Bogen

Das wiedergefundene Lachen

Das Nieseln war in feinen Regen übergegangen; aber keiner der vier hatte es bemerkt. Ebenso wenig hatten sie gehört, dass tappende Schritte die Steinstufen herunterkamen. Nun, da sie einen Augenblick schwiegen, hörten sie das Tappen plötzlich und drehten sich um.

Die schmale Stiege herunter kam aus der Finsternis eine hagere, schwankende Gestalt. Lange Beine in schwarzen Hosen wuchsen in den Lichtkegel der Laterne, bleiche, langfingrige Hände tauchten auf, eine weiße Hemdbrust und darüber das lang gezogene Oval eines Gesichts.

Endlich stand die Gestalt in voller Beleuchtung unter dem Schild, auf dem »Teufelsstiege« zu lesen war. Sie lehnte sich erschöpft an die Wand aus behauenen Steinen.

Es war der Baron.

Aus Timms Brust drängte ein Lerchentriller hinaus. Hintertreppen!, klang es spöttisch in seinem Kopf. Das war ja ein Teufel aus dem Marionettentheater, eine bewegliche Puppe, eine Figur, die so lächerlich war, dass man schon wieder Mitleid mit ihr haben musste.

Aber Timm Thaler, ein Junge, der wieder lachen konnte, unterdrückte den Lerchentriller und lachte nicht.

Der Baron hatte sich auf eine Stufe gesetzt und blickte mit schmalem Mund und kalkweißem Gesicht die Männer am Fuß der Treppe an. Timm ging zu ihm hinauf.

»Sie müssen zurück ins Hospital, Baron.«

Lefuet sah ihn von unten herauf an. Mit hart aufeinander gepressten Lippen.

»Baron, Sie dürfen hier nicht sitzen bleiben.«

Jetzt machte Lefuet den Mund auf. Er hatte eine heisere Stimme. »Worum haben Sie gewettet, Herr Thaler?«

»Um einen Pfennig, Baron.«

»Um einen Pfennig?« Lefuet fuhr in die Höhe, stützte sich aber sogleich wieder an die Wand. Er kreischte jetzt fast wie ein Weib: »Und ihr hättet um mein Erbe wetten können, Dummköpfe!«

Ein Chauffeur, den Timm kannte, kam jetzt die Stufen heruntergesprungen. »Herr Baron, Sie muten sich zu viel zu!«

»Lassen Sie mich noch zwei Minuten mit dem jungen Herrn reden. Dann können Sie mich wieder ins Hospital schaffen.«

»Ohne meine Verantwortung, Herr Baron!« Der Chauffeur ging wieder ein Stück die Treppe hinauf und blieb dort stehen. Am Fuß der Treppe standen Jonny, Kreschimir und Herr Rickert. Eine schweigsame Wache für Timm.

»Darf ich mich einen Augenblick auf Sie stützen, Herr Thaler?«

»Nur zu, Baron. Ich bin bei Kräften.« Ein ganz kleines Lachen begleitete die Worte. Lefuet stützte sich auf eine Schulter des jungen Mannes.

»Ihr Erbe, Herr Thaler ...«

»Ich verzichte darauf, Baron.«

Lefuet stutzte, aber nur ganz kurz. Dann sagte er: »Das ist vernünftig und vereinfacht die Sache. Durch Ihre Reederei werden Sie in einigem Wohlstand leben können.«

»Die Reederei, Baron, schenke ich meinen Freunden.«

Lefuets Augen weiteten sich so, dass man es sogar durch die dunklen Gläser erkennen konnte. »Dann hat Ihnen ja unser Vertrag nicht das Geringste genützt, Herr Thaler. Sie stehen so arm da wie am Anfang. Mit einem bankrotten Marionettentheater.«

Timm gestattete sich jetzt ein kleines Kullern. »Sie haben Recht, Baron. Ich stehe wieder am Anfang. Aber was ich besitze, ist in den letzten Jahren für mich höher im Wert gestiegen als jede beliebige Aktie der Welt.«

»Und das wäre?«

Statt einer Antwort musste Timm ganz einfach lachen. Der Baron fühlte die Schulter des jungen Mannes unter seinen Händen zittern. Und er hörte neue Untertöne in dem Gelächter, tiefere Töne, die das helle Lachen dunkel begleiteten. Da drehte Lefuet sich um und winkte dem Chauffeur, der eilfertig herunterkam und einen

Arm des Barons über seine Schulter legte. So stiegen sie die Stufen hinauf.

Timm rief: »Gute Besserung, Baron! Werden Sie bald wieder ganz. Und Dank für das, was Sie mich gelehrt haben!«

Lefuet blickte nicht zurück. Der Chauffeur hörte ihn murmeln: »Ganz, ganz! Man ist nicht ganz ohne das!«

Timm sah dem Baron nach, bis die Dunkelheit ihn verschluckte. Seine Freunde waren zu ihm heraufgestiegen. Auch sie blickten Lefuet nach. Jonny brummte: »Stinkreich, aber ein armer Teufel.«

Nach einer Weile gingen die vier ebenfalls die Stufen hinauf. Sie hörten, wie ein Auto in Gang gesetzt wurde und anfuhr. Das Geräusch schwoll an und verlor sich dann wieder.

Bald darauf standen sie auf der Elbchaussee. Auf der gegenüberliegenden Seite stand dunkel das Taxi von Jonnys Schwager.

»Fahren Sie den Wagen in meine Garage, Jonny«, sagte Herr Rickert. »Wir gehen inzwischen das kleine Stück zu Fuß.«

»Wohnen Sie denn immer noch in der weißen Villa, Herr Rickert? Der Baron erzählte mir doch, Sie seien Hafenarbeiter geworden.«

»Bin ich auch, Timm. Ich erklär dir das morgen. Ich hoffe doch, du hast nichts dagegen, mein Gast zu sein?«

»Im Gegenteil, Herr Rickert. Ich muss doch Ihrer Mutter beweisen, dass ich wieder lachen kann. Oder ...«, er wandte den Kopf zur Seite, »... ist sie ...?«

»Kein Oder, Timm. Sie lebt noch und ist wohlauf und munter. Gehen wir.«

Der Eingang zur Villa war beleuchtet. Die weiße Tür mit dem runden Balkon darüber und mit den Löwen aus hellem Sandstein links und rechts war eine Insel im Meer der Dunkelheit, ein freundliches, einladendes Ufer nach langer stürmischer Irrfahrt. Timm musste schlucken, als er auf die sanften Löwen zuging. Und als die Tür sich öffnete und die alte Frau Rickert heraustrat (rundlich, mit weißen Löckchen und gestützt auf einen Stock), da musste Timm sich sehr zusammennehmen, um der alten Frau nicht heulend um den Hals zu fallen. Was er herausbrachte, als er vor ihr stand, war ein Gestammel zwischen Lachen und Weinen. Vermutlich hieß es: »Na, was sagen Sie jetzt, Frau Rickert?« Aber verstehen konnte kein Mensch die Worte. Es bemühte sich auch niemand darum, denn jetzt übernahm die alte Dame das Kommando. Sie fragte: »Is allns in Ordnung, Krüschan?« Und als ihr Sohn nickte, schnaufte sie erleichtert aus und sagte: »Das 's 'n Grund zum Feiern, Kinner! Aber der Jung muss ins Bett. Der ischa ganz durchn'ander!« Es geschah, was Frau Rickert befahl: Timm musste, ob er wollte oder nicht, ins Bett steigen, und es erwies sich, dass das gut war; denn schon nach sehr kurzer Zeit sank er in einen bleischweren Schlaf.

Am nächsten Tag sorgte die alte Frau dafür, dass sie bei Timms Erwachen mit ihm allein im Haus war, und das war einfach zu bewerkstelligen, weil der Junge erst am frühen Nachmittag aufwachte.

Sie nahmen zusammen ein reichlich spätes Frühstück ein. (Das Frühstück war für Frau Rickert eine so köstliche Mahlzeit, dass sie mit Vergnügen zweimal an einem Tage frühstückte.) Danach musste Timm haargenau erzählen, was er seit seiner Abreise aus Hamburg erlebt hatte. Und das tat er mit sichtbarem Vergnügen.

Er schwenkte eine Zeitung in seiner Hand und schrie: »Sensazione! Sensazione! Il Barone Lefuet è morto! Adesso un ragazzo di quattordici anni è il più ricco uomo del mondo! Sensazione!«

Wie hübsch er geworden ist!, dachte Frau Rickert, als sie Timm ansah. Und wie gut er ausländisch reden kann! Dann lauschte sie aufmerksam der Erzählung.

Timm erzählte der alten Dame seine Abenteuer, als ob es sich um eine Komödie handele, um ein Lustspiel. Jetzt, da er im Besitz seines Lachens war, wirkte vieles komisch, was vordem schrecklich gewesen war. Er erzählte von den verrückten Wetten mit Jonny, vom Ende des Kronleuchters im Hotel »Palmaro«, von den Bildern in Genua und Athen, von den Verschwörungen im Schloss, von Selek Bei, vom Margarine-Unternehmen, von der Weltreise, von der Heimkehr nach Hamburg, von der Stiefmutter und Erwin und von der schwarzen Stunde der Straßenbahnen.

Dann war die alte Dame an der Reihe zu erzählen. Und sie tat es mit sichtlichem Behagen: »Weißt du, Timm, als du nicht wiederkamst aus Genua und als hier zuerst der Herr Kreschimir auftauchte und dann der starke Jonny, da ahnte ich gleich etwas. Man wollte mir nicht sagen, was los war. Ich hab nämlich einen Herzklappenfehler. Aber den hab ich jetzt schon über achtzig Jahre und allmählich haben wir uns aneinander gewöhnt, der Herzklappenfehler und ich. Ich hab also ein bisschen spioniert, und da hab ich den Brief gefunden, den du aus Genua geschrieben hast. Na, da wusste ich denn ja 'n büschen mehr, nöch?«

Die alte Frau, die Timm jetzt für einen jungen Herrn ansah und sich deshalb bemüht hatte, »gebüldetes Hochdeutsch« zu reden, fiel wieder in ihre hamburgische Mundart.

»Ich hab ümmer s-pioniert, wenn Krüschan mit 'n Herrn Kreschimir oder mit 'n s-tarken Dschonny geschnackt hat. Sie kam' ja nöch allzu oft, weil sie auf Dock arbeiten mussten. Andere Arbeit haben sie einfach nöch bekomm'. Das war, als ob's mit 'n Teufel zuging. Na, und mit dem ging's denn ja wohl auch zu, nöch? Jedenfalls hab ich ümmer allns mitgekriegt, was geschnackt wurde. Ich hab auch gewusst, dass mein Sohn seine S-tellung verloren hat, obwohl er mir das verheimlicht hat.«

»Ist er wirklich Hafenarbeiter geworden?«, unterbrach Timm.

»Ja, mein Jung, das 's er tatsächlich gewesen. Du weißt vielleicht nich, wie das is in Hamburg, Timm. Da is allns so ganz gediegen, wenn du das vers-tehst. Wenn einer aus 'n seriösen Posten entlassen wird und man munkelt irgendwas – auch wenn's man nur dummer Schnack ist –, denn nimmt ihn keiner mehr ins Kontor. Vers-tehst du?«

Timm nickte.

»Na, ich hab ja Vermögen. Meistens in Papier'n.«

»In Aktien?«, fragte Timm.

»Ja, in Aktien, mein Jung. Vers-tehst du nun ja auch 'n büschen was von, nöch? Also, wie gesagt, mein Sohn hätt ja überhaupt nicht als Hafenarbeiter gehn müss'n, weil ich vermögend bin. Aber er is nun mal so 'n Mensch, der immer rackern muss. Und ohne Hafen wird er einfach tüterig. Deshalb is er als Hafenarbeiter gegang'. Hat sich aber erst auf den Docks umgezogen. Immer picobello aus'n Haus und picobello wieder von der Arbeit zurück. Hat gedacht, ich merk nix von seiner neuen S-tellung, weil ich meistens zu Hause rumsitz. Aber es gibt ja 'n Telefon, nöch?«

Timm musste über die alte Frau lachen, und Frau Rickert lachte mit.

»Ich bün ja 'ne alberne alte Gans ... nee, nee, ich weiß, dass ich das bün ... aber so dumm bün ich ja denn doch nich. Ich hab auch zuerst mit'n Herrn Selek Bei geschnackt, als der hier antelefoniert hat. Na, und da haben die Herren Verschwörer mich endlich doch aufgeklärt. Hab natürlich so getan, als hätte ich nix gewusst. Hab dauernd Kulleraugen gemacht und gepiepst: Ischa nich mööööglich! Und so. Na, jedenfalls wurde ich eingeweiht. Und ich hab auch den Zettel für dich geschrieb'n. Mit der Lupe. Das haben wir als Schulmädchen nämlich tagelang geübt. Da war ich immer perfekt in. Hab mal 'n ganzen Roman auf die zwei Seit'n von ein' Briefbogen gekritzelt. Wirklich wahr!«

»Ischa nich mööööglich!«, lachte Timm.

»Ach, du nimmst mich ja nich ernst, du Bengel!«

Es läutete an der Haustür und Frau Rickert bat Timm nachzusehen, wer es sei. Es war der rothaarige Page des Hotels, der schwitzend zwischen sieben Koffern stand.

»Ich soll Ihnen Ihre Sachen bringen, Herr Thaler«, grinste er.

»Gestern haben Sie mich noch Mister Brown genannt. Woher wissen Sie heute, wer ich bin?«

Wieder ein Grinsen: »Sie lesen wohl keine Zeitungen?«

»Ach so!« Timm war etwas verwirrt. Dann wollte er in die Tasche greifen. Aber der Rotschopf winkte ab. »Behalten Sie ruhig Ihre Kröten für sich, Herr Thaler. Ich kann von der Zeitung 'n Batzen Geld kriegen, wenn ich erzähl, wie ich gestern Abend den Detektiv weggeködert hab. Darf ich?«

Timm musste lachen. »Tu, was du nicht lassen kannst.«

»Verbindlichsten Dank! Soll ich die Koffer noch reintragen?«

»Danke! Das mach ich schon. Erzähl der Zeitung aber keine Hintertreppenromane.«

»Ist ja gar nicht nötig. Die Sache war auch so spannend genug.« Er streckte wieder die Hand hin. »Weiterhin viel Glück, Timm!«

»Danke! Viel Glück bei der Zeitung!«

Zwischen den sanften steinernen Löwen gaben zwei lachende Bengel einander die Hand. Dann brauste der Rotschopf in einem Wagen des Hotels wieder davon und Timm trug die Koffer ins Haus.

Noch am selben Tage begab sich Timm mit Jonny, Kreschimir und Herrn Rickert zu einem Notar, mit dem die alte Frau Rickert befreundet war. Dort wurde die Reederei Hamburg-Helgoland-Gästedienst, genannt HHD, zu gleichen Teilen Jonny, Kreschimir und Herrn Rickert überschrieben. Zwar war die Überschreibung nicht sogleich rechtskräftig, weil noch eine Menge anderer Formalitäten notwendig waren (Timm war nicht mehr der millionenschwere Erbe); aber in spätestens vierzehn Tagen, sagte der Notar, sei alles erledigt.

Timms Freunde hatten sich zuerst mächtig gesträubt gegen diese Schenkung; aber als Timm erklärte, dann werde er die Reederei eben jemand anders schenken, gaben sie nach. Und gar nicht einmal so ungern. Herr Rickert war noch frisch und kräftig genug, um das Kontor des alten Herrn Denker an der Brücke sechs zu übernehmen; und Jonny und Kreschimir waren auf eigenen Dampfern doppelt so gern Steuermann und Steward wie auf fremden.

Als die vier das Notariat verließen (es lag in der Nähe des Hauptbahnhofs), fragte Jonny: »Was willst du denn jetzt anfangen, Timm?«

Der Junge zeigte nach rechts: »In dem alten Haus dort gibt es ein Marionettentheater. Es gehört mir. Ich werde daraus ein Wandertheater machen.«

»Dazu brauchst du einen Omnibus«, sagte Kreschimir.

»Und eine transportable Bühne«, ergänzte Jonny.

»Und das«, schloss Herr Rickert, »bezahlen wir dir, mein Junge. Keine Widerrede! Sonst hast du die Reederei wieder am Hals.«

»Angenommen«, lachte Timm. Ernst fügte er hinzu: »Wie gut für mich, dass es euch drei gibt.«

»Und Selek Bei«, sagte Herr Rickert.

»Ja«, bestätigte Timm. »Und Selek Bei. Ich sollte ihm eigentlich ein Telegramm schicken.« Und das tat er.

Der alte Mann in Mesopotamien lächelte, als er es las:

Zum teufel mit der margarine stop lachen bekommt
man gratis stop ich habe es bekommen stop für
mithilfe dankt herzlich ihr timm thaler

An diesem Tage ging eine Geschichte zu Ende, die in den Berichten der Zeitungen erst begann (soweit die Journalisten sie begriffen; und die meisten begriffen sie nicht).

Herr Rickert wurde wieder Reedereidirektor, Jonny Steuermann und Kreschimir Steward.

Vom Baron Lefuet hört man nur noch selten. Er soll die meiste Zeit allein und grämlich auf seinem Schloss in Mesopotamien verbringen. Er scheint menschenscheu geworden zu sein; aber noch macht er glänzende Geschäfte.

Die Nachrichten über Timm sind spärlich. Sicher ist, dass er sich mit der alten Frau Rickert zusammen ein Marionettenspiel ausdachte, welches »Das verkaufte Lachen« hieß. Danach verschwand er aus Hamburg; und kein Reporter erfuhr jemals, wohin es ihn verschlagen hat.

Aber es gibt noch zwei Spuren Timms. Auf dem Friedhof einer mitteldeutschen Großstadt wurde zu Füßen eines Marmorgrabsteins ein Kranz niedergelegt, auf dessen Schleife man lesen konnte: »Ich kam wieder, als ich lachen konnte. Timm«.

Das letzte Lebenszeichen von Timm Thaler kam aus einem Bäckerladen. Dort tauchte vor vielen Jahren ein höflicher junger Herr auf, den die Bäckermeisterin nicht zu kennen schien. Als sie ihn nach seinen Wünschen fragte, zog der junge Mann plötzlich ein finsteres Gesicht und murmelte: »Ich breche ein, Frau Bebber! Bei Präsidents vom Wasserwerk!«

»Timm Thaler!«, kreischte die Bäckersfrau überrascht.

Aber der junge Herr legte einen Finger auf die Lippen und sagte:

»Pscht! Verraten Sie mich nicht, Frau Bebber. Ich bin jetzt als Theaterdirektor in der Stadt, mit dem Marionettentheater ›Die Margarinekiste‹!«

»Wie spaßig!«, rief Frau Bebber. »Die habe ich gestern zufällig besucht. Jemand Unbekanntes hat mir eine Karte dafür geschickt. Das heißt …«, sie schielte Timm von der Seite an, »… vielleicht war es auch jemand Bekanntes.«

»Das kann schon sein«, meinte der junge Herr mit zwei Kringeln in den Mundwinkeln.

»Es wurde die Geschichte vom verkauften Lachen gegeben«, fuhr Frau Bebber fort. »Ein schönes Stück. Man kann sich so viel dabei denken.«

»Was haben Sie sich denn dabei gedacht, Frau Bebber?«, erkundigte sich der junge Herr.

»Nu ja, Timm, zuerst war mir die Sache ziemlich unheimlich, das geb ich ehrlich zu. Aber zum Ende hin hab ich schrecklich lachen müssen. Und da hab ich mir gedacht: Wo der Mensch lacht, hat der Teufel seine Macht verloren.«

»Hübsch gesagt, Frau Bebber«, antwortete der junge Herr. »Genau so muss man den Teufel auch behandeln. Dann werden seine Hörner stumpf.«

Hiermit endete die Erzählung des siebenten Tages, und ich begab mich, um sie aufzuschreiben, in mein Hotel. Meinen Freund Timm sah ich von diesem Tage an nicht wieder. Er wäre, sagte man mir am nächsten Morgen in der Druckerei, noch in der Nacht nach Hamburg abgereist.

Nachspiel

Es war im Zuge Leipzig–Magdeburg, in einem langsamen, schmutzigen, überfüllten Zug, wie sie zu jener Zeit, nach dem Ende des Zweiten Weltkrieges, dreckigen schwarzen Rauch ausstoßend, überall durch Deutschland klapperten. Ich hatte meine Arbeit in der Druckerei beendet und fuhr nach Hamburg zurück.

Wie auf der Herfahrt war ich unversehens wieder in ein Abteil hineingeraten, in dem nur ein einzelner Herr saß, derselbe, der mir auf der Herfahrt das Mittagessen spendiert hatte. Da ich jetzt wusste, um welchen Herrn aus Timms Geschichte es sich handelte, fragte ich, als ich mich ihm gegenüber ans Fenster gesetzt hatte: »Wollen wir wieder gemeinsam essen, Signore Grandizzi?«

Der Herr schüttelte den Kopf und sagte: »Ich möchte diesmal nur fragen, wie hoch Ihr Preis ist.«

»Wofür?«

»Dafür, dass Sie diese Geschichte nicht notieren, die Geschichte, die Ihr Freund Timm Thaler Ihnen erzählt hat.«

»Sie ist schon notiert«, sagte ich, »auf die Rückseiten ausrangierter Druckbogen.«

»Druckreif?«, fragte er.

»Nein«, sagte ich, »die eigentliche Mühe des Schreibens liegt noch vor mir.«

»Dann sparen Sie sich diese Mühe«, sagte Signore Grandizzi. »Warum das alles erst mühsam aufschreiben für etwas Honorar, statt hier und jetzt viel mehr Geld einzustreichen – ohne die Mühe des Schreibens?«

»Weil mir am Schreiben mehr liegt als am Geld, Signore.«

Gerade als ich das sagte, bewegte sich der Vorhang vor dem Glas der Abteiltür ein wenig. Ich sah für einen kurzen Augenblick ein blasses Gesicht mit einer Sonnenbrille.

Da sprang ich an die Tür und riss den Vorhang zur Seite. Aber nur fremde Gesichter starrten mich an und blickten verwundert ins Abteil hinein. Ich drehte mich also wieder um und sagte: »Verzeihung, Signore Grandizzi, mir war so, als ob ...«

Hier brach ich ab; denn außer mir war niemand im Abteil. Signore Grandizzi war verschwunden.

Wenig später drängten die Leute vom Gang sich hinein ins Abteil. Mir war, als wäre meine Begegnung mit Grandizzi nur ein Traum gewesen.

Doch hing noch immer ein schwacher Duft nach Nelken in der Luft.